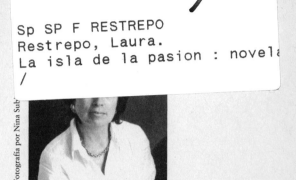

Fotografía por Nina Sub

LAURA RESTREPO fue profesora de literatura en la Universidad Nacional de Colombia, editora política de la revista *Semana*, y miembro de la Comisión Nacional Para La Paz. Ha escrito varias novelas de las cuales se destacan *La Novia Oscura, Leopardo al Sol, Dulce Compañía* que ganó el premio "Sor Juana Inés de la Cruz" en México y el premio "France Culture" en Francia, y *Delirio* por la cual recibió el Premio Alfaguara en el 2004. Actualmente vive en Bogotá, Colombia.

La Isla de la Pasión

La Isla de la Pasión

NOVELA

Laura Restrepo

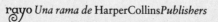rayo Una rama de HarperCollinsPublishers

Los hechos históricos, lugares, nombres, fechas, documentos, testimonios, personajes, personas vivas y muertas que aparecen en este relato son reales. Los detalles menores también lo son, a veces.

Este libro fue publicado originalmente en 1999 en Bogotá, Colombia por Editorial Norma.

PRIMERA EDICIÓN RAYO, 2005

Library of Congress ha catalogado la edición en inglés.

ISBN 10: 0–06–081620–1
ISBN 13: 978-0–081620–9

05   06   07   08   09   RRD   10   9   8   7   6   5   4   3   2   1

... y luego con algunas ridículas ceremonias
le entregaron las llaves del pueblo
y le admitieron como perpetuo gobernador
de la ínsula Barataria.

MIGUEL DE CERVANTES
DON QUIJOTE DE LA MANCHA

*A mi gente: Pedro, Mamina,
Carmen, Monko, María y Bebeño.*

Contenido

Clipperton

UNA MUÑECA ABANDONADA entre las rocas desde hace docenas de años. Se le borraron las pestañas y el color de las mejillas y los animales mordisquearon su piel de porcelana. Ella observa, lela, con las cuencas vacías de sus ojos y todo lo registra en su cráneo carcomido por la sal.

Después de que todo pasó la muñeca sigue ahí, como testigo muerto, en medio de la frenética ebullición de los miles y miles de cangrejos que cubren la arena, que se cubren los unos a los otros en nerviosas capas móviles, siempre en torno a ella, acechando y asediando su cabeza calva y su tronco desmembrado, asomándose por los orificios que dejaron los brazos y desapareciendo por la entrepierna rota.

El cangrejerío se agita perplejo ante esa presencia remotamente humana. Porque ella, la muñeca, junto con otras basuras indefinibles, es el único vestigio del hombre que perdura en la isla de Clipperton.

Sobre esa misma playa donde hoy reina la muñeca rodeada por su histérica corte de cangrejos, hace tiempo los niños corretearon a los pájaros bobos, las mujeres se arremangaron las faldas para mojar los tobillos en el agua tibia y los marineros desembarcaron cestos de naranjas y de limones.

Pero todo eso fue antes de la tragedia.

Después nadie quiso ni pudo volver a Clipperton, salvo algún negociante de guano y la media docena de marinos franceses que una vez al mes desembarcan para asistir, adormecidos por la indiferencia y por los vahos soporíferos que emanan del suelo, a la rutinaria ceremonia de izar la bandera de su país. Porque Clipperton, que en sus buenas épocas fue territorio mexicano, pasó a ser propiedad de Francia, también eso, de alguna manera, como consecuencia de lo que ocurrió.

Incluidos los franceses, cuyos nombres no se conocen, son contadas las personas que a lo largo de la historia han pisado Clipperton, tan contadas que un estudio minucioso de documentos permitiría hacer, con algún margen de error, la lista de todas ellas. La mayoría sólo ha permanecido allí algunas horas, a lo sumo días, y pocas han aguantado años.

Quienes han estado allá, dicen que Clipperton es un lugar malsano, arisco. Aseguran que por sus playas ruedan restos de naufragios y que en sus aires flota el tufo de azufre de una laguna volcánica de aguas envenenadas que no toleran vida animal, ni son potables, y que queman a los hombres que se sumergen en ellas. Esa laguna, que reposa en la cuenca de un viejo cráter hundido, se extiende en el centro del atolón y ocupa casi la totalidad de sus cinco kilómetros de extensión, dejando a su alrededor, como único espacio donde el hombre puede sentar pie, un angosto anillo de tierra con playas hirsutas de coral molido y trece palmeras que el viento quiere arrancar. Agua rodeada de agua, Clipperton es poco más que eso.

Una de las razones de la soledad de Clipperton es su lejanía, otra su tamaño y su condición insignificantes. Se sabe que es tan pequeña que se puede recorrer íntegra en una sola mañana, saliendo a buen paso a las siete y volviendo al punto de partida antes del mediodía.

Se sabe también que queda en el Océano Pacífico a 10 grados, 13 minutos latitud norte y 105 grados, 26 minutos longitud oeste, y que el lugar más cercano a ella es el puerto mexicano de Acapulco, a una distancia de 511 millas náuticas, o sea 945 kilómetros. Quien imagine un mapamundi puede ubicarla en el punto de cruce de un eje que bajara de Acapulco

hacia el sur y otro que partiera de San José de Costa Rica hacia
el oeste, y comprobar que está en la misma posición con respecto a la línea ecuatorial que Cartagena y Maracaibo. Eso
es lo que se sabe, y sin embargo algunas cartas de navegación
la relegan a la incertidumbre al marcarla con la sigla "D. E.":
Doubtful Existence, existencia dudosa.

Ni siquiera su nombre es su verdadero nombre. "Clipperton" es un alias, una maniobra de distracción. Una de tantas
maneras que tiene la isla de desdoblarse y de encubrirse. El
verdadero, con el que fue bautizada por primera vez, entre
1519 y 1521, cuando Fernando de Magallanes la divisó de
lejos, fue el dulce y terrible nombre de Isla de la Pasión. Nombre evocador pero esquizofrénico, porque encierra en sí a los
contrarios: "pasión" significa amor y dolor, entusiasmo febril
y tormento, afecto y lujuria. Cualquiera, sólo con abrir un
diccionario de sinónimos, comprueba la polivalencia de la
palabra. Isla de la Pasión, le puso a ese atolón del Pacífico
Fernando de Magallanes, viejo navegante que de tanto recorrer tierras desconocidas aprendió a comprenderlas con sólo
mirarlas.

No sólo por irrelevante y apartada permanece despoblada
Clipperton, sino también, y sobre todo, porque ella se empeña,
rabiosa, en que así sea. Durante siglos ha trabajado para convertirse en una fortaleza inexpugnable, edificando alrededor
de sí misma, pólipo por pólipo, una muralla viviente de arrecifes coralinos que acecha bajo las aguas para destrozar los
barcos que se acercan. Este poderoso arrecife es la única construcción cuya existencia tolera, y para librarse de las demás,
atrae huracanes que arrasan lo que construya el hombre.
Además mantiene en sus costas tres rompientes que vuelcan

las embarcaciones menores y ahogan al que intente cruzarlas a nado. A quienes, a pesar de todos los obstáculos, logran llegar, creen domesticarla y echan raíces, la isla, traicionera, los aplasta al final con castigos como el escorbuto, el abandono y el olvido, y les cobra cada gota de felicidad con dos de angustia.

Azufre, pestes, arrecifes, rompientes, huracanes, todo eso es cierto, pero Clipperton no puede ser tan nefasta como parece, porque si lo fuera no tendría explicación este otro hecho, también cierto, históricamente irrefutable: hace tres cuartos de siglo un joven oficial del ejército mexicano, el capitán Ramón Arnaud, y su esposa, Alicia, desembarcaron recién casados, cargados de ilusiones y de enseres domésticos, con la firme decisión de poblarla con sus descendientes, y Clipperton, la iracunda, los recibió mansamente, les permitió habitarla sin apuros y vivir en ella tan felices como debieron estar Adán y Eva en el paraíso.

La adolescente Alicia encontró el lugar romántico y mágico, tal como lo había soñado, y se enamoró de sus atardeceres y de su paz. Ramón Arnaud, hasta entonces un oscuro personaje quien por su origen familiar hablaba mejor el francés que el español, llegó a sus costas buscando lavar culpas y borrar un pasado escaso en gloria, y justamente allí, en ese rincón equívoco y perdido del planeta, le fue dado protagonizar gestos de heroísmo al defender la soberanía mexicana contra enemigos reales e imaginarios, no menos terribles los segundos que los primeros.

Que el final de esta historia haya sido trágico no niega lo anterior, los cinco años de bondades que Ramón y Alicia vivieron en la Isla de la Pasión. Así que si esta no es el infierno ni es el paraíso, si no es una pasión gozosa, ni tampoco una dolorosa, entonces no le queda sino una posibilidad, Clipperton no es nada. Existencia dudosa: punto mínimo, imperceptible, a donde no se puede llegar y de donde no se puede salir. Barrida por huracanes, erosionada por las mareas, borrada de los mapas, olvidada por los hombres, extraviada en el mar, antes mexicana y ahora expropiada y ajena, trastocado su nombre, muertos hace tiempo los protagonistas de su drama. Quiere decir que no existe. Que no hay tal lugar. Ilusión a veces y otras veces pesadilla, la isla no es más que eso: sueño. Utopía.

¿O hay acaso quien pueda asegurar por experiencia lo contrario? ¿Sobrevivió alguien que recuerde, que pueda dar testimonio de que todo aquello fue real?

Ciudad de México, diciembre de 1988.

Orizaba, México, hoy.

La Pensión Loyo está en Orizaba en la calle Sur 11 número 124. Es en realidad una pensión para automóviles. Un estacionamiento grande, gris como todos, con una casa al lado. A la persona que allí vive no la conozco, pero la he buscado en Manzanillo, en Ciudad de México, en Puebla. Finalmente, después de golpear puertas equivocadas, de escarbar en las guías telefónicas de las tres ciudades, de consultar con funcionarios públicos, con almirantes, buzos, beatas de iglesia, lectores del tarot e historiadores, alguien en una esquina, casi por casualidad, me ha dado esa dirección. Si es correcta, habré encontrado por fin a uno de los tres sobrevivientes de la tragedia de Clipperton.

Es. Abre la puerta la señora Alicia Arnaud viuda de Loyo, la segunda de los cuatro hijos que tuvieron el capitán Arnaud y su esposa Alicia. Tiene 77 años y no quiere recordar. No venga a alborotarme los recuerdos, dice con dulzura. Pero ella conoce, puede dar testimonio. En algún rincón de su memoria está enroscada y conservada esta historia, que yo busco. Sabe en carne propia lo que pasó en ese lugar, porque de niña, a principios de siglo, ella fue uno de los protagonistas.

De espaldas al estacionamiento y abierta a un patio, se extiende en ele su casa fresca, de varios cuartos a pesar de que sólo vive con la empleada doméstica que desde hace años la ayuda. Las paredes están tapizadas con fotos de sus hijos —hablemos más bien del presente, me dice, mientras me las muestra— y me va paseando por primeras comuniones, matrimonios, diplomas. Luego me hace sentar a la mesa de la cocina, mientras ella reparte en varias jarras la leche que su hijo mayor, ganadero, le ha traído en una cantina de la hacienda. No me hable del pasado, dice. Déjeme olvidarlo, repite, hace tanto que no hablo de Clipperton. Yo nací en esa isla en 1911, y viví allí hasta los seis o siete años, para qué le voy a contar esas viejeras.

Mientras ella dice que no y que no, Clipperton empieza a volver y va invadiendo su cocina, suavemente, poco a poco. A medida que habla, doña Alicia se entusiasma. Se le entona la voz. Se olvida de la leche.

—Los míos son todos recuerdos buenos, recuerdos alegres, qué quiere que le diga. Lo de Clipperton fue una tragedia, pero para los mayores. Los niños fuimos felices. Lo difícil nos vino después, al regreso. Pero allá no, nosotros no hubiéramos querido abandonarla nunca. A veces veíamos que los grandes lloraban y nosotros llorábamos también, un poquito y sin saber porqué, y enseguida volvíamos a lo nuestro.

»Lo nuestro era jugar, todo el santo día. Empatábamos un juego con el otro y no parábamos nunca. Al principio teníamos clases de lectura, de escritura, papá no quería que regresáramos salvajes a Orizaba. Mamá montó una escuelita donde ella hacía de maestra y los alumnos éramos los hermanitos Irra, las dos niñas Jensen, Jesusa Lacursa, nosotros los Arnaud y los demás niños que llegaron a juntarse en Clipperton. Pero después, con tanto acontecimiento, los adultos ya no pudieron ocuparse mucho de los menores. Sólo por momentos, para darnos la comida o la bendición a la noche. El resto del tiempo la pasábamos sueltos, solos, libres como animalitos. Jugando y jugando hasta que nos dormíamos de cansancio.

»Usted quiere que le hable de mi padre, pero me acuerdo poco. Había épocas en que se dejaba absorber tanto por sus obsesiones, que no nos veía aunque nos tuviera delante. Como cuando se empeñó en rescatar los tesoros del pirata Clipperton del fondo de la laguna, y durante meses no pensó en otra cosa. Otras veces su obsesión éramos nosotros, como cuando estuvo días tallando en madera unos barcos para que jugáramos. Le quedaron perfectos, unas miniaturas preciosas. Conservábamos otros juguetes traídos del continente –recuerdo bien una muñeca de porcelana a la que Altagracia Quiroz hizo una peluca con cabello de verdad, el día que todas las mujeres se cortaron el pelo– pero los barcos tallados por mi padre siempre fueron los favoritos. Los hacíamos navegar en la laguna, y a veces eran de guerra, a veces de carga. Jugábamos a que naufragaban, y de los pasajeros, unos –pobres de ellos– se ahogaban. A los demás les perdonábamos la vida.

»Mi padre era severo sólo cuando nos sentábamos a la mesa. Decía que aunque estuviéramos en el fin del mundo y sólo nos vieran los cangrejos, teníamos que comer como gente decente. Claro que cuando empezaron las calamidades ya ni eso pudo exigir, y nosotros nos volvimos silvestres. Después de que pasó el huracán que barrió con todo, llevándose hasta los platos, los cubiertos y los manteles, los modales que él nos había enseñado se nos olvidaron. Para nosotros tanto mejor, más libres y más felices. Acabamos comiendo muy rápido, con las manos, a mordiscos. Los huevos de los pájaros bobos tenían la cáscara azul, y nos encantaban. Jugábamos a las comiditas, los cocinábamos en la playa, les echábamos sal.

»Mucho de nuestro tiempo lo ocupábamos con los cangrejos. Debe haber más de esos animales en Clipperton que en todo el resto del mundo. Eran tantos que casi no dejaban caminar. Si no fuera porque la casa estaba elevada, los cangrejos la habrían invadido, como tenían invadida la playa, las rocas, las cuevas, todo lleno de cangrejos. Nos gustaba verlos pelear. Son unos bichos feroces, se destrozan a tarascadas. Los encerrábamos en latas y hacíamos guerras de cangrejos.

»En eso se nos iba la vida, y la nuestra era una vida feliz. Al final siempre andábamos descalzos y medio desnudos, con unos trapos que mamá nos hacía con lona de las velas. Acabamos renegridos de tanto aguantar sol, parecíamos africanos. Con los pelos muy indómitos y parados, lavándonos con agua de mar y sin jabón.

»En Clipperton los niños no supimos lo que era sufrir. Tal vez mi hermano Ramón, el mayor, sí. Yo creo que él sí se daba cuenta, a veces, de que las cosas iban mal. Ramón adoraba a mi mamá, y cuando ella lloraba, él no quería desprenderse de sus faldas.

»El día que murió papá estábamos todos parados en la playa, chicos y grandes, mirando cómo se alejaba en un bote por el mar, cuando de repente apareció la mantarraya que lo volcó. Vimos cómo se lo tragaron las olas. La mantarraya también la vimos, un animal negro, enorme, como una sombra que salió del agua. No sé si la vimos o si nos pareció que la vimos. A veces decíamos que era negra con rayas azules, otras veces que era plateada y despedía rayos.

»Es que parte del juego era inventarnos nuestras propias historias, unas de miedo, otras sobre los abuelos, a quienes casi no conocíamos, o sobre los primos, por lo que nos contaba mamá. Teníamos amigos imaginarios, todos los que queríamos, por eso nunca nos hizo falta nadie. Sobre mi papá inventamos muchas cosas, después de que murió. Nos gustaba pensar que en el fondo del mar había encontrado el tesoro hundido de los piratas y que nos había regalado las joyas y las coronas. O que se había vuelto el rey de los océanos y que andaba bajo el agua en una carroza tirada por la mantarraya. A veces decíamos que no se había muerto sino que se había ido, y que iba a volver para traernos naranjas y juguetes. Después, en la noche, no podíamos dormir del miedo de que de verdad apareciera.

»De estas cosas me acuerdo porque, después de que sucedieron, durante años se las oímos contar a mi mamá, mil veces. Siempre que nos hablaba de papá, sacaba de un cofre un collar largo de perlas grises que él le había traído del Japón, y nos dejaba tocarlo.

»Pero nada de esto es importante, son recuerdos pequeños, borrosos, no le van a servir para un libro. Mejor, si tiene tiempo, venga conmigo a la hacienda, tardamos veinte minutos en coche, y yo le muestro a mi padre.»

En la casa de su hacienda, en las afueras de Orizaba, los dos hijos ganaderos de doña Alicia Arnaud viuda de Loyo platican y descansan en el porche después de un día de trabajo. Comen tacos de nopal con chile y toman brandy Presidente con agua de Tehuacán. Frente a ellos se extiende un gran solar empedrado donde las ovejas, los cerdos y las gallinas abrevan en una pileta circular que se encuentra en el centro. La señora señala en esa dirección. En el centro de la pileta, elevado sobre un barril metálico, acompañado por la plácida cháchara de sus descendientes y por el alboroto de los animales domésticos, con un puntiagudo casco prusiano en la cabeza, veo el busto en bronce del capitán Ramón Nonato Arnaud Vignon.

Prisión de Santiago Tlatelolco, Ciudad de México, 1902.

Nombres: Ramón Nonato.

Apellidos: Arnaud Vignon.

Fecha y lugar de nacimiento: Orizaba, 31 de agosto de 1879.

Padre: Ángel Miguel Arnaud (nacionalidad francesa).

Madre: Carlota Vignon (nacionalidad francesa)

Estatura: 1.70 metros.

Cabello: Castaño.

Piel: Blanca.

Frente: Grande.

Boca: Regular, con labios delgados.

Nariz: Afilada.

Señales particulares: Pequeña cicatriz en la mitad de la frente.

Así fue descrito Ramón Arnaud el 8 de julio de 1901, en la ficha de la "filiación–contrato" que le hicieron al inicio de su accidentada carrera militar, a la edad de 22 años, al causar alta como sargento primero de caballería, en el Séptimo Regimiento del Ejército mexicano. Consta en el archivo de la Secretaría de la Defensa Nacional.

Figuran también en el expediente sus medidas antropométricas, según las cuales era un hombre de regular estatura (un metro con setenta) de pies femeninos (246 milímetros en el izquierdo), cabeza normal y manos pequeñas (hasta la punta del dedo medio, su izquierda tenía 118 milímetros de largo).

Exactamente un año después de hecho este registro, el 8 de julio de 1902, su piel blanca había adquirido un enfermo color gris ratón, su cabello castaño hervía de piojos y la pequeña cicatriz resaltaba como una cruz tallada con la uña sobre la textura cerosa de su frente grande. Estaba tirado en el camastro de su celda, en la prisión militar de Santiago Tlatelolco. Había dejado intacta la ración de fríjoles refritos en el plato de peltre, y lloraba de humillación y rabia.

Un consejo de guerra había dictado su sentencia. Cinco meses y quince días de prisión por deserción del ejército, y degradación a soldado raso. La noche del 20 de mayo anterior, mientras sudaba frío agazapado detrás de unos costales de maíz, esperando el momento propicio para escaparse de las barracas, había pensado con pavor en el momento en que a su pueblo natal, Orizaba, llegara la noticia: Ramón Arnaud, desertor.

Ramón Arnaud, pobre diablo, incapaz de aguantar lo que aguantaba cualquiera de los indios hambrientos y de pata al suelo que eran sus compañeros de armas en el Séptimo Regimiento. Todos ellos sobrellevaban la disciplina de perros, las patadas en el culo, el mugrero y la miseria que era la vida de la tropa. Pero él no. Y tampoco los soportaba a ellos, a sus compañeros, a quienes veía ignorantes, mal olientes, enseñando el cuero bajo los trapos sucios de su uniforme, ahogados en alcohol y mariguana.

Él, Arnaud Vignon, que por culto, por alto, por blanco y por influencias de familia había entrado directamente con el rango de sargento primero, era más mierda que toda esa mierda, y eso sería lo que iba a cuchichear –a la salida de la iglesia, en los paseos por la Alameda, a la hora del chocolate– la gente de Orizaba.

Orizaba, con su kiosko francés en medio de la plaza, con su estación de trenes estilo *art-nouveau*, con su palacio municipal de hierro diseñado por el mismísimo Eiffel, el de la torre,

y traído de París, en partes desarmables, hasta el último torni-
llo. Las familias de Orizaba, de aires galicados, industriosas
y prósperas, eran más allegadas al progreso impuesto a sangre
y fuego por don Porfirio Díaz que a las ideas heréticas y nacio-
nalistas del indio Benito Juárez. Como los Legrand, que hacían
percales, mantas, piqués, calicós y tela de Francia en su Fábrica de Hilados Cocolapan. Los Suberbie, cuya fortuna subía
como la espuma de su cerveza Moctezuma, Monsieur Chabrand, que vendía ropa fina y sedería en su tienda llamada
Las Fábricas de Francia. Las damas de sociedad lucían vestidos
de *shantoung* de seda y bordados de *soutache* por el paseo
de la Alameda, y después recogían los bordes de las enaguas
para que no se ensuciaran con excrementos humanos al atravesar cualquiera de las demás calles, utilizadas como letrinas
por el pobrerío de Orizaba.

Unos años antes, las tropas de invasión habían hecho de
la ciudad un cuartel casi permanente, y los caballeros de la
localidad se dedicaban al pasatiempo de reconocer uniformes
exóticos. Sabían distinguir a los cazadores de Vincennes por
sus guerreras de paño azul oscuro; a los zuavos por sus calzones encarnados, anchos como enaguas, y sus borceguíes de
cuero amarillo; a los zuavos argelinos, por su piel negra y sus
turbantes blancos; a los soldados españoles del general Prim
por sus trajes ligeros y sus sombreros de paja, y a sus oficiales,
por sus coquetos gorritos, llamados leopoldinas.

Orizaba, condenada y llamada "La Maldita" por el resto
de la nación debido a su pasado reciente de docilidad ante el
dominio europeo y de deslumbramiento ante el fantástico y
fantasmagórico reinado del Archiduque Maximiliano, quien
fuera Emperador de México durante tres años y siete días,

hasta que el indio Juárez lo mandó fusilar en el Cerro de las Campanas, para demostrar que ningún austríaco de barbas rubias gobernaría a los hombres libres de la patria azteca. Y para que quedara bien claro, después de fusilarlo lo devolvió a Europa entre un ataúd de palo de rosa, debidamente embalsamado, con los ojos de vidrio de una imagen de Santa Úrsula sustituyendo los suyos.

El francés Ángel Miguel Arnaud, padre de Ramón, cruzó el océano y echó raíces en Orizaba. Amó a su nueva tierra más que a la vieja, trabajó con tenacidad y llegó a amasar una regular fortuna. Aprovechó un subsidio de transporte que le dio el porfiriato para construir el ferrocarril urbano. Se hizo dueño de una hacienda y de una casa en la Calle Real. Fue nombrado jefe de correos de Orizaba, y se convirtió así en uno de los miles de burócratas que don Porfirio sostenía, para cumplir con su lema de "alimentar al burro".

A pesar del lema, la vida de los burócratas no era fácil. Lo común era que sus salarios se atrasaran meses y que siempre estuvieran con un pie en la calle, porque perdían el puesto ante cualquier sospecha de deslealtad hacia el gobierno. Para evitar esto tenían que pertenecer al club político apropiado, donar grandes sumas para las fiestas oficiales, comprarle regalos a la amante del superior y marchar en todos los desfiles.

Ángel Miguel Arnaud comprendió estas normas y supo jugar el juego, y mientras él vivió, su familia llevó una existencia decorosa, a la altura de la provinciana pompa de Orizaba. Pero cuando murió, su viuda doña Carlota Vignon –hasta ese momento una matrona despreocupada y alegre, reconocida por preparar la mejor de las mayonesas– dilapidó el dinero, según unas versiones, o cayó en manos de un albacea rapaz, según otras, con el resultado idéntico de que acabó en la ruina.

Ramón, el mayor de los hijos –por entonces un joven mitad francés, mitad mexicano de despistados ojos redondos y largas pestañas de muñeco–, quedó perplejo ante la adversidad y no supo qué hacer con su vida. Había sido educado para recibir una herencia, no para lidiar una quiebra.

Durante un tiempo fue aprendiz de boticario. Memorizó las fórmulas y los nombres de todos los medicamentos y se aficionó a hacer curaciones de primeros auxilios, hasta que el dueño de la farmacia se marchó, con todo y negocio, para la capital. Tras una época de descontrol y vagancia, Ramón optó por hacerse militar.

Si hubiera tenido dinero, se hubiera pagado la carrera de oficial en una academia militar, como cualquier hijo de blanco, y hubiera obtenido medallas, honores y comodidades. Pero al no tenerlo, debió convertirse, como el resto de los mexicanos del común, en magullada carne de cuartel. Un privilegio sí le dieron, como reconocimiento a su condición, y fue dejarlo saltar tres o cuatro grados, para entrar como sargento primero.

Al probar las primeras cucharadas de esa sopa amarga que era la vida cuartelaria, el joven Ramón Arnaud se arrepintió, quiso virar su suerte cuando ya estaba echada y cometió el error más grave de su vida, el que habría de marcarlo, para bien y para mal, por el resto de sus días.

Sucedió esa noche, en las barracas, detrás de los costales de maíz, cuando pensó que mejor humillado que muerto de asco, y echó a correr.

Tras desertar, anduvo por la ciudad de México, escondido

como un prófugo y avergonzado como un pecador. Pasó un
mes deambulando por las calles sórdidas de Tepito, ocultán-
dose en las bodegas del mercado de La Merced, esquivando
los excrementos que los vecinos arrojaban por la ventana. Se
refugió en los cuchitriles de las putas de la Calle del Órgano,
convivió en las tabernas con bohemios suicidas y músicos
ciegos, y en las esquinas se disputó las monedas con los traga-
fuegos, los declamadores y los cazadores de gatos.

Después vino el mal día en que lo encontraron y lo encerraron por desertor, y fue en las noches interminables y húmedas
de Santiago Tlatelolco, cuando su honor hecho añicos lo atormentaba aún más que el frío de la celda o que los piojos en la
cabeza, que pensó que no, que se había equivocado, que tanto
mejor muerto, mil veces muerto, que una vez humillado.

En sus desvelos afiebrados evocaba las formas atroces de
la muerte. Muerte por fuego, despresado y asado miembro a
miembro sobre una parrilla; muerte por miasmas, lentamente
tragado por un pantano gelatinoso y hediondo; muerte por
agua, arrojado al mar y acosado, hasta el ahogamiento, por
la sombra de una gran mantarraya negra de destellos azules.

–Con cualquiera –deliraba–. Me quedo con cualquiera de
estos suplicios, y no con el deshonor.

El día en que lo dejaron libre, ya repuesto de las fiebres y
habiendo recuperado el uso pleno de sus facultades mentales,
hizo un compromiso sagrado. Una vez fuera de las rejas, y
frente a los negros muros de piedra precolombina de Santiago
Tlatelolco, juró solemnemente, por la memoria de su padre,
por el cariño de su madre, por los siete puñales de La Dolorosa y por la gloria de su patria, que nunca jamás, ni como

hombre ni como militar, volvería a pasar por la vergüenza de otra humillación.

Ciudad de México, 1907.

El coronel de ingenieros Abelardo Avalos, padrino y protector del joven suboficial Ramón Arnaud, le puso una cita a su ahijado en Ciudad de México, para hablar con él.

—Te vas para Clipperton, Ramón. Al mando de una guarnición de once soldados.

Así no más, como quien se limpia un ojo, se lo comunicó.

Cuando oyó la palabra Clipperton, Arnaud sintió un mordisco agudo detrás de los ojos. Conocía bien ese islote perdido y podrido en la mitad del océano, porque había acompañado hasta allá, un par de veces, al coronel Avalos. Se le helaron las tripas, le ardió la cara, se limpió el sudor de las manos en el pantalón.

—Me están condenando al destierro —dijo a media voz apenas, consciente de que con el antecedente de su deserción, no tenía autoridad moral para chistar.

Achicado, escurrido en el asiento, casi susurrando, insistió: ya tenía 27 años, estaba grande y peludo y era apenas subteniente, irse a esa isla sería como volver a empezar, otra vez desde el principio, y por tercera vez. Era mucho, le exigían demasiado. ¿Cómo no se daban cuenta de que no se merecía ese destino ruin? ¿Por qué someterlo a una tercera prueba de fuego, si la segunda la estaba pasando airosamente?

Después de cumplir su condena en Santiago Tlatelolco, Arnaud se había propuesto, con terquedad de mulo, volver atrás, recorrer de nuevo sus propios pasos demostrando coraje donde antes había respondido con miedo, y decisión donde antes había flaqueado. Respetaría el compromiso de honor jurado consigo mismo ante los muros negros de la prisión militar, aunque en ello le fuera la vida.

El 16 de diciembre de 1902 había vuelto a ingresar al Ejército, esta vez como simple soldado raso, en el 23 Batallón en Veracruz. Las condiciones eran más duras que las que lo quebraron cuando entró como sargento primero, y sin embargo esta segunda vez aguantó. Aguantó, se rompió el lomo con resignación, la mierda se la comió con cuchara sopera, y medio año después ascendió a cabo. Después a sargento segundo, y otra vez a sargento primero, como había empezado la vez anterior.

En julio de 1904 lo trasladaron, ya como subteniente, al Décimo Batallón en Yucatán, con la orden de aplastar la insurrección del pueblo maya. Su objetivo era imposible. Tenía que acabar con una cruz que hablaba, una tal Santa Cruz Parlante que oficiaba como supremo comandante de los indios, y que los incitaba a la rebelión. Arnaud trató de cumplir. Arrasó santuarios-fortaleza y acabó a sablazos con muchas de esas cruces, que tenían el don de la palabra no para llamar a los mayas a rezar, sino para animarlos a luchar. Pero por cada cruz que liquidaba, otras tres –sus hijas, las nuevas cruces parlantes– aparecían en su lugar, y la tarea se hacía infernal, como una pesadilla sin salida.

Como recompensa a su esfuerzo, infructuoso pero sobrehumano, le restituyeron el honor perdido y lo condecoraron con la medalla al mérito y al valor.

Si el pasado había quedado atrás y ya estaba a paz y salvo con el ejército, si estaba descollando como suboficial, si hasta medalla le habían dado, ¿por qué obligarlo entonces a que nuevamente diera marcha atrás? ¿Por qué aislarlo en el rincón más insignificante del mapa?

—Además me quiero casar, padrino —Arnaud le argumentó, desesperado, al coronel Avalos.

Ya estaba el matrimonio arreglado, no podía romper ese compromiso. No quería romperlo, ya había pedido la mano, estaba enamorado y Alicia lo esperaba. Cómo explicarle a su novia que ya no, cómo justificar un nuevo fracaso ante todo Orizaba, que sabía de la próxima boda. Que por favor lo entendiera, suplicó Arnaud, que se diera cuenta de que no podía aplazar el matrimonio.

Entonces se desató el torrente patriótico y paternal de la voz del coronel Avalos. Las palabras brotaron de su boca a borbotones. Ramón Arnaud sólo registraba fragmentos, frases inconexas que entraban lentamente en sus oídos, diferidas, unos instantes después de ser pronunciadas.

—Hay cosas que están primero —discurseaba incontenible el coronel—. Es hora de pensar en grande... suelo patrio... defender ese trozo de territorio mexicano contra Francia que quiere adueñarse de él... alzarse contra la injusticia históri-ca... tú hablas francés y tienes las condiciones... dar la vida si es necesario... mexicanos al grito de guerra...

Arnaud escuchaba a medias a Avalos, mientras pensaba "los cabrones, me quieren mandar al quinto infierno". Pero seguía mustio, ponía suplicantes sus ojos redondos a ver si surtía efecto su cara de víctima. El efecto fue que la voz pausada y persuasiva del coronel se empezó a templar de impaciencia, vibró de golpe metálica y dejó caer, como un hacha, la amenaza:

—Si te niegas, el ejército mexicano lo considerará una segunda deserción.

—Y si acepto, padrino, será poco menos que una baja deshonrosa.

El chantaje le había disparado a Arnaud un chorro de adrenalina al cerebro, y su frase, que para su propia sorpresa le sonó contundente y viril, le dio fuerzas para continuar. "No más hacerme el pendejo, esta la voy a pelear", se ordenó a sí mismo, y ya se iba a derramar en rabia y en prosa cuando Avalos lo frenó en seco.

—Calma, jovenazo —le dijo—. Si no lo entiendes por las malas, te lo voy a hacer entender por las buenas.

Y ahí le fue soltando las noticias alentadoras: que ese mismo día lo ascendían a teniente y que Porfirio Díaz en persona lo nombraría gobernador de la isla.

—Si te quieres casar, Ramoncito, te vas a Clipperton con tu esposa, te damos una buena licencia para arreglar eso, yo conozco a Alicia y sé que le va a gustar, te pongo a disposición lo que necesites, que no les falte nada. Es más —añadió Avalos—, dentro de una semana tú y yo partimos para el Japón, en una misión especial, que tiene que ver con tu nombramiento en Clipperton. Ya te explicaré, son asuntos de Estado muy delicados...

Clipperton, el Japón, teniente, gobernador... Ramón todavía no comprendía nada cuando vio que Avalos se le venía encima.

—Ya la hiciste, hijo, te felicito —oyó que le decía, mientras le daba un abrazo de oso con grandes manotazos en la espalda.

Así se enteró Ramón de que al día siguiente el presidente

lo mandaría a llamar porque le tenía destinada una delicada misión porque lo consideraba el hombre preciso, reconocía sus méritos, perdonaba sus pecados, lo nombraría gobernador de la Isla de Clipperton y le subiría el sueldo. La sorpresa todavía aturdía a Arnaud. Lo que al principio le había sonado a castigo y a desdicha, se le convertía de golpe en la oportunidad de su vida, en la oportunidad única y dorada de transformar su vida.

Después de la cita con don Porfirio, y de despedirse de él con muchas reverencias, Ramón Arnaud salió de la lujosa y luminosa sala de billar del Castillo de Chapultepec, seguro de que por fin iba a ser un hombre feliz.

El golpeteo de su sangre en las sienes no le dejaba oír el ruido de sus propios pasos –demasiado breves para ser marciales– y tenía la sensación de que sus zapatos negros, meticulosamente lustrados esa madrugada, apenas rozaban el parquet de maderas preciosas. Por un instante tuvo temor de que el peso de la mirada del presidente sobre sus espaldas le hiciera perder el control de las piernas, se angustió ante la posibilidad de enredarse y caer, pero cuando por fin franqueó la puerta y la sintió cerrarse tras sí, pudo respirar hondo y recobró el aplomo. Miró hacia arriba, vio los querubines pintados en el techo y supo que las sonrisas de sus boquitas sonrosadas iban dirigidas a él.

Al salir del Castillo de Chapultepec, la residencia presidencial de verano, Arnaud caminó por el flamante Paseo de la Reforma sin fijarse hacia dónde, sin poder creer lo que le acababa de ocurrir y sin ver nada distinto a las dos relucientes espigas de metal prendidas a sus charreteras que ahora lo acreditaban como teniente. Iba pensando que ninguno de los transeúntes que cruzaban podía dejar de admirarlas, y no se daba cuenta de que un tremendo sol de mediodía lo cocinaba entre el paño oscuro de su uniforme de gala.

Trataba de reconstruir palabra por palabra el diálogo recién sostenido con Porfirio Díaz, y repetía mentalmente cada frase diez veces, doce veces. En realidad el presidente no le había dicho nada especial; Arnaud se esforzaba por recordar con precisión. Tampoco lo había recibido en su despacho, como se había imaginado, sino que lo había paseado para arriba y para abajo, lo había tomado de acompañante en su gira de inspección de las reformas artísticas que había emprendido en el Castillo.

La verdad era que sólo le había hablado de muebles: "Preciosos candelabros de bronce, los hice traer de París", o "Este es un tocador Pompadour en caoba maciza, mire, tóquelo", o "¿Ve los diseños de la tapicería? Reproducen los juegos de la antigua Grecia. Tres mil quinientos pesos". O "¿Le gusta la sala de billar? Es estilo Reina, la mesa es Callender y las cortinas, inglesas". Esas y otras cosas así era todo lo que le había comentado el presidente, obsesionado como estaba con la remodelación de su residencia veraniega.

Unas cuadras más adelante Arnaud pudo reconstruir también sus propias respuestas: aturdidos monosílabos, impostadas exclamaciones de admiración. Volvió a sus oídos el tono exacto de su voz al pronunciar una frase, "Es de todo mi gusto, Excelencia", que había repetido varias veces ante objetos y muebles que el presidente le señalaba. "De todo mi gusto", había dicho con un timbre forzado, y ahora, al recordarlo, se ruborizaba un poco. ¿Qué le importaba a su Excelencia cuál era todo su gusto? Ni siquiera debía ser español correcto.

Durante la noche anterior se había preparado para decirle otras cosas, para decirle, por ejemplo, "Desde que era muy niño mi padre me relataba sus heroicas hazañas", y a la hora de la verdad sólo le habían salido "¡Ohs!" y "¡Ahs!", para colmo en falsete. Se había desvelado repasando todo lo referente a Clipperton, sus posibilidades en la exportación de guano, las mil facetas jurídicas del litigio con Francia, su importancia como posición estratégica en caso de guerra, y hubiera podido hablarle horas y horas sobre el tema a don Porfirio, lo hubiera asombrado con su conocimiento de causa, con su entusiasmo por la isla, con la firmeza de su decisión de partir hacia allá. Pero don Porfirio ni siquiera le había dado oportunidad de tocar el tema.

En realidad, el único indicio de la importante labor que le encomendaban, de la confianza depositada en él, fueron las recias palmadas en el hombro a la despedida y las palabras finales del presidente, "Suerte, hombre". Suerte, hombre, le había dicho. Seguro Su Excelencia quería decir suerte en Clipperton –elucubró Arnaud, mientras caminaba alucinado, radiante y sin rumbo por el Paseo de la Reforma. Suerte en el viaje secreto al Japón, suerte en esta difícil empresa, suerte en la defensa de nuestra soberanía nacional. ¿O no? Tal vez quería decir simplemente suerte, hombre.

Pero la inexpresividad del diálogo no tenía importancia y no opacaba la felicidad de Arnaud. Qué importaba qué le había dicho el presidente, la cosa es que lo había citado, lo significativo era el gesto, personalmente lo había recibido, a él, justamente a él, a pesar de todo a él, Ramón Arnaud. No había estado propiamente brillante en la entrevista, tenía que reconocerlo, pero eso era lo de menos. Al fin de cuentas Porfirio Díaz tampoco. Fue lo que pensó, satisfecho de sí mismo, Ramón Arnaud.

Mármoles de Carrara, lámparas de Baccarat, muebles de Enrique II o de la puta madre que lo parió, las espigas de teniente ya estaban en sus charreteras, el nombramiento estaba firmado, dentro de ocho días partiría con Avalos hacia el Japón a nombre de su gobierno, se había entrevistado en persona, cara a cara, con el mismísimo don Porfirio y viniera lo que viniera ya nadie le quitaba lo bailado.

Como por arte de magia había pasado, literalmente hablando de la noche a la mañana, de ser un pobre diablo, un proscrito, un oficialucho fracasado, un provinciano don nadie, un desertor, a ser teniente y gobernador, hombre de confianza del poder. De buenas a primeras era un privilegiado de los dioses.

—Algún día se escribirá sobre mí una página de la historia patria —declaró de repente en voz alta.

Esa noche en su habitación, mientras se desabrochaba su asfixiante guerrera de gala y aflojaba los músculos de su panza incipiente, añadió:

—Y si no se escribe nada, por lo menos ya me subieron el sueldo.

Orizaba, México, 1908.

Una fotografía sepia, tomada en un recinto interior con cortinajes de terciopelo estampado al fondo y fechada en la esquina inferior derecha "mayo de 1908" –es decir unos días antes de la boda–, muestra a Alicia como era entonces: el mentón graciosamente hendido, la piel de porcelana de su cara de muñeca, la sombra leve de sus cejas rectas, la mirada adulta de sus ojos de niña.

Seis meses le tomó tejer los dieciocho metros de encaje para su traje de novia, y durante ese tiempo hizo un millón de veces –el ganchillo de crochet en una mano y en la otra el hilo de Holanda– tres puntos altos y dos puntos al aire, cerrando la vuelta por un punto bajo. Fueron los últimos seis meses en casa de sus padres, en la Calle Tercera de la Reforma número 30, en Orizaba, mientras su prometido, Ramón, estaba ausente cumpliendo misiones militares.

Ella, la novia niña, esperaba su regreso. A ratos era adulta y asistía a los cursos de preparación matrimonial, para aprender que a la hora del encuentro marital, debía cerrar los ojos y rogar "Señor, haz que no goce". O se sentaba a hacer visita con sus parientas, Dorita Rovira de Virgilio y Esther Rovira de Castillo. O a coser ropa para los pobres con Adelita, la hermana de Ramón, y con las tías de él, Trinidad Vignon, María Vignon de Aspiri y Leonor viuda de Arnaud.

A ratos era niña y corría por los corredores de su casa, sombreados por helechos, sin pisar las baldosas amarillas del suelo, sólo las azules. O sin pisar las azules, sólo las amarillas. Con sus hermanas jugaba al lobo, a ladrones y policías, a que el corredor era el mar y unos cojines, tirados por el suelo, eran tiburones. Cuando se cansaba, se sentaba en un banco bajo la palma del patio a pensar en Ramón, o en otra cosa, o a no pensar en nada. Le gustaba imaginar bodas suntuosas, amores eternos, luna de miel en una isla desierta.

En las mañanas de sol, Orizaba tenía el mismo olor tibio, agridulce y verde del trópico. Olía a musgos entre la piedra, a bestias rumiando hierba mojada, a boñiga fresca, a naranjas recién exprimidas. El olor llegaba hasta la cama de Alicia, se le metía por las narices, le entrapaba la piel y le encrespaba el pelo. A ella le entraba urgencia de salir al aire libre, al campo abierto, de largarse sola a subir y bajar –según la arrastrara su mula testaruda– por las colinas que rodeaban el pueblo.

–A dónde vas como una loca –le gritaba la mamá cuando la veía salir con la melena alborotada.

Ella no sabía a dónde iba, ella iba a cualquier parte. Corría con los pies descalzos, como las niñas indígenas, por los solares repletos de gallinas, ropa recién lavada y gladiolos rojos de las casas de los pobres.

–¡Niña Alicia, cómpreme estos duraznos, lleve tortillas, le vendo este guajolote!

Se dejaba caer por Santa Gertrudis para ver la fábrica de yute, última novedad de Orizaba. Durante horas miraba a los 400 obreros que se agitaban como hormigas, boquiabierta tratando de entender cómo una caída de agua movía los telares, las máquinas para cardar la fibra, para coser costales, para enrollar las telas.

–El agua cae con la fuerza de 800 caballos –le decía el capataz, que cada vez que ella iba le explicaba todo, desde el principio.

–De 800 caballos –repetía Alicia, y le preguntaba otra vez

por los dinamos, por el sistema Pellton, por las fajillas de cobre que conducían la electricidad.

Había días en que el trotecito sonso de la mula la arrastraba lejos, hasta la fábrica de textiles de algodón de Río Blanco. Era la más grande y moderna del mundo. Trabajaban seis mil hombres, mujeres y niños. A medida que se acercaba, a Alicia se le aceleraba el corazón, se le secaba la saliva en la boca. Una vez habían ido allí con Ramón. Ella quería quedarse mirando el reloj grande que los dueños colocaron en lo alto de una torre, al frente de las construcciones. No había otro como ese en Orizaba, con sus cuatro cuadrantes transparentes que se iluminaban de noche y su estruendo de timbres y campanas al marcar la hora.

–Vámonos de aquí –dijo Ramón.

–Esperemos otro poco, que ya casi va a sonar el reloj –le pidió ella.

–Vámonos ya, que este lugar huele a sangre.

Por el camino de regreso Ramón le contó lo que nadie en Orizaba mencionaba. Le hizo jurar, besando la cruz, que no lo repetiría. Si se enteraban de que él lo decía, lo echaban del ejército.

–Hace unos años aquí hubo una huelga y fusilaron a los obreros. No sé a cuántos, pero debieron ser cientos. Un amigo mío, que trabajaba con la guardia rural, vio los cadáveres. Estaban apilados sobre dos plataformas de ferrocarril y eran tantos que no se podían contar. Entre los muertos había mujeres y niños, y también trozos sueltos. Piernas, brazos. Mi amigo me dijo que ese tren partió para Veracruz, que a los muertos los tiraron al mar y que se los comieron los tiburones.

En las tardes Orizaba se enfriaba, se apagaban los olores del aire e invadían la casa los que venían de la cocina. Olía a chocolate con canela y vainilla, caía una lluvia menudita y persistente que en el pueblo llamaban chipichipi, y su mamá y sus tías se ponían nostálgicas. En la alargada mesa del comedor Alicia las escuchaba hablar, mientras hacía sopas con pan dulce entre la taza de chocolate. Doña Petra y sus hermanas añoraban muchas cosas, pero sobre todo el día que vieron pasar de cerca las barbas doradas y partidas en dos del emperador Maximiliano y las sedas color malva de su enloquecida emperatriz.

Después del chocolate iban a la procesión. Alicia se protegía la cabeza de la llovizna con una mantilla negra y acompañaba a todas las mujeres de la familia, incluyendo las sirvientas, a sacar a pasear a la Señora de los Dolores. La rescataban de su nicho del templo de las doce vírgenes, donde agonizaba de angustia desde los tiempos de la colonia, y la llevaban en andas por las calles, demacrada y transida bajo su manto negro de terciopelo recamado con perlas barrocas.

Las noches se poblaban de fantasmas. En casa de los Rovira, la familia se acostaba temprano para oírlos pasar. A las doce en punto corría desbocada la diligencia tirada por caballos en que la muerte se llevaba a la Monja Alférez, una desdichada religiosa que recibía castigo cada 24 horas por los pecados inconfesables que cometió en vida. Luego se percibían, bajo el suelo, las pisadas y los lamentos de los soldados mexicanos que huían de los invasores franceses por túneles subterráneos que atravesaban la ciudad. Y por los resquicios de las cortinas, unos niños huérfanos y muertos, llamados chaneques, se asomaban desde la oscuridad, a espiar el interior iluminado de las recámaras. Los chaneques enanos, infantiles, malos, con sus risas chiquitas y su candil en la mano.

Pero ni el llanto de la monja ni las burlas de los chaneques podían contra Alicia, porque su padre, don Félix Rovira, tenía una cama pequeña al lado de la suya en la alcoba matrimonial, para que ella pudiera pasarse a medianoche cuando la despertaran los miedos.

—Papá, ya llegaron los chaneques a jalarme el pelo —le decía a don Félix y él la acompañaba hasta que se volvía a dormir. Pero quienes de verdad se habían aparecido en sus pesadillas, eran la Señora de los Dolores y las piernas y los brazos de los obreros de Río Blanco.

Tres puntos altos y uno al aire, cerrando la vuelta por un punto raso: muchas horas pasaba Alicia con sus dos hermanas tejiendo en puntada de espuma el encaje de rosas y ruiseñores de su vestido. Se sentaban las tres en un círculo cerrado, íntimo, sobre taburetes turcos. Se burlaban de la gran sábana con una ojal abierto en el centro que Alicia usaría en su noche de bodas para que Ramón no la viera desnuda. Se reían bajito, cuchicheaban, una metía el dedo por entre el ojal y le tocaba la mejilla a la otra:

—Cuclí, cuclí, ¡mira quién está detrás de ti!

Las tres muy juntas, cómplices clandestinas, tapándose la boca para que no se escaparan las carcajadas, repitiendo, como si fuera un trabalenguas, las palabras que les enseñaban a las novias en las pláticas de preparación al matrimonio, esto que hacemos, Santo Señor, no es por vicio ni es por fornicio, sino por hacer un hijo en tu santo servicio —a ver quién podía

decirlo más rápido–, por hacer un servicio en tu santo fornicio.
El santo vicio de tu santo hijo. Vinicio, fornijo, santo sernijio.

La madre, doña Petra, se santiguaba al oír las herejías.
Luego se acercaba, se entretenía con la charla, rompía la distancia arriesgando una opinión:

–Si alguna vez, Dios no lo quiera, un hombre las va a violar y ustedes tienen una pistola al alcance de la mano, ¡péguense un tiro y mátense antes de permitir que las deshonren!

Ellas reían:

–Estás loca, mamá, mejor pegarle el tiro al hombre.

Tomaban la hebra cuatro veces y la clavaban en el arco. Se turnaban entre las tres la costura, pero Sarita tenía la puntada más apretada que Alicia y Esther la tenía más suelta, así que los ruiseñores del vestido de novia quedaban una veces grandes y picudos, otros chicos y alones, y su madre las obligaba a deshacer y repetir. Una vez comían chocolatines con licor de cereza mientras bordaban y mancharon el encaje. A escondidas de doña Petra lo lavaron con sal y agua oxigenada.

Cerraban tres bucles y hacían tres puntos al aire, mientras oían los consejos domésticos de su madre:

–Para los cólicos de estómago, acuérdate de esto. Si cuando estés en Clipperton se te acaba el Elíxir Paregórico, reemplázalo con una agüita de hueso de aguacate hervido durante quince minutos.

Ellas se reían:

–¡Si antes que el Elíxir se van a acabar los aguacates!

Un punto al aire, cinco puntos bajos, otro punto al aire, mientras se acercaba la fecha del casamiento. Un día llegó a Orizaba un mensajero con un largo collar de perlas grises que

Ramón le enviaba a su novia desde el Japón. Toda la vecindad se enteró de la noticia y pasó por la casa a conocer la alhaja. Alicia, encantada, se la puso al cuello y salió al patio a hacer vueltacanelas y marometas con los hijos de las sirvientas.

Así transcurría su vida. Bordaba su vestido blanco y aprendía a guisar arroz, ni mazacotudo ni salado, sobre la gran cocina de carbón. Cuando nadie se daba cuenta se encerraba a solas a leer y releer las cartas de su enamorado, a contestarlas con notitas sobre papel de esquela, tomándose el mayor cuidado para emparejar su letra de minúsculas redondas y de grandes y floridas mayúsculas.

Antes de escribirle repasaba las noticias, las cosas importantes que habían ocurrido en Orizaba durante su ausencia. A una india embarazada que traía tortillas y totopo para vender en el mercado la embistió una vaca que le clavó un cuerno en el vientre. La mujer gritaba y sangraba pero seguía viva y Alicia ayudó a llevarla al Hospital de Mujeres donde la salvaron, a ella y a la criatura. Otro día descubrieron y ahorcaron al sátiro del barrio Santa Anita, que violó a quince muchachas, les contagió el mal francés y las preñó a todas.

Al final Alicia descartaba esas historias porque a Ramón no le iban a interesar y se limitaba a declararle su amor, como en aquella postal en inglés, que años después de la tragedia aparecería reproducida en el libro sobre Clipperton del General Francisco L. Urquizo, y que dice exactamente así, por una cara,

Señor
Ramón Arnaud
Acapulco

Y por la otra,

*I never forget you
and I love you with
all my soul, Alice.
Orizaba, junio 14 de 1908.*

Una raya en tinta violeta arranca de la *e* de "Alice", baja hacia atrás y se enrosca en la última *a* de "Orizaba". Tres puntos bajos, repetir un espacio vacío y seis espacios rellenos, cerrar la vuelta y cortar el hilo.

Ciudad de México, hoy.

—No, no es cierto, el vestido de novia no lo bordó ella —me dice la nieta de Alicia, señora María Teresa Arnaud de Guzmán, y cita su libro de memorias familiares, *La tragedia de Clipperton*, escrito en México en 1982: "El traje nupcial de Alicia ha llegado de Europa, es muy elegante; por varias semanas ha estado expuesto en los aparadores de Las Fábricas de Francia. Su boda se acerca."

»Cómo no he de saberlo yo, que conozco al milímetro la vida de mi abuela, que veo por los ojos de ella. ¿Quiere más detalles sobre ese vestido? Se lo encargaron a los señores Chabrand, dueños de la mejor tienda de Orizaba, que se llamaba Las Fábricas de Francia, y ellos telegrafiaron a París mandándolo pedir. Muchos años después, cuando yo me iba a casar —mi marido es ingeniero de aguas— dije que quería hacerlo con el traje de novia de mi abuela Alicia. Me contestaron que estaba loca, que no me iba a caber, si ella era una niña cuando contrajo matrimonio, pero yo seguía porfiada y lo saqué del baúl donde estaba guardado con naftalina. Hasta el último momento me decían no te encapriches que no te va a entrar, y sin embargo me entró como por encanto, me cerraba preciso. ¡Éramos exactamente de la misma talla, la misma cara y el mismo cuerpo, ella y yo! —dice la nieta, sentada en un sillón pesado de madera estilo colonial mexicano en la sala de su residencia de la colonia San Ángel en ciudad de México. Su pelo blanco, que denota visita reciente al salón de belleza, enmarca una cara de muñeca: perfectas las facciones, levemente hendido el mentón, luminosa la piel a pesar de los cincuenta años.

–Todos en la familia reconocen que soy idéntica a mi abuela. Hasta usted que no me conoce y que nada sabe de nosotros me ha llamado un par de veces Alicia, siendo mi nombre María Teresa. Aunque ella murió mucho tiempo antes de que yo naciera, hay entre nosotras dos un nexo profundo, más allá de lo racional. Yo no puedo dejarla olvidada. Su martirio y su valor fueron intensos, pero hoy eso no lo reconoce nadie.

A través de los ventanales interiores de su casa se ve el jardín meticulosamente cuidado. En medio de la sala, sobre una mesa, hay un florero de cerámica de Talavera y en él cinco plumas negras. Hay una cajita de cristal con varios caracoles dentro.

–Son plumas de los pájaros de Clipperton, son caracoles de las playas de Clipperton. ¿Le sorprende? Mi casa es un verdadero santuario de la isla; he guardado durante años los artículos que han aparecido sobre ella en los periódicos y revistas del mundo entero. Conservo las cartas de mi abuelo y la ropa de mi abuela. Tengo muestras de la tierra de Clipperton y de sus aguas, soy química de profesión. Eso me lo trajeron, porque yo nunca he estado allí. Desde que escribí mi libro sobre la isla me topé con mi destino, supe que mi misión en la tierra es hacer que esa historia, que es mi propia historia, se conozca. El libro lo vendo aquí en mi casa o en la oficina de mi esposo, que es, como le dije, ingeniero de aguas. Todas las semanas doy conferencias sobre Clipperton. Me invita la Armada, tengo amigos allá. Cada conferencia es para mí un enorme desgaste psicológico, emocional, porque a medida que hablo revivo la tragedia, la vivo en carne propia. Llego a mi casa pesando uno o dos kilos menos, tengo que guardar cama un par de días para reponerme.

En ese momento su esposo desciende por las escaleras. Es un hombre bajo, de gafas, y lleva la gabardina colgada del brazo. Sale para su oficina, saluda con cortesía y la mira a ella con ternura, con admiración. Luego se retira.

–¿Vio cómo me mira? Me colabora en todo, ha sido el más grande difusor de mi libro, pero a veces se preocupa porque piensa que voy demasiado lejos. Aterriza mujer, me dice, vuelve a la realidad. Y yo le digo que mi realidad no es esta, mi vida no está aquí sino en Clipperton, porque por esa isla vivo y muero.

María Teresa sale hacia la cocina a traer café. Sobre la pared del comedor hay un gran retrato de ella, las manos sobre el regazo, vestido *strapless* de muselina blanca que deja al descubierto los hombros igualmente blancos, mirando de frente sin sonreír. Sobre un aparador de caoba, en un marco de plata, una foto de su abuela Alicia. Son, realmente, muy parecidas.

Entra María Teresa con el café sobre una bandeja. A diferencia del vestido del cuadro, el que lleva ahora es rigurosamente cerrado hasta el cuello y hasta las muñecas, color morado semana santa. No tiene puesto ningún anillo, pero sí unos aretes de oro, vistosos, y una cruz también de oro sobre el pecho.

–La gente dice que soy porfirista, como lo fue mi abuelo, que peleó en el ejército federal de Porfirio Díaz. Es verdad que añoro el pasado y que la política de ahora no me interesa. Pero no soy retardataria. Qué paradojas arrastra cada quién. Mire, mi abuelo que en realidad era francés, hijo de franceses, entregó su vida porque México no perdiera una porción de su suelo, y hoy, después de muchas vueltas, ese trozo de patria está justamente en manos de Francia. Por eso, porque su sangre está de por medio, mi familia no tiene descanso, no podrá tenerlo hasta que Clipperton vuelva a ser mexicana.

El portón de su casa tiene a los dos lados vidrieras color ámbar. Iluminada por la luz que pasa a través de ellas, María Teresa Arnaud de Guzmán se despide, y advierte:

–¿Así que usted se va a meter con Clipperton? ¿Quiere de veras seguirle el rastro a su tragedia? ¿Quiere honestamente comprender todo el amor, todo el abandono que hubo en esa roca inhóspita en medio del Pacífico? Tenga cuidado, oiga lo que le digo. Clipperton no siempre se llamó Clipperton, su nombre originario fue Isla de la Pasión, y quien la bautizó así supo bien por qué lo hacía. Quien se mete con ella sufre. Detrás de ella hay un mar de dolor.

La señora María Teresa de Guzmán, nieta de los Arnaud de Orizaba, sale a despedirme a la puerta de su residencia de la colonia San Ángel. Se para al lado de la vidriera. La luz que se filtra le da un tono extraño, alabastrino a su piel. Dice todavía unas palabras más.

–Le aclaro una última cosa: mi abuela y sus hermanas sí bordaron en los meses anteriores al matrimonio, le dedicaron muchas horas a eso. Pero no un vestido de encaje, eso no. Bordaron los blancos para la casa de la isla, sábanas, toallas, manteles, servilletas. Bordaron hasta la famosa sábana santa, con ojal y todo, que se usaba entonces para consumar el matrimonio. Hicieron verdaderos primores y les pusieron las iniciales de la novia, A. R. de A. De ahí viene su confusión. Por cosas como esa mi padre y yo no queremos que nadie distinto a nosotros mismos cuente nuestra historia. Hablan de lo que no saben, difunden versiones que no son.

Orizaba, hoy.

Sentada en la cocina de la Pensión Loyo, Alicia Arnaud recuerda el collar de perlas grises que su padre le envió a su madre desde el Japón:

—Recuerdo a mi mamá con su collar puesto. Le gustaba acariciarlo mientras hablaba de papá, mientras nos contaba todo lo que había pasado. No sé quién lo tenga ahora. Cuando ella murió, a nosotros nos recogió la tía Adela Arnaud, hermana de mi padre. Si no hubiera sido por ella, habríamos ido a parar a un asilo. Nunca supimos qué fue de las cosas de mamá, de las que dejó cuando murió. No sé quién pueda tener ese collar, pero lo recuerdo como si lo estuviera viendo.

En medio de la historia de Clipperton, el collar de perlas grises, además de su peso afectivo, cobra también cierta significación política: es el único testimonio que queda del viaje de Ramón Arnaud al Japón. Que se sepa, él no le comentó a nadie el propósito de dicho viaje, ni dejó informes escritos.

—Nunca supimos a qué fue. Yo creo que no le contó ni a mi mamá —dice Alicia Arnaud viuda de Loyo.

El propio Porfirio Díaz le había encomendado la misión, y se había tomado el trabajo de entrevistarse personalmente con él. El viaje se llevó a cabo en 1907, inmediatamente después de que Arnaud fuera designado gobernador de Clipperton. Por esa época las relaciones entre Japón y México se fortalecían. En la ciudad de México las japonerías se pusieron de moda, cundió el furor del yudo, los poetas compusieron odas al bambú y las señoras compraron sombrillas y abanicos de seda.

Mucho se hablaba por entonces de un tratado secreto entre México y el Japón. Se decía que Japón le declararía la guerra a los norteamericanos para asegurarse la supremacía sobre el Pacífico y que México sería su aliado. Es posible que dentro de ese acuerdo, Clipperton, por su ubicación, fuera un punto estratégico. Por otro lado, es posible también que el muy mentado tratado secreto entre México y Japón no fuera más que un chisme . Es decir, una maniobra de distracción del gobierno alemán, que buscaba matar dos pájaros de un tiro, enfrentando entre sí a sus dos principales enemigos, Estados Unidos y Japón. Regar la historia del plan siniestro para tomarse el Pacífico fomentaba la paranoia del "peligro amarillo" que atormentaba a los Estados Unidos.

O sea que puede haber otra explicación factible: que Arnaud hablara poco de su viaje, y que no dejara registro de este, no por el carácter secreto y trascendental de su contenido histórico, sino por todo lo contrario. Simplemente por la banalidad del episodio. Por ejemplo, pudo ser que Ramón fuera a Tokio en calidad de traductor para asuntos de diplomacia formal. O a llevarle al emperador del Japón una porcelana de Sèvres como regalo de Porfirio Díaz. Y que Clipperton nunca fuera punto estratégico para nadie, salvo para los pájaros que depositaban allí su guano.

Fuera decisiva o nimia, esa ficha del rompecabezas se ha perdido irremediablemente. No se sabe nada de lo que fue a hacer el teniente Ramón Arnaud al Japón, salvo por una sola cosa: desde allá le envió un collar de perlas grises a su prometida.

Orizaba, 1908.

El día 24 de junio amanecía tibio en el atrio del Templo Parroquial y un sol recién nacido secaba las lajas de piedra encharcadas por la lluvia nocturna. El vapor que se desprendía del suelo, las brumas de la madrugada y el incienso que de tanto en tanto se escapaba del interior desdibujaban la fachada de la antigua iglesia de la plaza, dándoles un contorno movedizo y lechoso.

A las seis y cinco apareció Alicia, flotando en la espuma blanca de su vestido de novia y arrastrando una nube de tul. Del brazo de su padre, se encaminó desde la reja de fierro hasta la puerta de entrada y luego, escalón por escalón y paso a paso, hasta el altar mayor. Allí la esperaba Ramón, empacado en su uniforme de gala. A su lado, la figura más sólida, más voluminosa, de su madre doña Carlota, ataviada de negro.

Alicia quedó encandilada por los miles de cirios prendidos, por las llamitas que se multiplicaban en la lámina de oro de los tallados altares de cedro. La asaltó la abrumadora presencia de las flores. Los santos, los nichos, las naves y los rincones, los bordes de los bancos, el púlpito, la iglesia entera reventaba de flores. Toda la gama de los colores y los olores, acaparando el aire disponible. Se sintió ahogada, se mareó un poco, cerró los ojos, dejó que el oxígeno le entrara despacio, se concentró en el olor. A pesar del incienso, pudo discriminar la dulzura de los jazmines, el tinte ácido de las margaritas, el vaho adormecedor de las gardenias, el aliento doméstico de las rosas, y muy escondido, casi imperceptible, el encanto venenoso de las orquídeas. La atmósfera recargada la envolvía, la atontaba, la apartaba de la realidad.

Abrió los ojos y respiró profundo, y poco a poco pudo enfocar las imágenes borrosas. Se fijó en una, la del extraño que estaba rígidamente parado a su lado. Lo miró con asombro, como si viera por primera vez su fino bigote, sus pestañas de muñeco, sus redondos ojos absortos, su pelo disciplinado con brillantina y partido en dos por una raya precisa. Él, Ramón, el extraño con quien viviría por el resto de sus días, volteó a mirarla y le sonrió. A pesar de provenir de esa cara ajena, la sonrisa fue cálida y familiar, y a Alicia le devolvió el contacto con la vida.

"Lo conozco poco pero lo quiero", pensó Alicia, ya repuesta de los ahogos, y se ocupó en arreglar el velo de tul en torno a sus pies. En realidad se conocían desde niños y habían sido novios desde adolescentes, pero no habían tenido oportunidad de estar solos, de conversar a sus anchas hasta quedarse sin tema, de tocarse, de acercarse, de escudriñar los rincones y los vericuetos del alma del otro. En el transcurso de los últimos siete años Ramón había estado ausente, cumpliendo con sus deberes militares. Una o dos veces por año obtenía licencia para ir a Orizaba, y esas visitas, que podían durar unos días o unas semanas, las dedicaba a dormir todas las siestas atrasadas, a dejarse alimentar y consentir por su mamá y a cortejar a su novia.

Un noviazgo en Orizaba –pueblo santurrón y retorcido, lleno de chismes y de miedos– no era mucho más que sobremesas en familia, ramos de rosas, partidas de croquet, besos en la mano y paseos por la Alameda. Hay testimonio, por ejemplo, de que cuando la relación se formalizó y se hizo pública, los dos enamorados empezaron a salir tomados del brazo, a pasear. Así consta en un manuscrito inédito hecho

por un paisano y amigo de la familia de Alicia, don Antonio
Díaz Meléndez, titulado "Orizaba de mis recuerdos".

En él no se habla de las calles con montes de basura donde
husmeaban los cerdos, de las oscuras sacristías donde los curas
exorcizaban a golpes a los epilépticos ni de las esquinas cén-
tricas que los pobres utilizaban como retrete. Pero sí se men-
cionan, con nostalgia, las perdidas bellezas de Orizaba, los
prados bien cuidados y los frescos árboles de la Alameda, la
fuente con juegos de agua, las familias distinguidas reunidas
los domingos en el kiosko de la plaza central, después de asistir
a la misa de once, para escuchar el vals *Sobre las olas*, interpretado por la Banda Militar Municipal. Don Antonio relata
que un buen domingo, en medio de las retretas y del plácido
ir y venir, vio acercarse a una muchacha hermosa, "tocada con
un elegante sombrero, vestida hasta la orilla de una reluciente
bota de charol, con un discreto escote como la moda de aque-
llos días imponía. Era la señorita Alicia Rovira del brazo de
un apuesto militar a quien me presentó como su novio. Era
el capitán Arnaud, a quien por primera y última vez vi, deján-
dome grata impresión su amena conversación y las atenciones
que como enamorado le prodigaba a la simpática Alicia".

Una vez mientras caminaban así, emperifollados y com-
puestos, unos cuantos pasos adelante de sus padres, hermanos
y primos, Alicia paró en seco y le dijo a Ramón:

—Yo quisiera que además de enamorados y esposos, un día
pudiéramos ser amigos, tú y yo.

Ramón la miró sorprendido. Estuvo callado un rato y después le contestó:

—Yo también quisiera. Pero eso será cuando vivamos solos.

Por ahora, frente a tanto público, a duras penas podemos ser novios de folletín.

Llegó el momento de acordar fecha para la boda e iniciar los preparativos. Ramón ya no era ni niño decente pero sin dinero, ni militar pero deshonrado y desertor. Ya tenía carrera y futuro –extraño y azaroso, pero futuro al fin– para ofrecerle a su prometida, así que una noche venteada fue a pedir su mano. Llegó con su madre, doña Carlota, a casa de Félix Rovira y de su esposa Petra, los padres de Alicia, quienes los atendieron con jerez y aceitunas. Don Félix se deshizo en galanterías y chistes finos y fue pomposo y cortés al brindar por el próximo enlace. Nadie supo que tenía los ojos hinchados y la nariz colorada porque durante las horas anteriores a la visita se había encerrado en su biblioteca a desahogarse en una rabieta de despecho, que había llorado y que había tirado al suelo, en medio de un arranque de celos paternos, tomo tras tomo, buena parte de la *Enciclopedia británica*.

Se mandaron imprimir las participaciones y las invitaciones en cartulina color té. Se programó un desayuno para después de la boda con chocolate a la francesa, longaniza y morcilla preparadas por don Félix, que era gallego, y canapés surtidos, con la famosa mayonesa de doña Carlota.

Había llegado el día, y ahora la ceremonia del matrimonio se acercaba a su fin sin más contratiempos que la sensación colectiva de falta de aire. Alicia seguía todos los detalles y los registraba en su memoria, donde quedarían grabados para siempre: el gran brillante de doña Carlota, que Ramón había engastado en la argolla de compromiso y que ahora disparaba diminutos arcoiris desde su mano de niña; el peso en los lóbulos de sus orejas de los aretes compañeros al anillo; las hostias de la comunión sostenidas por los dedos regordetes del sacerdote; la nostálgica expresión en la cara de su padre, que todos, menos Alicia, interpretaron simplemente como emoción; el timbre agudísimo, suprahumano, de la voz que desde el coro entonaba el Avemaría; la sonrisa beatífica de Ramón, que soñaba con reponer el ayuno con las morcillas y el chocolate. Y por encima de todo, impregnándolo todo, el olor denso, compacto, que despedían las flores.

En el momento culminante, el de la bendición final, Alicia miró las plumas negras del prominente sombrero de su suegra. Le molestaron, le parecieron señal de mal augurio, y contrajo involuntariamente la cara en un mohín. Como si hubiera oído lo que pensaba, Ramón se agachó hacia ella y le susurró:

—Le advertí a mamá que no se pusiera ese gorro de pajarraco, porque te iba a asustar.

Orizaba, hoy.

Vengo a Orizaba a buscar vestigios de aquella boda. Es una pequeña ciudad, opaca y sin gracia. En la Pensión Loyo –casa de doña Alicia Arnaud viuda de Loyo– encuentro una de las participaciones. Impresa en cartulina color té, doblada en cuatro, trae su mensaje por partida doble, según se acostumbra:

> Félix Rovira y Petra G. de Rovira
> participan a Ud. el próximo
> enlace de su hija Alicia
> con el Sr. Ramón Arnaud

> Carlota Vignon vda. de Arnaud
> participa a Ud. el próximo enlace
> de su hijo Ramón con la Srita.
> Alicia Rovira

Según los biógrafos de los Arnaud (la nieta, María Teresa Arnaud de Guzmán y el general, Francisco Urquizo), la boda se celebró el 24 de junio. Sin embargo, la tarjeta de invitación contradice ese dato: "...tiene el agrado de invitarlo a la ceremonia eclesiástica que tendrá verificación el 24 del actual", dice, y aparece fechada en "Orizaba, julio de 1908". Se casaron, pues, en julio, y no en junio. No es la primera vez que el calendario de sus vidas se confunde, ni será la última ocasión en que el tiempo los enrede en jugarretas.

En su manuscrito "Orizaba de mis Recuerdos", don Antonio Díaz Meléndez dice que tras la ceremonia religiosa "se dirigieron al Hotel Francia en donde se sirvió el acostumbrado chocolate de bodas".

Vengo a conocer este hotel, que todavía existe. Por entonces fue, según me dicen, el centro social más prestigioso de la ciudad. Hoy es una ruina. El letrero que lo presenta como Gran Hotel de France tiene varias letras caídas, están a medio desprender los azulejos que cubren las paredes y sus cincuenta y nueve habitaciones están indefinidamente cerradas, "por reparaciones". De sus épocas de grandeza sólo queda como recuerdo un achacoso huésped, un español que llegó a México huyendo de alguna guerra, se hospedó allí desde entonces y la administración no pudo deshacerse de él cuando clausuró el hotel, así que todavía deambula por sus balcones ya sin barandas y por sus patios de fuentes secas, maldiciendo de la humedad y de la artritis.

Sin embargo, a pesar del tiempo y de los destrozos, en el Gran Hotel de France aún se pueden percibir huellas de la boda de Ramón y Alicia. Han quedado impresas en el espacioso salón donde fue el comedor, en medio de los andamios que sostienen vigas carcomidas, de las manchas verdes que devoran paredes, de los maltratados restos de vitrales *art-nouveau*. Cada vez que el viento se cuela, hace flotar los fantasmas de aquella fiesta de matrimonio: levanta blancas polvaredas de escombros que bien pudieron ser chubascos de arroz, azúcares de pastel, velos de novia...

Pero no. Parece que aquí también hay un error. A pesar de lo que asegura don Antonio, es improbable que el desayuno se haya llevado a cabo en el hotel. Al menos la nieta dice otra cosa en su libro. Ella sostiene que fue en casa de los padres de Alicia.

Conociendo a Orizaba no como era entonces, sino como es hoy día, Ramón y Alicia resultan inconcebibles, inimaginable su bucólico noviazgo. Trato de visualizarlos cruzando estas calles congestionadas de automóviles y envenenadas de contaminación, y parándose en las actuales aceras –estrechas, sin árboles y con alcantarillas destapadas– a saludar a los amigos, a hacerle venias a los conocidos y a sonreírle a los extraños. Quiero, y no puedo, verlos tomando el té, modosos y solemnes, en la rechinante mediocridad del hotel Alvear, recientemente construido, con sus dos estrellas, su lobby de espejos esmerilados, sus muebles de peluche sintético y el letrero que reza "Aceptamos Diner's y American Express".

Ramón y Alicia, pálidos y antiguos, en ese anodino amago de ciudad que es la Orizaba de hoy... No quiero imaginarlos al toparse, en medio de los autobuses que rugen por la Avenida Oriente, justo enfrente a la tienda TE-CA, "Primera Boutique de Herramientas", con un discreto monumento donado hace cinco años por el Club de Leones.

El monumento tiene en la parte superior el busto en bronce de un oficial mexicano con casco prusiano, y sobre el costado una patética placa que representa a ese mismo oficial, ahora de cuerpo entero, agarrando de la mano a una mujer y tres niños, los cinco al borde de un mar arrebatado y bajo nubes tormentosas, descalzos y con la ropa en jirones. Debajo, en una placa más pequeña, ellos habrían leído estupefactos sus propios nombres y conocido la fatalidad de su destino, tal como aparece registrado en la inscripción:

Capitán Ramón Arnaud Vignon
quien en compañía de su esposa, la heroína

Alicia Rovira, exponente de las virtudes de la mujer mexicana, mantuvo la soberanía de México en la Isla de la Pasión hasta perder la vida el 7 de octubre de 1914.

Clipperton, 1917.

H. P. Perril, capitán del cañonero norteamericano *U.S.S. Yorktown*, nunca en su vida había tenido que ver con Clipperton. No sentía curiosidad por ese sitio. Por el contrario, le suscitaba un profundo desinterés y hasta una vaga sensación de malestar. Sin embargo, pese a su voluntad, la isla se le convertiría en un lugar señalado. Llegó, desde su base naval en California, por una casualidad en la ruta, y una veleidad del destino hizo que llegara, además, en el momento preciso. Ni un minuto antes, ni un minuto después.

Él mismo, de su puño y letra, quiso dejar constancia de esa historia, que consideró sin par en su larga vida de marino y que, según le comentaría a los suyos al volver a su casa en California, "llevaba a Robinson Crusoe atado al mástil". Quería decir que las desventuras del náufrago legendario parecían un primer capítulo de las que él, con sus propios ojos, había visto padecer a la víctimas de Clipperton.

Cuando todo hubo terminado, el capitán dedicó entera la noche del 18 de julio de 1917 a relatar con exactitud los hechos recién acaecidos. Le había tocado en suerte ser testigo y actor, juez y parte. Se quedó despierto en su camarote hasta la madrugada, escribiéndole una larga carta a su esposa Charlotte. Cada tanto hacía pausas y se quedaba absorto en la frialdad metálica con que la luna se reflejaba en el mar. Debía domar el tumulto de los recuerdos de ese día, para que al registrarlos no atropellaran su prosa medida y precisa. "Pues bien –le decía a su mujer– esta noche tengo algo verdaderamente interesante para contarte".

Veinticuatro horas antes hubiera asegurado que de un recorrido tedioso como el que estaba haciendo por aguas mexicanas, sólo perdurarían unas cuantas líneas rutinarias en la bitácora. Y sin embargo habían ocurrido cosas extrañas. Tan extrañas que al inconmovible capitán Perril le habían llegado al corazón, y hacían que le temblara la mano cuando le escribía a Charlotte: "... es algo que yo recordaré mientras permanezca vivo. Confío poder relatártelo a ti de tal manera que tú y los niños también lo valoren".

Estaba dispuesto a contarle todo a su esposa, en detalle. Pero le suplicaba paciencia. Le recomendaba que leyera sin premura, porque el meollo no vendría sino hasta más tarde: "Con el fin de que yo pueda desarrollar mi relato en el debido orden cronológico, voy a cubrir primero los aspectos menos importantes." Por no hacer caótica una historia ya de por sí confusa, no podía abordar lo central todavía. Más adelante. Si ella tenía paciencia para esperar.

Océano Pacífico, 1908.

Alicia miró de reojo su reflejo en la claraboya y no le gustó lo que vio. Dos días antes, en el momento de embarcar, su largo pelo castaño se sostenía en una moña alta con un bucle relleno que le enmarcaba horizontalmente la frente. Era un peinado adulto y anticuado que rechinaba contra su cara de niña, pero ella, que opinaba otra cosa, se lamentaba porque se había zafado con el viento. Sobre sus hombros caían los mechones, sin orden y apelmazados de sal. Unas ojeras azules como las que había tenido cuando le dio la rubeola oscurecían su piel luminosa. Sus facciones, mínimas y perfectas, se engrosaban y distorsionaban al repetirse en la concavidad del cristal.

El 27 de agosto –un mes después del matrimonio– Ramón y ella habían zarpado hacia Clipperton a bordo del *Corrigan II*, un buque de gran calado, cañonero de la armada mexicana. Abajo, en las bodegas, iba la parafernalia necesaria para convertir esa isla estéril en un lugar habitable: costales de tierra negra para hacer una huerta y semillas de verduras; un enorme abastecimiento de grano y frutas, incluyendo varias gruesas de cítricos; herramientas; telas y máquinas de coser; fusiles, machetes y otras armas; una bandera mexicana de seda verde, blanca y roja y con el escudo bordado por las monjas con hilos de plata; cerdos y gallinas; kilos de carne cecina de Oaxaca; medicamentos y tratados de primeros auxilios; plantas en macetas; carbón y otros combustibles; cuadros y fotografías de familia; un recibidor autríaco; mecedoras de mimbre hechas en Acapulco; una mandolina; un fonógrafo y los discos de moda; el juego de cepillos de plata y crin de caballo para el pelo de Alicia; un par de canarios en su jaula; golosinas, libros y periódicos, y en un baúl de cuero, cuidadosamente empacado con bolitas de naftalina, el vestido de novia con sus dieciocho metros de encaje.

Junto con la pareja viajaban los once soldados que conformarían la guarnición bajo el mando de Arnaud, acompañados por hijos y soldaderas. Para todos ellos había sido destinado un espacio reducido y bochornoso al lado de la sala de máquinas, donde sus jergones sólo cabían si se extendían uno contra otro. Antes de que los atacara el mal que los descompuso a todos, se encerraron allí, en la penumbra, a apostar su última paga a los albures de los dados y las barajas.

Alrededor de ellos, las soldaderas revoloteaban como gallinas. Sudorosas, gritonas, recias de pellejo, de melena brava, oliendo a humo y a almizcle de hembra. Todas, jóvenes y viejas, se igualaban en una misma edad indescifrable. Con sus voces curtidas –de corneta, de tiple cómica, de ganso– enhebraban rezos con blasfemias, arrullos y ternuras con maldiciones y groserías. A codazo limpio se peleaban por un lugar para descargar sus únicas pertenencias sobre esta tierra: un atado de sarapes y trapos, un metate para moler el maíz y una olla para cocer los fríjoles. Habían subido al barco detrás de sus hombres –de sus juanes– sin saber a dónde se dirigían. Pero antes se habían tomado, como siempre, unos tragos de agua hervida con pólvora. Era lo que les daba la resignación y el coraje para corretear por los campos de batalla sin otra preocupación que tener lista la comida de sus machos cuando terminara la balacera.

Comparado con el hueco donde viajaban los subalternos, el pequeño camarote de los Arnaud era un lujo. Tenía dos literas, jarra, palangana y espejo para el aseo, y contaba con comodidades que en un barco de guerra son exclusivas del capitán, como perchero y mesa de trabajo. Alicia pasó allí las primeras horas encantada, arreglándolo como si fuera una casa de muñecas. Era su primer viaje marítimo y Ramón le aconsejó tomar precauciones contra el mareo, como comer sólo pescado blanco sin condimentos, atole y agua de limón. A pesar de eso, el tercer día durmió hasta tarde y se despertó desasosegada, ahogada por el encierro del camarote. Hacía horas Ramón no estaba allí. Ella se apresuró a levantase y a salir, subió por la escalinata que conducía a cubierta y fue en algún punto del trayecto cuando la sorprendió su mal semblante reflejado en una claraboya.

Cuando por fin salió a la luz del día encontró un horizonte encapotado y tan cercano que parecía tocarse con la mano. Entre el agua y el cielo sólo quedaba para los hombres una franja estrecha, donde se concentraba una temperatura de altos hornos. La brisa había parado caprichosamente en seco y unas olas pequeñas pero bruscas, malintencionadas, sacudían al barco sin clemencia. Un olor inconfundible asaltó sus narices. Era acre y orgánico. Era olor a vómito. El mareo había cundido, como bautizo implacable para ese grupo de gente que por primera vez se aventuraba en el mar. Alicia vio soldados, soldaderas y niños que deambulaban transparentes y desencajados, y en medio de la visión desoladora, oyó de nuevo, por centésima vez durante la travesía, la voz infantil que repetía la cantinela inverosímil:

—Sol, solecito, caliéntame un poquito, por hoy por mañana, por toda la semana, sol, solecito...

El calor endemoniado rajaba los cráneos y el maderamen haciendo que en las cabezas de la gente zumbara la fiebre y que en el piso de la embarcación fuera posible freír un huevo. Sin embargo el niño había canturreado justamente eso todo el viaje, sol solecito caliéntame un poquito, sentado sobre una banca, los ojos inmensos mirando a ningún lado, calado hasta las orejas el bonete marinero de piqué blanco, bamboleando en el aire los botines color chocolate rabiosamente amarrados con largos cordones.

En la quietud del aire hirviente su vocesita de ave retumbaba llenándolo todo. Era un suplicio mínimo pero sostenido, como la gota de agua sobre la cabeza de un preso. Alicia quiso alejarse y en cambio se sentó cerca, como atada por una pequeña fatalidad, y se dedicó a repasar las formas de hacerlo callar. Como si eso fuera lo decisivo, como si en ese niño con botines y bonete, exactamente en su voz, más precisamente en el peculiar timbre de su voz, estuviera el epicentro del calor, del mareo colectivo, de la sofocante sensación de malestar. ¿De quién sería hijo? ¿Dónde estaría su padre, para que le pegara un tirón de orejas? Con los nervios crispados y el humor hirsuto, Alicia concibió formas crueles de callarlo. Se acordó de unos pellizcos que le daban a ella las monjas del colegio, sor Carola o Sor Asunta, que aparecían como sombras y de repente, sin saber cuándo, ahí estaba el dolor en el brazo, agudo y breve como picotazo de gallina. Nunca pellizcaría a ese niño, pero amansaba sus nervios imaginando que sí lo haría.

Sintiendo que también su organismo llegaba al límite de la resistencia, Alicia se inclinó sobre la borda. Buscaba un viento improbable que le despejara el vahído de la boca del estómago. Se puso a mirar el océano Pacífico. Hervía denso y gris, y soltaba un tibio vaho de sopa. "Si lo sigo mirando me descompongo yo también", se dijo, y volvió la espalda para no ver las espumas y los borbollones del agua espesa. Se percató entonces de la presencia de su esposo a unos metros de distancia.

El capitán[1] del ejército mexicano Ramón Arnaud se doblaba penosamente sobre la borda sacudido por las arcadas, arrojando al mar los últimos líquidos amarillos de su estómago. No era un marino, era un militar, un lobo de tierra firme. Los rudos años de tropel por los cuarteles lo habían hecho resistente a las calamidades terrenales, pero no sabía cómo defenderse de los embates del mar. Seguía vomitando aunque ya lo había arrojado todo y en cada espasmo conocía un rincón del infierno, cuando sus entrañas pugnaban por salirse y sentía que iba a quedar dado vuelta, como un guante. Su uniforme de dril estaba manchado y desabrochado y su rostro, empapado de sudor frío. Sin embargo su pelo, inmovilizado por la brillantina y ajeno a las violentas sacudidas del resto del cuerpo, permanecía ordenado y marcial sobre su cabeza, perfectamente recta y nítida la raya al centro. Ella lo vio atildado a pesar de su descompostura, solemne en medio de su desolación. "No se despeina ni cuando vomita", pensó Alicia, y se le fue el mal humor.

En ese momento, milagrosas ráfagas de viento fresco empezaban a barrer la cubierta y a golpearle la cara a los estragados pasajeros. El aire limpio, sano, les renovaba los pulmones y les sedaba el estómago, calmándoles la moridera. Una gaviota sobrevoló sonsamente el barco, anunciando la cercanía de tierra. Como por encanto las aguas se aquietaron y el mar,

---

[1] En realidad, el teniente Arnaud no fue ascendido a capitán sino hasta el día 26 de agosto de 1913. (Nota del Autor).

recuperando su estado líquido, brilló liso y dorado. La colectiva pesadilla intestinal se disipó, y el niño de la voz de pájaro hizo silencio.

Hombres y mujeres alzaron la cabeza y la vieron a distancia: ante sus ojos aparecía, blanca, refulgente y yerma, la silueta de la isla de Clipperton. Era el día 30 de agosto de 1908.

Clipperton, 1917.

En la mañana del 18 de julio de 1917, el capitán norteamericano H. P. Perril vio la isla de Clipperton por primera, y también por última vez. Jamás puso pie en ella, pero la observó detenidamente con un catalejo desde su barco, el *U.S.S. Yorktown.* La recorrió en circuito completo –por fuera de la barrera de arrecifes, a prudente distancia de ellos– exactamente en una hora, y constató que tenía alrededor de cinco millas (ocho kilómetros) a la redonda. "La isla de Clipperton –escribió– es un atolón peligroso, bajo, de aproximadamente dos millas (3.2 kilómetros) de diámetro."

Un atolón es una asombrosa formación anular, con agua en el centro y agua alrededor. Un anillo de tierra con una laguna en medio, en medio, a su vez, del océano. En algún momento de su prehistoria, Clipperton habría sido una montaña volcánica rodeada por una poderosa corona de arrecifes coralinos. La montaña se fue hundiendo, desapareció bajo las aguas y sólo subsistió, sobresaliendo del nivel del mar, la hermética muralla de arrecifes. En lo que antes fue el volcán, en el espacio de su cráter, quedó una laguna dulcisalobre de efervescencias azufrosas emanadas del corazón del planeta.

Continúa el capitán: "(La isla) tiene una prominente roca de 62 pies (18.6 metros) de alto sobre su costa suroriental, que parece, a primera vista, una vela de barco, y al acercársele más, un inmenso castillo. Esta roca puede ser divisada desde una distancia de 12 a 15 millas, pero en tiempo nublado ni la roca ni la isla misma pueden ser vistas sino hasta que están muy cerca.

"Las rompientes sobre su lado oriental no proporcionan

suficiente advertencia como para que una nave pueda alterar su curso y evitarlas. Está bordeada por un arrecife coralino continuo sobre el cual el mar rompe pesadamente y sin interrupción, a veces cubriendo la isla. Los tiburones nadan alrededor. Durante la temporada de lluvias, chorros de agua brotan en el costado suroccidental.

"Mientras la circundábamos, vi más gaviotas, peces voladores y mariposas que las que había visto nunca antes en una extensión semejante", comenta Perril, asombrado ante este lugar carente de toda vegetación, sin una brizna de pasto que suavizara la hostilidad de sus rocas y, sin embargo, rodeado por una inusual y alarmante proliferación de animales. "Hay millones de pájaros alrededor, y los depósitos de guano son objeto de explotación comercial. Se ha establecido una colonia desde hace algunos años para encargarse de una planta de fosfato que se construyó. (...) La isla está cubierta por una capa de guano de varios pies. No cabe duda de que los pájaros la han habitado durante siglos."

Nueve años antes, desde la cubierta de otro barco, el *Corrigan II,* los Arnaud contemplaron, llenos de expectativas, la que para ellos era una tierra prometida. Pese a la distancia en el tiempo y al diferente color del cristal con que miraron, debieron verla similar a como la percibió H.P. Perril, el capitán norteamericano que llegó hasta ella por azar.

Clipperton, 1908.

Un puñado de niños y mujeres los contemplaban desde la orilla. Alicia los miró desde la barcaza y los encontró muy abatidos, muy abandonados bajo el calor. Sus pieles morenas aguantaban resecas y renegridas el rigor del sol, y la blanca resolana borraba del todo los colores ya difusos de la poca ropa que tenían encima. Los pájaros bobos les revoloteaban alrededor, caminaban por encima de sus pies, y ellos los espantaban con un pesado movimiento del brazo o una patada perezosa.

El pequeño universo desteñido que tenía delante reverberaba y se consumía en una lenta combustión. Alicia vio cómo el agua del mar estallaba contra los arrecifes y caía sobre las rocas, las palmeras enclenques y los seres humanos, aposándose en sus resquicios, arrugas y concavidades. El sol la evaporaba enseguida y todo quedaba cubierto por un espejo de sal, brillante, enceguecedor. Chispas de espuma caían sobre esas gentes transformándolas en lentas estatuas de sal. Sólo en sus ojos, en el ansia afiebrada de su mirada, descubrió Alicia la expectativa, contenida pero feroz, de la llegada del barco.

Unos metros adelante de las mujeres y los niños, media docena de soldados formaba en posición de firmes, con aporreados uniformes de dril, grandes sombreros de paja en la cabeza y huaraches en los pies. También ellos se veían adormecidos y desteñidos, como soldaditos de plomo derritiéndose al sol. "Todos parecen náufragos –pensó Alicia con desazón–. Algún día seré yo la que vea llegar un barco y ponga cara de Juan Diego cuando se le apareció la Virgen de Guadalupe."

Dos figuras masculinas se destacaban del grupo. La de un

uniformado de apariencia joven, de mediana estatura, que era el único que se veía vital, milagrosamente fresco dentro de su camisa limpia, y la de un hombrón robusto, rabiosamente rubio, con una sola ceja espesa que se extendía desde una sien hasta la otra sin fraccionarse sobre la nariz. En el centro de la escena, sobre un mástil afianzado en una base de cemento, aleteaba con desgano una bandera nacional, tan desvaída que parecía una sábana que se secara al viento.

El *Corrigan II* había anclado a cierta distancia de la isla para no encallar en los arrecifes, y sus tripulantes y pasajeros desembarcaron en barcazas de fondo plano. La primera sensación de Alicia al poner pie en tierra firme fue molesta y poco firme: sus zapatos se hundieron en el guano, verdinegro y gelatinoso.

Más perceptiva ahora a los vahos nauseabundos que venían de la laguna que a las vibraciones proféticas que la sacudían momentos antes, frunció su naricita fina y comentó:

—Huele a coles podridas.

Ramón salió de golpe del ensimismamiento en que lo había hundido el mareo, como si ese penetrante olor a coles hubiera obrado en él igual que la sal de amoníaco en los desmayados. Recordando el papel que tenía que desempeñar, recuperó el color, la compostura y los bríos, y con aire de mandatario saludó uno por uno a los integrantes del silencioso comité de recepción, incluyendo a los niños, con un enérgico apretón de manos. Inmediatamente convocó a sus hombres y ordenó improvisar una ceremonia de saludo a la bandera. Su primer acto de gobierno sería reemplazar la que había por la otra, flamante, que habían bordado las monjas.

Mientras los soldados se tardaban buscándola entre las

decenas de cajas de madera del equipaje, los Arnaud se pararon aparte con el oficial de aspecto juvenil y el rubio robusto. El primero era el teniente Secundino Ángel Cardona, quien desde hacía seis meses permanecía en Clipperton, designado como segundo de Ramón. Había viajado a la isla antes que este, al mando de seis hombres, a adelantar las instalaciones necesarias para la llegada de Alicia y de la guarnición.

Cardona era un tipo bien parecido, peinado como guapo de barrio. Sonreía de frente con una impecable hilera de dientes y ni sus orejas, un tanto prominentes, ni uno que otro agujero de viruelas, alcanzaban a afearlo.

El rubio era un alemán de 28 años, Gustavo Schultz, representante de la compañía inglesa de guano, The Pacific Phosphate Co. Ltd. Hacía cuatro años estaba instalado en Clipperton encargándose del procesamiento y la exportación del producto, y al mando de un número de trabajadores que oscilaba entre 15, en los mejores tiempos, y dos o tres en los peores. Debajo de la ruda cortina de las cejas, sus ojos eran dulces. Sonreía mansamente mientras se balanceaba sobre la enorme plataforma de sus pies, y parecía esperar a que el recién llegado tomara la palabra.

Arnaud sabía que una de las razones por las cuales él había sido designado en Clipperton, era su conocimiento de varios idiomas. Los necesitaría, más que para el litigio internacional —del cual se encargaban los diplomáticos en Europa— para la comunicación con los representantes de la compañía de guano y la fiscalización, a nombre del gobierno mexicano, de sus actividades. Por eso saludó a Schultz en un esforzado inglés, cuidando al máximo el acento.

Schultz lo interrumpió con una ruidosa carcajada. Luego,

en una incomprensible y apelmazada mezcla de alemán, inglés, italiano y español, dijo algo sobre unas palmeras y volvió a reírse con gran satisfacción. Ramón se calló, desconcertado, y el teniente Cardona se apresuró a explicarle:

—No se preocupe, capitán, a este gringo nadie le entiende nada, ni siquiera su mujer, ni sus empleados. Aquí ha vivido con puros extranjeros. Sus hombres son todos italianos y no ha aprendido español. Tiene tal revoltijo de idiomas en la cabeza que parece la viva Torre de Babel. Pero es trabajador y lleva bien los libros de la compañía, y al menos los números los escribe en cristiano, así que por ese lado nos enteramos de lo que está pasando. El cuento de las palmeras lo repite cada vez que uno se lo encuentra, y es que según parece, él mismo las trajo y las sembró, aquellas que usted ve allá —Cardona señaló con el índice hacia un grupo de diez o doce palmeras, las únicas en toda la isla. Schultz miraba a Cardona y asentía entre complacido y alelado a lo que este decía, como si tampoco él entendiera nada de lo que hablaban los demás.

Llegaron con la bandera. La tropa recién desembarcada formó al lado de la que ya estaba allí, y uno de los soldados nuevos, que parecía no tener ni 14 años, antes de enrolarse se ganaba la vida de mariachi y ahora hacía las veces de corneta, dio el toque de atención.

—¡Pelotón! ¡Armen... armas! —gritó Arnaud, tratando de revivir con su voz a esos seres ausentes que tenía delante.

Tras varios golpes desacompasados de fierros, las bayonetas quedaron encajadas en las bocas de los fusiles. La bandera se elevó, reluciendo al sol el verde, el blanco y el rojo, y el águila pareció picotear a la serpiente. El corneta adolescente ejecutó un himno nacional sorprendentemente entonado. Con voz tímida, como aspirada hacia adentro, los demás cantaron: "Piensa, oh patria querida, que el cielo un soldado en cada hijo te dio…"

Arnaud quiso conmoverse pero sólo logró preocupase. "¿Estos son los hijos de la patria? –pensó–. "Más parecen hijos de la tristeza." Miró con detenimiento lo que había a su alrededor: una treintena de personas medio desnudas, un cangrejal, un depósito de caca de pájaro y un cacho de roca. Eso era todo.

"Esto es territorio mexicano y yo soy el gobernador –pensó, invadido por un sentimiento a mitad de camino entre el ridículo y el orgullo–. Es poca cosa, pero será poca cosa mexicana mientras yo viva. Que me manden a todo el ejército francés si quieren, que a mí de aquí no me sacan. Me dan hasta por debajo de la lengua, pero no me sacan."

Ahora sí estaba conmovido. Con los ojos húmedos, atropelló las palabras de un discurso de ocasión y gritó tres veces vivas a México. Así cerró el acto de toma de posesión territorial sobre la isla de Clipperton, que antes se llamara Isla de la Pasión. Terminada la ceremonia y tras dejar órdenes para el desembarco de la carga, Arnaud inició con Cardona un recorrido de inspección. Primero llevarían a Alicia a la casa, después supervisarían las obras y finalmente se reunirían en la cabaña de Schultz, quien se había despedido insistiendo en el tema de las palmeras y pronunciando varias veces, desde lo profundo de su garganta, la palabra trago.

–Quiere decir que nos invita a un brindis –aclaró el teniente.

Caminaron hacia el suroeste de la isla, donde habitarían los Arnaud. En el trayecto pasaron por los galpones que servían de depósitos de guano, por las habitaciones de los trabajadores, por las barracas de los soldados. Eran construcciones rudimentarias que a duras penas se tenían en pie y escasamente defendían de la intemperie. Alrededor había tinajas de agualluvias, basuras, perros y unos cuantos cerdos flacos que perseguían a los cangrejos para comérselos.

Un aire de miseria lo impregnaba todo. Por eso la sorpresa de Alicia fue grande cuando vio, a lo lejos, solitaria, la que sería su casa. Se trataba de una estupenda construcción de un piso y techo de dos aguas, enteramente hecha en madera de pino pulida y lacada, de cara a un trozo despejado de playa y elevada metro y medio sobre vigas que la mantenían a salvo de las mareas y de los cangrejos. Un amplio corredor con barandas la circundaba por los cuatro costados y adentro las habitaciones, luminosas y ventiladas, se comunicaban entre sí, y cada una tenía puerta al corredor. Todas eran espaciosas salvo una, que habría de convertirse en el refugio predilecto de Alicia: un pequeño gabinete anexo al dormitorio matrimonial, con un ventanal de vidrios de colores que miraba al mar.

No era ninguna mansión, pero parecía un lujo asiático en medio de lo demás. No había en aquella casa nada que no funcionara, nada librado a la improvisación: cada cosa había sido hecha con el mayor cuidado y perfección. Había pertenecido al anterior representante de la compañía de guano, un inglés que regresó a Europa cuando fue reemplazado por el alemán Schultz. Sibarita y maniático, se llamaba Arthur James Brander, y había aceptado ese cargo al otro lado del planeta con la condición de que le permitieran llevar desde San Francisco la mejor casa prefabricada y le pagaran el pasaje a su mucamo filipino, un sirviente devoto que lo dejaba ganar al ajedrez y que aun en Clipperton le servía, todas las tardes a las cinco en punto, el té con *muffins* recién horneados.

El inglés había hecho levantar la casa en el único lugar de la isla donde el opaco y gris Pacífico mostraba traslúcidos tonos ultramarinos, y donde no sofocaban los malsanos olores de la laguna porque los alejaba el soplo de los vientos alisios. Carpintero experto, el propio Brander había complementado la estructura básica con detalles y refinamientos, como anaqueles empotrados y postigos tallados para las ventanas. En el corredor que daba hacia el levante había guindado una hamaca traída de Nicaragua, en la que se acomodaba, con un auténtico whisky escocés en la mano, a contemplar los amaneceres. Al otro lado, en el corredor que daba al poniente, disfrutaba de otra hamaca, otro *scotch* y los atardeceres.

En menos de una hora, las cajas y baúles con la parafernalia de los Arnaud invadieron los corredores de la casa de Brander. Durante los días siguientes Ramón vio, desolado, cómo Alicia iba y venía con frenesí de hormiga, con agilidad de ardilla, llevando y trayendo cosas y colocándolas en lugares que nada tenían que ver con la meticulosa planificación que él había elaborado.

Ella ordenaba descargar macetas de geranios en el lugar donde él había calculado que se debía construir el corral, ponía camas y colchones donde él quería el comedor, guardaba tejidos y bordados en los cajones de su escritorio, instalaba gallinas y patos donde él había diseñado el depósito de herramientas, almacenaba mermeladas y conservas en las repisas que él tenía reservadas para los medicamentos.

—Detente un instante, mujer —le suplicaba—. Tomémonos

un té de tila, que es sedante, mientras le ponemos racionalidad a este delirio.

Ella se sentaba a su lado, sudorosa, lo escuchaba inquieta y a los cinco minutos se paraba de nuevo a vaciar baúles, colgar cortinas, sembrar lechugas. Ordenaba descargar la pianola, la colocaba en un rincón, en otro, se arrepentía, ordenaba que se la llevaran de nuevo.

—Haces y deshaces, te mueves y te agotas, pero no piensas —le dijo Ramón al tercer día de verla ajetrearse sin parar ni para comer ni para dormir.

—Y tú piensas y dices, indicas y ordenas, pero no haces —le respondió ella, y así inauguraron una discusión que habrían de repetir cientos de veces, palabras más, palabras menos, durante los años que convivieron en la isla.

Cuando ya habían desempacado casi todo y estaban próximos a terminar de montar la casa, del fondo de un baúl, junto con otras piezas de lino, salió la sábana santa con todo y su ojal en el centro. Lejos de Orizaba, de doña Carlota, de los diez mandamientos y de los siete sacramentos, Alicia se había olvidado por completo de su existencia. Ahora que aparecía le produjo remordimientos, pero pensó que sería absurdo empezar a usarla a esas alturas, después de tantas noches de prescindir de ella.

Tuvo el impulso de regalarla a las soldaderas, y se arrepintió considerando lo finamente bordada que estaba. Al final se decidió por utilizarla en el comedor, de mantel para las grandes ocasiones, colocando como centro de mesa un pesado faisán para disimular el agujero.

Clipperton, 1908.

Después de permanecer tres días anclado al otro lado de la barrera de arrecifes, permitiendo con mansedumbre que las rompientes lo sacudieran a su antojo, el *Corrigan II* zarpó de nuevo hacia Acapulco, ya aliviado de su carga. Ramón Arnaud lo miró partir desde el muelle. El compromiso de caballeros que con él había hecho su superior y consejero, el coronel Avalos, era que cada dos meses, cada tres a lo sumo, sin falta ni demora, ese u otro barco de la armada mexicana, llamado *El Demócrata*, llegaría a Clipperton para suplirlos de todo lo necesario para la supervivencia.

Se sabía que de la isla, ese pedrusco ocioso y estéril, no podrían obtener mucho más que cangrejos, sal y agua podrida. El barco sería el cordón umbilical que los mantendría con vida. El único vínculo con un mundo que ahora, a medida que el *Corrigan II* se alejaba, Ramón iba sintiendo cada vez más inalcanzable, más perdido detrás de los muros de agua.

Cuando el barco se le borró de la vista, Ramón se dio cuenta de que se sentía ofendido, lastimado, solo como un perro. El nombramiento de gobernador, el ascenso a capitán, la entrevista con Porfirio Díaz, le parecían ahora pajaritos de colores que adornaban la realidad escueta: lo habían abandonado a su suerte en el último sitio que escogería si le dieran la libertad de hacerlo.

La vieja sensación de que le cobraban sus faltas demasiado caras recorrió otra vez, como un ratón, todos los vericuetos de su cerebro. Ese rencor era experto en los trayectos de su laberinto encefálico, porque él lo había entrenado durante todos los días y todas las noches de su reclusión en Santiago

Tlatelolco. Durante cada hora de su reclutamiento como soldado raso. Era un rencor tan cercano a él, tan conocido y casero, que no había dejado de cultivarlo un solo minuto de su vida, pensó Ramón, y se sorprendió ante esa verdad.

Desde niño había convivido con la mala espina de que alguien, algún ser poderoso y abstracto, lo castigaba, se ensañaba con él. En este momento, en el muelle de Clipperton, el castigo adquiría la forma de una antigua y perdida palabra en inglés, derivada del español. Era un compuesto de seis letras, desconocido para él hasta hacía unos días, y que sin embargo, ahora lo tenía claro, desde siempre había marcado su destino. Ese vocablo cabalístico era *maroon*, degeneración de *cimaroon* –a su vez derivado de "cimarrón"– y, por algún juego de asociaciones lógicas, designaba la pena capital que los piratas ingleses del Caribe aplicaban a los traidores: los abandonaban en un islote desierto, en la mitad del mar, sin otra cosa que unas gotas de agua en una botella y una pistola, cargada con una bala, para cuando el suplicio y la agonía se hicieran insoportables.

Maroon, se repetía Arnaud fascinado con el sonido, *maroon*, y una pegajosa hipocondría lo iba arrastrando. Parado solo frente al Pacífico, no oponía resistencia. Un viento caliente se le enredaba en las pestañas, le zumbaba en las orejas, le hacía aletear el paño de sol sobre la nuca. Una fila infinita de olas resignadas e idénticas venían a reventarse contra la madera bajo sus pies, y él las miraba hipnotizado y se dejaba arrullar por su rumor monótono: *maroon*, susurraban, *maroon*.

Estaba cómodamente instalado en la melancolía, sin intenciones de moverse de allí, cuando vio a Alicia, a lo lejos, tratando de cargar un barril dos veces más pesado que ella por la empinada escalerilla que subía a su casa. Avanzaba dos escalones y la gravedad la hacía retroceder tres, pero ella volvía a empezar sin inmutarse. Ramón pensó que el ahínco que su mujer le ponía a la tarea era un contrasentido que desafiaba la densidad del calor, que sus bríos inútiles rompían la relajante quietud que se imponía a todo lo demás. La adivinó absorta en su esfuerzo imposible, la piel de porcelana de su cara cubierta por gotitas de sudor, ajena por completo al barco que se iba, a los rencores y presentimientos que a él lo ahogaban, a la crueldad de los piratas del Caribe y de la raza humana en general. "¿Por qué se obstinará en no dejar que los soldados hagan esos oficios? ¿Cómo no comprenderá que en un día nefasto como hoy no hay que ocuparse de cosas como barriles?", pensó con desasosiego Ramón, y corrió a ayudarla.

Cuando llegó, ella ya había logrado subir su carga hasta el porche.

Comenzaron a pasar los días. No sólo se había ido el *Corrigan II*, dejándolos librados a la buena de Dios, sino que a cien metros de distancia del lugar donde había estado anclado se asomaba, ese sí para siempre, el *Kinkora*. O su espectro. O los desechos que quedaban de él. Era un navío japonés que años antes, en una noche ciega, no vio la isla y cayó en su trampa, abalanzándose sobre ella como si no existiera. Clipperton lo esperó agazapada, invisible, lo atrapó en sus arrecifes y le desgarró el casco con la afilada fiereza de sus corales.

Arnaud, obsesionado por la presencia sombría y permanente del *Kinkora*, por cuyo maderamen destrozado pasaba el viento silbando tristes tonadas de naufragio, tomó la decisión de desmantelarlo tabla a tabla. No soportaba más la energía negra que le llegaba desde sus restos, haciéndole estallar la cabeza y doler las muelas. Sacaría de la costa ese monumento a la derrota y neutralizaría su influencia, utilizando los materiales rescatables en la construcción de viviendas decentes para los soldados.

Como solía sucederle, Ramón había pasado de golpe y sin aviso de la depresión a la euforia, y durante los días siguientes, él y sus hombres se entregaron con furor a la tarea, y de la carcomida madera del *Kinkora* –una vez pulida y purificada– salió una casita para cada soldado, con su lámpara de petróleo, su brasero de carbón y su cisterna para almacenar agua de lluvia.

Mientras el teniente Cardona y los otros se ocupaban de los oficios de albañilería y carpintería, Arnaud se dedicó a resolver un problema que los mortificaba: los cangrejos, que pululaban sin respetar ningún lugar –ni las ollas de la sopa, ni los baúles de ropa ni las cunas de los niños–, caían también dentro de los tanques, morían ahí y sus pequeños cadáveres contaminaban el agua pura. Ramón diseñó trampas y fortalezas, y tras varios intentos fracasados de ponerle barreras a la tosudez del cangrejerío, por fin salió una mañana del galpón de las herramientas con unas ingeniosas tapas de madera y doble reja que cumplieron el propósito.

A pesar de que el calor apretaba hasta el delirio y las brisas eran ariscas, Arnaud y sus gentes de Clipperton siguieron imbuidos en el frenesí de la construcción. A las casas de los soldados siguió la instalación de una vía *decauville* traída de Acapulco. Trabajaron mano a mano con Schultz y sus obreros, y pusieron a funcionar un tren como de juguete que arras-

· 83 ·

LA ISLA DE LA PASIÓN

traba su hilera de vagoncitos destapados por unos rieles tendidos desde las blandas montañas de guano, al norte de la isla,
hasta los depósitos donde lo secaban y procesaban, al lado
del muelle, sobre el costado oriental.

Luego vino la reconstrucción del faro, sobre la cima de la
gran roca del sur. Existía uno antiguo, de mecanismo anacró-
nico y estropeado, que Arnaud remozó con lentes y mecheros
nuevos, utilizando la vieja base. Hizo colocar seis tramos de
escalera, de diez escalones cada uno, para civilizar el ascenso
hasta el faro, que antes era una faena suicida por lo liso y es-
carpado de la roca. Llenó el tanque de aceite y una noche de
miles de estrellas y ninguna luna, encendió las farolas.

Abajo, hombres, mujeres y niños se sentaron en la playa
en un silencio místico. En el centro habían prendido una hoguera para espantar los mosquitos y a su alrededor habían
hecho pabellones con los fusiles, parándolos apoyados entre
sí, de tres en tres, de cuatro en cuatro. Vieron cómo se encen-
día el gran foco de luz y se quedaron allí varias horas, siguiendo hipnotizados con los ojos la ronda de los rayos pálidos.
Algo acababa de cambiar. Ya no eran un punto perdido en la
nada. Ahora ofrecían un testimonio de sí mismos ante el mundo: su faro, el faro de Clipperton, como una velita titilando
en medio de la infinita oscuridad del cielo y del océano.

Esa noche, al pie del faro prendido, el teniente Arnaud dio
la orden perentoria de que nunca lo dejaran apagar, y allí
mismo nombró guardafaros a uno de sus hombres de confianza, un soldado de raza negra, del estado de Colima, llamado Victoriano Álvarez. Para que este pudiera atender su
tarea con el desvelo que requería, le asignó por morada una
pequeña cabaña construida en la base de la gran roca y gua-

recida por esta; en realidad una cueva dentro de la roca, adaptada por dentro y con fachada de cabaña, que los soldados llamaban "la guarida del faro".

Vivir allí significaría para Victoriano Álvarez estar aislado de sus compañeros, pero en compensación, el nombramiento lo revestía de una importancia especial, de una aureola casi sacerdotal. Él sería el hombre de la luz, el guía de las embarcaciones perdidas, el contacto de Clipperton con lo que estaba más allá.

Las semanas siguientes también fueron de fajina. Se reforzó el muelle y se construyeron salinas en los acantilados bajos para mantener una permanente provisión de sal. Se hicieron corrales, para que los cerdos y las gallinas no deambularan sueltos y se fijó una reglamentación estricta según la cual los humanos, mayores y menores, tenían que hacer sus necesidades fisiológicas en las letrinas, y no como antes, en cualquier parte donde les vinieran los apremios.

En relación con la comida de la tropa, Ramón puso fin a la anarquía del sálvese quien pueda estableciendo una tienda de abastecimiento. Estrictamente controlada por él, allí se distribuían raciones proporcionales, según el tamaño de cada familia, de maíz, fríjol, chile pasilla, arroz, café, harina, cereales y carne seca. Los sábados en la mañana los soldados recibían su paga, y como no tenían cantinas donde gastarla, podían permitirse el lujo de comprar en la tienda inclusive artículos que, dadas las condiciones, eran suntuarios, como jabón, condimentos y cerveza. Los robos de abastecimientos, que al principio abundaron, se frenaron con los castigos severos que impuso Arnaud, y que iban desde azotes, en los casos graves, hasta excavación de zanjas a rayo de sol.

Al lado de la tienda, Ramón montó una farmacia dotada de material quirúrgico, desinfectantes y remedios. Guiado por los diccionarios de medicina que había traído del continente, él personalmente se convirtió primero en farmaceuta, después, cuando cobró confianza, en médico, y finalmente, cuando las circunstancias se lo impusieron, en cirujano. Desde niño había tenido un interés morboso por las heridas, los accidentes y las enfermedades, que de grande, cuando se desempeñó como ayudante de farmaceuta en Orizaba, se le transformó en pasión por las curaciones y los medicamentos. Clipperton le brindó la oportunidad de ejercer una profesión que le habría gustado estudiar y no había podido.

Los primeros meses no pasó de recetar colutorios de azul de metileno para las irritaciones de garganta, toques de violeta de genciana para los rasguños, lavativas de sulfato de magnesia para el dolor de estómago, polvos de ipecacuana para purgar. Sabía que la arándula vertiginosa, conocida como agua zafia, si se administraba bien era incomparable para combatir la acidez, la falta de apetito estomacal y de apetito sexual. Sin embargo, si el paciente se excedía en la cantidad de gotas, moría en cuestión de horas, con los labios amoratados y ampollados. El agua zafia venía en frasquitos azules que Ramón mantenía bien guardados bajo llave, dadas sus propiedades letales.

Cuando se presentaban casos de mordeduras de cangrejo y quemaduras de aguamala, hacía traer a algún niño que orinaba sobre la piel afectada. Para los resfriados comunes, frotaba el torso con glicerina caliente y luego lo envolvía con tiras de papel. A medida que la glicerina se enfriaba se endurecía bajo el papel y el agripado debía permanecer tieso y enrollado, como una momia, durante horas. Más adelante se ocupó también de heridas serias: pleitos a cuchilladas entre hombres que se volvían irascibles y desesperados con el encierro insular, o descalabros entre soldaderas que se fajaban por celos. Así aprendió Ramón los primeros auxilios y se fue entrenando para lo que le tocaría lidiar meses después: partos, pestes y muertes.

El cultivo de la huerta se convirtió en un ritual. En medio del pequeño paisaje calcinado de Clipperton, los cien metros cuadrados de tierra negra, húmeda, punteada de brotes verdes, era un espejismo. La desyerbaban y rociaban con la ternura con que se cuida a un primogénito, y por las tardes, antes de que oscureciera, todos, aun los que estaban dedicados a otros trabajos, pasaban un rato a observar los progresos. Se paraban, por grupos, al lado de los surcos, opinaban alarmados sobre un gusano en las hojas de la col o aplaudían las mechas verdes de las zanahorias que empezaban a despuntar. Esa costumbre cotidiana hizo que la vera de la huerta se convirtiera en lugar de congregación y entrara a cumplir las funciones de la plaza central de un pueblo.

Los soldados vivían entregados a cultivar verduras, a tallar sillas, a cuidar cerdos, a contar bultos de guano, y la disciplina militar estaba reducida a su mínima expresión. Saludo a la bandera y orden cerrado a la madrugada, limpieza de armas y uniformes, y ejercicios en el limitado espacio disponible. La práctica de darle la vuelta a la isla al trote se suspendió porque los trozos de coral molían botas y guaraches y no tenían cómo reponerlos. La defensa se limitaba a turnos rotatorios de guardia, diurnos y nocturnos, desde el faro, y el orden en la colonia era vigilado por brigadas de dos o tres hombres que hacían la ronda. Inquieto por eso, Ramón le comentaba a su asistente, Secundino Ángel Cardona:

—Más que una guarnición militar, esto parece una comuna de artesanos.

—No se preocupe, capitán —le respondía el teniente Cardona—, que aquí la verdadera defensa corre por cuenta de los corales. Si se acerca un barco enemigo con intenciones de invadir, lo más probable es que se haga leña contra los arrecifes. Si pasa la barrera, lo quemamos a balazos desde el faro hasta que se nos acabe el parque, que es escaso. Si a pesar de todo desembarcan, los enfrentamos cuerpo a cuerpo. Y si son muchos, pues nos lleva la tiznada.

—Aunque suene ridículo ese es el único plan de combate posible —comentaba Arnaud—. Tienes razón, a ese asunto no hay más vueltas que darle.

Así transcurría la vida, llevadera y completa, dentro de ese universo del tamaño de un centavo. El trabajo intenso daba resultados y el bienestar se medía en cosas simples. La parte habitada de la isla ya no parecía un tugurio, ni un cagadero, y la primera cosecha de la huerta se festejó con una ensalada que se repartió entre todos. Era de lechuga, cebolla, rábanos y nabos, y estaba aderezada con una mayonesa preparada por Arnaud, quien heredó la fórmula de doña Carlota.

La rutina que llevaban era un remedo de civilización y la monotonía apacible que reinaba se parecía a la felicidad. Una sola expectativa, una sola fe, unía a todos los habitantes: la llegada del barco. Habían pasado dos meses desde su partida y aún no asomaba, pero todavía no había reales motivos de alarma porque estaba fijado un tercer mes de margen.

Una tarde, mientras hacían cuentas en la cabaña de Gustavo Schultz, este profirió una de sus frases impenetrables, en medio de la cual Arnaud captó con claridad un nombre que le puso la carne de gallina: el de Robinson Crusoe.

—Dile al alemán que no venga con comparaciones ociosas —le dijo al teniente Cardona, para que este, con muecas y mímica, le transmitiera a Schultz—. Lo único que ese hombre tenía al llegar a su isla era un cuchillo, una pipa y una caja de tabaco, mientras aquí la pasamos más cómodos que la reina de Saba.

Y concluyó, sin gota de convicción pero con una notoria agresividad que le alteró la voz:

—Dile además que no se olvide que a diferencia de Crusoe, nosotros estamos en estas por nuestra propia voluntad.

Secundino Cardona no entendió por qué su superior se tomaba tan a pecho el comentario del alemán.

Clipperton, 1908.

Octubre tampoco trajo el barco, y en cambio llegó con unas lluvias arrasadoras que amenazaron con borrar la endeble existencia de Clipperton. Durante lo grueso de los aguaceros, las partes más bajas de la isla quedaban cubiertas por el mar durante horas, o días enteros, las partes más altas se convertían en promontorios de tierra incomunicados entre sí.

Suspendidas las tareas militares y casi todos los oficios comunales por causa de las lluvias, cada quien se replegó en el interior de su casa para invernar. El agua los acorralaba desde el cielo y desde el mar. La laguna, desbordada, despedía un olor más putrefacto que la pata de Santa Anna, las polillas se criaban gordas y anidaban hasta en el pelo, había que dormir entre sábanas a medio secar y la piel se volvía musgosa de humedad.

Durante el tiempo que pasaron en encierro forzado, Ramón repartía sus horas de trabajo entre la lectura afiebrada de una serie de libros y documentos sobre el pirata Clipperton que había encontrado en la biblioteca abandonada por Brander, y la elaboración de largos y detallados informes, que nunca nadie habría de leer, sobre la producción de guano y sobre el desempeño de su propia función en la isla.

Mientras tanto, Alicia bordaba prodigios en docenas de sábanas y manteles que nunca llegarían a usar, porque ya tenían suficientes para el transcurso de toda la vida. Se sentaba en una silla ratona al lado del vitral de colores del gabinete contiguo al dormitorio y mientras sus dedos expertos hacían solos la labor, a ella se le iban las horas mirando cómo el mar revuelto por la tormenta se volvía gélido a través del vidrio azul, frenético a través del amarillo, lento, casi muerto, a través del verde, nocturno y ultramundano a través del violeta.

Ramón se obsesionó con la idea de que el aislamiento, más la falta de noticias de Orizaba, hiciera decaer el ánimo de su mujer. El suyo propio, aunque no quisiera reconocerlo, ya estaba bajo el nivel del suelo. Lo torturaba el recuerdo del bienestar que habían dejado atrás y que ya empezaban a archivar en la memoria como sorda añoranza de tiempos idos. No eran tanto las grandes pérdidas las que más lo atormentaban, sino otras pequeñas: cosas antes insignificantes y ahora inalcanzables que no paraban de escarbar en su nostalgia con garritas de ratón. Como el olor a ropa limpia secándose al sol o el placer de fumarse un buen habano, el filo frío y preciso de una barbera Solingen rasurando la mejilla, la frescura de un vaso de agua de tamarindo tomado a la sombra, la voz de su mamá contando anécdotas sobre las infidelidades del emperador Maximiliano y las frigideces de la emperatriz Carlota.

Un día el capitán Arnaud no se pudo contener más, estalló delante de Alicia y no paró de hablar hasta que le salió de adentro toda la amarga cantaleta:

—No podemos seguir pensando que la vida está en otra parte, o que ya la vivimos y que ahora no nos queda más que recordar. La vida no puede ser sólo ver caer agua, chingados, ver caer agua y más agua y esperar un barco que nunca llega y contar hasta los granos de arroz que cada uno se come. O pelear contra un enemigo que no aparece y escribir informes sobre la mierda de los pájaros. Una cosa es cumplir como militar y otra distinta es tener vocación de mormón. O de imbécil. Uno tiene derecho a tratarse bien, maldita sea. Uno tiene derecho a divertirse, a darse un gustazo de vez en cuando: comer hasta hartarse, hacer ruido, emborracharse... ¡Hasta conversar con amigos ya parece un lujo! Quiero volver a platicar con la gente, aunque sea con ese alemán cabrón al que no le entiendo un cuerno...

Entonces, como único paliativo posible, Ramón se inventó e institucionalizó las veladas de los viernes. Eran unas tertulias que se celebraban en su casa, cada ocho días en la noche, con la intención de recobrar, aunque fuera artificialmente y por un rato a la semana, algo del bienestar perdido. Los invitados eran el teniente Cardona y su mujer Tirsa Rendón, una muchacha morena, maciza de carnes, oblicua de ojos y de carácter irreductible. Y Gustavo Schultz con su familia adoptiva, que estaba compuesta por una mulatona de curvas repletas llamada Daría Pinzón –a quien el alemán se había traído desde la isla del Socorro, urgido de mujer después de pasar un año solo en Clipperton– y por la hija de Daría, una niña de doce años, silenciosa y asexuada, que recibía el nombre de Jesusa y el apellido Lacursa, heredado nadie sabía de quién.

A diferencia de la mesura franciscana de los demás días, los viernes se preparaba una cantidad fantástica de mole, de tacos de huitlacoche, frijoles negros refritos, morcillas, carne cecina y café oscuro. Mientras los demás disfrutaban cada bocado como si fuera el único y nunca volvieran a probar otro, Schultz lo ingería todo entero y con los ojos cerrados: según creían entenderle, opinaba que había que ser mexicano para poder comer tanta comida de color negro. Comentario que Ramón Arnaud nunca le perdonaría.

Después de la cena, Arnaud sacaba su mandolina. Alicia quería que cambiara ese instrumento por la guitarra o algún otro. La mandolina le parecía más bien femenina con sus incrustaciones de nácar y su timbre agudo, y la veía ridícula con tanta clavija y tanto perendengue. Pero Ramón no se daba por aludido y le ponía a su interpretación los bríos de un cosaco que doma un potro y la seriedad de un virtuoso que ejecuta un concierto en el primer violín.

Luego cantaba el teniente Cardona y le daba gusto a Alicia con canciones alguna vez de moda en los salones de la capital, como la *Gatita blanca* y otra sobre unas violetas cortadas a la hora del crepúsculo.

Cardona aterciopelaba el tono, cantaba, encantaba, seducía, pasaba de bajo a tenor a medida que se calentaba con el alcohol. Los tragos le ponían un brillo raro en las pupilas y en la voz un tono maduro y aguardientoso de don Juan, de tinieblo, de parrandero profesional. Se olvidaba de trinos y morisquetas, de gatitas blancas, de violetas y de salones de la capital y se dejaba venir, a pleno pulmón, con una catarata de coplas plebeyas y arrabaleras. Como las de la desgraciada emperatriz de México, que regresó a Europa tras perder la corona y el juicio: "La chusma de las cruces gritando se alborota. Dicen que mientras el viento tu embarcación azota: adiós, Mamá Carlota, adiós mi tierno amor."

Hacían sonar la pianola y la emprendían con bailes de polkas, valses, danzones y jarabes, y ya cerca del amanecer, se dedicaban a juegos de parqués, dominó o cartas que terminaban a los gritos cuando se descubrían las trampas de Daría Pinzón.

Los festejos de los viernes se hicieron costumbre y se repitieron religiosamente, hasta cuando vino el huracán que arrancó la pianola de su rincón y la estampó contra las rocas, hizo girar en espiral la mandolina, junto con cocos, gallinas y trozos de madera y, finalmente, la dejó flotando en el mar.

Eso sería después. Por ahora, y en contra de los temores de Ramón, a su mujer se la veía cada día más feliz. Pero no gracias a las veladas nocturnas. Lo que sucedía, en realidad, era que las lluvias le habían dado a Alicia el pretexto para absorberse en el que para ella era el mejor de los mundos posibles: la soledad, meticulosamente compartida con Ramón, dentro de la complicidad de las cuatro paredes de su casa. En medio de sus carencias, Clipperton les brindaba una oportunidad que Orizaba seguramente les habría negado, la de volverse grandes amigos y amantes.

Dispusieron del tiempo y de la intimidad necesarias para amarse hasta alcanzar la maestría, y después de muchos fracasos y desencuentros, descifraron la ciencia exacta del placer mutuo. Acompasaron el caos de sus impulsos al ritmo del latido conjunto de sus sangres, ablandaron su moral de granito, se acostumbraron a la desnudez, se hicieron más hábiles y menos tímidos, rezaron menos y se rieron más. "Señor, haz que no goce, ¡Señor!, por favor, haz que no goce", rogaba inútilmente Alicia cuando sentía que subía, eléctrica, inevitable, la ola de felicidad que le sacudía el cuerpo.

Protegidos por las espesas cortinas de agua celebraron el ritual diario de amarse, como en tarjeta postal, en la hamaca del balcón del oriente entre los rosicleres del amanecer, y en la del poniente entre los reflejos dorados del atardecer.

Las favorables transformaciones físicas que el desabastecimiento –debido a la demora del barco– impuso en el aspecto físico de los dos, ayudaron en parte activa este estallido de pasión. Uno de los primeros artículos que se agotaron en Clipperton fue la gomina, lo cual obligó a Ramón a olvidarse de su rígido peinado de muñeco de ventrílocuo y a dejar en libertad sus bigotitos finos y tiesos, que se transformaron en un mostacho sensual y abundante. Además, lejos de los banquetes imperiales que le servía doña Carlota, se le fueron la papada y la panza que habían empezado a redondearle la figura.

A su vez, a Alicia se le terminaron los pomos de talcos de arroz, y al dejar de usarlos, su transparente piel de muñeca cobró un aspecto más humano. Abandonó la compostura de maniquí y la dureza del corset y las crinolinas, y su silueta menuda recuperó la elasticidad infantil que había dejado perdida en las colinas de Orizaba. Se le fueron extraviando una a una las horquillas de pelo hasta que tuvo que desistir de las moñas anticuadas y dejárselo suelto, como melena de leona.

El sol bravo de los meses anteriores había cambiado la blancura fantasmal de sus cuerpos por un saludable tono tostado, y una vez utilizada la última gota de leche de magnesia, que untada bajo el brazo mitigaba el humor de las axilas, descubrieron el atractivo de su natural olor animal.

Fue también por esa época, que después Alicia recordaría como la más feliz de su vida, cuando se engarzaron en una interminable conversación que día tras día, durante muchos años, retomarían compulsivamente y que no habría de interrumpirse ni con la muerte de Ramón, pues aun después Alicia la continuaría ella sola, diciendo su parte en los diálogos y repitiendo la respuesta que, según sabía de memoria, habría dado él.

En ese diálogo infinito que se enroscaba sobre sí mismo,

como un ocho o una serpiente, recitaban con todos los acentos, en contrapunto o a dúo, las intensidades, contrariedades, motivos y exigencias de su amor. Inventariaban lo bueno y lo malo de todas y cada una de las personas que conocían; tejían y destejían proyectos para el futuro; repasaban lo cotidiano y escarbaban en lo trascendental; evaluaban los momentos pasados y presentes de su vida en este mundo y se confesaban temores y expectativas frente a la del más allá.

A veces, en medio de la placidez de una tarde arrullada por el aguacero, algún comentario suelto disparaba el gatillo de la pelea conyugal. Como cuando Alicia opinaba que doña Carlota había malgastado el capital de los Arnaud, o Ramón sugería que don Félix Rovira era un padre celoso y dominante. Entonces se soltaban de las manos, se acaloraban y se montaban en un enfurecido río de palabras que los llevaba, sin saber cuándo, a agredirse con saña, a gritarse los defectos a la cara, a odiarse como gallos de riña. El momento culminante estaba invariablemente marcado por la explosión de viejos quistes de celos que cada uno albergaba, sin confesarlo, en algún rincón de su hígado.

Ramón la acusaba de poner ojos de ternera degollada cuando el teniente Cardona cantaba, los viernes por la noche:

–¿Tú crees que no me doy cuenta de que prefieres bailar las polkas con él? –le preguntaba con la indignación de quien increpa al asesino de su anciana madre.

Alicia le juraba por Dios que no, que reconocía que Cardona sí cantaba y bailaba como los ángeles pero que eso no quería decir. Le ronroneaba que él era el único en su vida, se agazapaba a su lado suave y cariñosa como una gata y de golpe, como Ramón siguiera ofendido e indiferente, la gatita se transformaba en tigra. De sus ojos salían amarillos destellos de ira y escupía las palabras apretando los dientes:

–¿Y tú qué me dices de la tal por cual de la Pinzón? –se refería a la moza de Schultz–. ¿No se te van los ojos detrás de sus nalgas cuando pasa por la enfermería, para encontrarte solo, con el pretexto ridículo de que le cures un dolor de cabeza?

–No es un pretexto, la pobre sufre de unas terribles migrañas, y además no me gusta su culo –se defendía Ramón. Ahora el gatito era él, y Alicia la indiferente.

Así quedaba roto el equilibrio perfecto anterior a la discusión, hecho pedazos y regado por el piso su amor eterno, destruidas sus vidas y llevadas por la desventura. Alicia corría al dormitorio a ahogarse en llanto y Ramón se encerraba en su oficina. Cuando se cansaban de rumiar el despecho y de azotarse con los celos, cuando el odio bajaba como la espuma de una leche hervida que se retira del fuego, buscaban alguna disculpa para encontrarse de nuevo, se abrazaban en la felicidad rotunda de la reconciliación y así no más, sin transiciones ni desarrollos lógicos, quedaba restituido el orden cósmico, los agravios se iban a un lugar donde nunca existieron y todo volvía a ser igual que antes.

Como recuerdo de la tragedia quedaban los párpados hinchados de Alicia, que Ramón atendía con compresas de té. Hasta que otra tarde tranquila, unas semanas después, un comentario perdido volvía a disparar el gatillo y la pelea conyugal se desataba de nuevo, torrencial como la lluvia, y cumplía con su función definida y decisiva: le devolvía la emotividad gastada y le renovaba el brillo a un diálogo tan largo, que de otra manera se hubiera repetido como el rollo de la *Gatita blanca* en la pianola.

Los resultados de tanto encierro no se hicieron esperar. Como el calendario era un objeto inútil en el tiempo inmóvil de Clipperton, a Alicia se le había esfumado la noción de las fechas. Lunes era sinónimo de jueves o de domingo, y septiembre, octubre o noviembre eran más o menos la misma cosa. Sin embargo, a principios de diciembre cayó en cuenta de que hacía tiempo no tenía que lavar los linos de su sangre menstrual, y cuando se miró al espejo comprobó que se le había borrado la cintura.

La noticia del embarazo desató en Ramón una ansiedad descontrolada por la demora, ya incomprensible, del barco. Diciembre era el cuarto mes desde que los había dejado allí, y eso no tenía explicación y estaba fuera de toda planificación. Las lluvias habían erosionado la tierra de la huerta y empezaban a sufrir de escasez de cítricos y verduras. Él temía que los atacara un mal terrible, propio de náufragos y marinos, sobre el cual se había documentado en los libros de medicina: el escorbuto. No quería sembrar el pánico sin necesidad y por eso ni mencionaba la palabra, pero cuando hablaba con alguno trataba de mirarle con disimulo las encías para ver si las tenía negras, lo cual significaría la aparición de los primeros síntomas.

Pero sobre todas las cosas, a Ramón lo atormentaba la idea de que su mujer tuviera complicaciones en el parto y que no pudieran resolverlas por incomunicación con el continente. En sus frecuentes noches de insomnio llegó a delirar con la obsesión de que los abandonaran y les naciera en la isla una criatura salvaje. Lo único que por momentos le espantaba el moscardón zumbador de la angustia eran las sesiones amorosas, que no se interrumpieron, y la certeza que iba creciendo en él, a medida que leía y releía los escritos sobre Clipperton, de que un fabuloso tesoro había sido abandonado por el pirata en algún lugar del atolón, que tendría que ser, deducía Arnaud, la laguna o la gran roca del sur.

A pesar de estos atenuantes, los demás le notaron la serenidad perdida en la aparición de un leve tic nervioso que le arrugaba la comisura izquierda de los labios y se le hacía cada vez más frecuente y marcado, hasta que estuvo acompañado por un instantáneo parpadeo del ojo del mismo lado.

–Deja de hacer tanta mueca, que la cosa todavía no está de vida o muerte –le repetía Alicia–. Ya vendrá el bendito barco.

Por fin una tarde, cuando conversaban en el gabinete, vieron a través del vitral –amarilla, roja, violeta– a Tirsa Rendón de Cardona. Venía gritando y chorreando agua, para avisarles que llegaba un barco. Todos corrieron al muelle donde se pararon bajo las ráfagas de lluvia, con el corazón palpitándoles en la garganta, a esperar que tomara forma la silueta gaseosa que trataba de acercarse por entre la rabia de las olas.

No era *El Demócrata* ni el *Corrigan II*, sino el barco de la compañía norteamericana de guano, que cumplía con su visita anual para recoger el producto. Traía regalos exquisitos de Brander para Schultz, su sucesor en el cargo: botellas de champaña francesa, amaretto de Sarona, cajas de dátiles, aceite de oliva andaluz, frascos de cerezas marrasquino y enlatados de jamón danés.

Pero traía también noticias que les acabaron de tirar los

ánimos al suelo: The Pacific Phosphate Co. Ltd. ya no tenía demasiado interés en Clipperton, porque había encontrado abundantes depósitos inexplotados de guano en islas más cercanas y de acceso menos arriesgado. Por tanto, anunciaba que disminuiría la frecuencia de sus viajes al atolón, pero le solicitaba a Schultz que permaneciera allí unos meses más, como teniente de su concesión, mientras quedaba definitivamente liquidada esa planta y lo trasladaban a otra.

De la garganta de Schultz brotó un sartal incomprensible de groserías, y el tic facial de Ramón aumentó a dos o tres contracciones por segundo.

Isla de Clipperton, 1705.

Entonces todavía no se llamaba así. Al inicio del siglo XVIII se creía que esa isla no tenía ningún nombre, porque no lo merecía. Sólo los entendidos en rutas marítimas y cartografías sabían que Fernando de Magallanes, al navegar cerca de ella, le había puesto el sonoro y desolado nombre de Isla de la Pasión.

En 1705, el corsario inglés John Clipperton llegó a ella por primera vez. Dicen que su nave, la *Cinq-Ports*, no llevaba en su único mástil la consabida bandera de los piratas, negra con una calavera cruzada por dos tibias, sino una de orgulloso rojo bermellón, con un jabalí alado. Alado o rampante, o la dos cosas, sobre eso no hay certeza.

La sorteó milagrosamente los arrecifes de la isla, que habían destrozado –y destrozarían en los siglos que vendrían después– tantas otras embarcaciones. Unos dicen que fue porque la isla reconoció el pabellón del hombre que sería su amo y se doblegó, dejándolo pasar. Otros afirman que la explicación está en la naturaleza de la embarcación: esbelta y veloz, de poco calado, baja de borda y estrecha de eslora.

Hay algo seguro: su nombre, la *Cinco-Puertos*, era un homenaje a la antiquísima cofradía de filibusteros a la cual pertenecía su capitán: la Unión de los Cinco Puertos (Hastings, Romney, Hythe, Douvres y Sandwich, viejos bastiones de la costa sudeste de Inglaterra). Resucitados los piratas, ahora en América y a expensas de los galeones españoles, la Unión de los Cinco Puertos también volvía a la vida, y junto con ella otras –como la de Los Hermanos de la Costa o la de Los Men-

digos del Mar– para agrupar y proteger a los corsarios de la
Isla de la Tortuga.

El capitán John Clipperton llegó al atolón que hoy lleva
su nombre, un día que surcaba aguas desconocidas, apartadas
de las rutas habituales de los navíos. Se cuenta que andaba
buscando una roca, o un banco de arena a flor de agua, para
abandonar a la muerte a un traidor, a un violador del juramento de obediencia. *Maroon*, había gritado la tripulación de la
Cinco-Puertos exigiendo castigo para el culpable, y *maroon*
se haría, para ejecutar la justicia del mar.

Clipperton, el cruel, famoso por el rigor de sus sanciones,
divisó la silueta de ese islote que nunca antes había explorado
y dio la orden de acercarse y de preparar al condenado. Cuentan que con piedad de negrero y humor de puñalero, le dijo
al miserable unas palabras sarcásticas de consuelo y que le entregó –según le correspondía por la ley del *maroon*– una botella de agua dulce, una pistola y una sola bala.

Pero al cruzar los arrecifes y contemplar de cerca la costa,
Clipperton encontró mucho más de lo que buscaba. Descubrió
el lugar perfecto, no para matar al traidor, sino para refugiarse
él mismo. Era la guarida que necesitaba.

Dicen los tratados de piratería que el filibustero no siente
apego por su barco. Lo despoja de las tallas de madera, de
los muebles suntuosos, de todo lo que le aumente peso y le
reste velocidad, porque sólo busca un vehículo ágil y dócil que
le permita asaltar a sus presas. El filibustero está dispuesto a
desprenderse de su embarcación, sin sentimentalismo, y a sus-
tituirla cada vez que logra capturar una mejor.

No sucede lo mismo con su madriguera. En tierras habitadas y regentadas el pirata no es más que un prófugo, un criminal que pierde la libertad y la vida. Por eso cuando encuentra una tierra de nadie, donde pueda reinar como amo y señor, lo mismo que en el océano, la cuida y la conserva, entrañablemente. Es una arteria vital la que lo liga a su escondrijo.

Henri Keppel, certero cazador de piratas, sabía de qué hablaba cuando dijo que los transgresores del mar, lo mismo que las arañas, abundan donde hay recodos y grietas. Y la isla que encontró John Clipperton, llena de recodos y de grietas, era un rincón apropiado para guarecer arañas y piratas.

Tan pronto lo vio, John Clipperton lo decidió: ese lugar sería su escondite. Oculto y hostil, estaba rodeado por afilados corales que se clavarían como colmillos en otras naves que trataran de acercarse, mientras que él y sus hombres podrían camuflarse entre sus ensenadas.

Allí, donde nadie lo encontraría, donde nadie lo buscaría siquiera, instauró su reino en la sombra y la llamó así: isla de Clipperton. No porque eso fuera un nombre, sino porque definía un acto de posesión. Su isla, la de John Clipperton, filibustero y amotinado, merodeador solitario, hombre de muchas agallas, pocos amores y ninguna fe. Tal vez nunca supo que el lugar ya se llamaba Isla de la Pasión, y si lo supo, debió sonarle a sensiblería de ibéricos y desdeñó el dato.

Otra característica hacía del atolón el lugar exacto: su ubicación. Es hecho documentado que desde hacía años, John Clipperton centraba sus esfuerzos en un blanco apetecible: la Nao de China, también conocida como Flota de la Plata. Sus galeones, cargados con trescientas toneladas de mercancías preciosas que llevaban desde Manila hasta Acapulco, y otras trescientas al regreso, desde Acapulco hasta Manila, atravesaban el Pacífico por la ruta descubierta por fray Andrés de Urdaneta, y pasaban, sin saberlo, a pocas millas de la Isla de la Pasión.

De venida, la Nao de China traía damascos, tejidos y muselinas, medias y mantones, vajillas de porcelana de la dinastía Ching, té, canela, clavo, pimienta, nuez moscada, azafrán, lacas y biombos. De ida –cuando las corrientes marinas la acercaban aún más a la isla– llevaba lingotes y ornamentos de oro y plata. Además de café, cacao, vainilla, azúcar, grana, tabaco, añil, henequén, bayetas y sombreros de palma. A veces transportaba también pasajeros secuestrables –funcionarios, frailes, damas de alcurnia, militares– cuyo rescate se podía negociar desde la Isla de la Tortuga.

Atacar la Nao de China era una aventura temeraria. Para protegerse del acecho de los corsarios, su comitiva estaba compuesta por cuatro barcos –dos galeones y dos pataches– que tenían el doble carácter de mercantes y de guerra. Iban armados hasta los dientes con cañones de cobre, un artillero para cada pieza y un arsenal para la tripulación. Abordarlos era una tarea para suicidas. O para expertos, como el capitán John Clipperton.

Emboscado en su avanzada, mascando tabaco americano y escupiendo salivajos amargos, Clipperton los esperaba, al acecho, durante días y noches. Cuando su olfato le indicaba el momento justo –dicen que oliscaba en el aire la presencia de metales preciosos a varias leguas de distancia–, se precipitaba al abordaje cortándole la ruta al convoy.

Su isla siempre lo albergó al regreso del asalto, y a sus playas negras volvió unas veces abrumado y herido, con la nave destrozada y la tripulación mermada, y otras veces dando alaridos de victoria, con la *Cinco-Puertos* lenta y remolona por el peso del botín. Una vez con el tesoro en tierra, la orgía del reparto se hacía entre ríos de alcohol. Meticulosamente equitativo con sus hombres, distribuía las piezas de oro en cantidades iguales para todos, incluyéndose a sí mismo, y sólo se reservaba, como privilegio de capitán, la mejor pieza de orfebrería. Solía escoger pesados cálices barrocos, recamados de piedras preciosas. Más que por su valor, lo hacía para darse gusto cometiendo el sacrilegio de beber en ellos agua de coco mezclada con ron antillano.

Sobre sus ropas roídas por el mar y sus pellejos tiesos de salmuera, los lobos de Clipperton se ponían las camisas de seda y las casacas labradas que arrancaban a sus víctimas. Se recargaban de pelucas, de joyas, de perfumes y de encajes, y adornados así, como altares en domingo de Pascua, daban inicio a la celebración.

A veces, raras veces, traían mujeres del continente, que raptaban en los burdeles, en las cárceles o en los orfelinatos. Eran putas piojosas y bestiales que los lidiaban sin ternura, pero que al final de los retozos –cuando las reblandecía la morriña de la madrugada– despedían un tibio vaho materno que arrullaba y consolaba.

Pero lo usual eran festines de hombres solos. Jugaban a la pistola, tapando con burletes las ventanas y resquicios de una habitación para dejarla a oscuras. Un hombre se sentaba en medio, en el suelo, y colocaba dos pistolas delante. Los demás se atropellaban a tientas por las tinieblas y como podían se agazapaban en los rincones. Alguien daba la señal y el hombre del medio cogía las pistolas, las cruzaba, las disparaba. Hasta el otro día no se enteraban de quiénes habían muerto.

Cocían abundante bastimento y se embutían de carne de puerco, de ave, de tortuga. Bebían hasta reventar y en las brumas de la borrachera, infantiles y salvajes, se arrojaban la comida por la cabeza, se bañaban unos a otros en vino, se reían, se tiraban de las orejas, se pellizcaban, se pinchaban con las dagas, vomitaban, lloraban, caían por tierra sobre un charco de sus propios orines y allí se dormían. Al otro día, la isla de Clipperton los veía despertar maltrechos y hediondos, con la garganta estragada por la sed, y deambular por sus playas, sumidos en la duradera tristeza que seguía a sus brutales arrebatos de alegría.

De los botines capturados no queda sino el recuerdo. Todo el oro que John Clipperton y sus corsarios llevaron al escondite de la isla, así como entró, volvió a salir. Nadie enterró allí tesoros, porque ahorrar dinero y acrecentar hacienda no es preocupación de hombres que cada día se sorprenden de amanecer vivos.

No hubo entre ellos quien tuviera ni la paciencia ni la voluntad de acumularlos, y menos que nadie John Clipperton, ostentoso, adicto al juego y botarate, quien se preciaba de haber derrochado, blanca a blanca y sin remordimientos, una inmensa fortuna.

De eso daban fe los habitantes de La Tortuga, que lo vieron llegar cierta mañana, en la *Cinco-Puertos*, cargado de lingotes, rehenes y sacos de mercancías; lo vieron negociarlo todo ese mismo día por sumas fabulosas; lo vieron a la noche pavonearse por tabernas y casas de lenocinio, donde gastó a troche y moche, presumió de tahur y alardeó ruidosamente de convites y limosnas. Y al amanecer lo vieron tirado en una esquina, durmiendo satisfecho la vinolencia, mientras un mendigo ma-

lamente mutilado le limpiaba de la bolsa las últimas monedas, los últimos vestigios del botín.

Clipperton, 1908-1909.

La Navidad transcurrió silenciosa en Clipperton. En la noche de Año Nuevo el cielo se abrió en cataratas sobre la isla y la gente, que andaba taciturna, se acostó a dormir temprano y se cubrió la cabeza con las cobijas para no deslumbrarse con los fogonazos de los relámpagos. En la casa de los Arnaud se reunieron los invitados de los viernes y se dieron un banquete con las conservas y los licores enviados por Brander. Pero los brindis de las doce de la noche salieron lacónicos y los abrazos fueron lacrimosos: el barco que no llegaba y el sentimiento de abandono les aplastaban los ánimos.

La verdadera fiesta la celebraron el dos de enero, día en que por fin llegó *El Demócrata* con abastecimientos, personal de relevo, sacos de tierra para la huerta, cartas de las familias y noticias de México. Los cuarenta y cuatro adultos y niños que constituían en ese momento la población de Clipperton, más el capitán, los diecinueve marineros y los seis pasajeros de *El Demócrata*, comieron, bailaron y bebieron toda la noche, reunidos en un galpón de depósito de guano que se encontraba vacío.

Ramón, ávido de conocer las noticias sobre México, se sentó aparte con Diógenes Mayorga, el capitán del barco, quien se derramó en explicaciones burocráticas sobre los motivos de su demora en llegar a la isla, y luego puso una alargada cara de circunstancias:

–Las cosas en el país se están poniendo feas –dijo.

Contó que don Porfirio –a los ochenta años de vida y treinta de poder– se preparaba para su sexta reelección, y que de repente le habían comenzado a salir enemigos hasta de debajo de las piedras. Se hacían llamar los "antireeleccionistas" y el nombre de su caudillo era Madero. Francisco Madero.

—El tal Madero es un chaparrito con barba de pera, heredero de una de las cinco fortunas más grandes del país. Los porfiristas le dicen "El Loco" porque se dedica al espiritismo y a la ciencia astral. Se cree médium y habla con los espíritus. Yo lo que digo es que será loco, pero que es muy peligroso, porque tiene a la raza alborotada con la consigna de que ya basta de don Porfirio y de su tiranía.

—¿Habla con los espíritus? —preguntó Ramón incrédulo, abriendo muy redondos los ojos.

—Eso se dice, gobernador. Que se comunica a diario con un hermanito suyo, de nombre Raúl, un angelito que se quemó vivo a los cuatro años con el querosene de una lámpara. Gentes bien informadas cuentan que el espíritu de Raulito tomó posesión de su hermano Francisco y que le dicta lo que debe hacer. Que a pesar de ser el alma de un inocente, es muy entendida en política. Debe ser que como murió con tanto padecimiento, se hizo visionario en la otra vida. Dicen que Madero obedece al pie de la letra lo que quiera mandar el difuntito. ¿Y qué cree que le ordena? Pues que sea abstemio, que no fume, que reparta su fortuna entre los pobres, que cure a los enfermos, que observe la abstinencia carnal... Y Francisco Madero cumple con todo ese mandato.

—Más que un revoltoso parece un santo, ese Madero —comentó Arnaud—. ¿Y qué daño puede hacer un hombre así?

—Pues hasta ahí no le haría mal a nadie. Lo grave es que el espíritu del difuntito resultó revolucionario: dizque le ordenó a su hermano que se dedicara a hacer campaña contra la reelección de don Porfirio. Madero, que no se atreve a desobedecer al niño, porque le teme a sus poderes sobrenaturales, cumplió la orden y escribió un libro incendiario, que se ha vendido como pan caliente.

Arnaud oía sin chistar y el capitán de *El Demócrata* continuaba, sin parar ni para tomar aire, montando unas palabras sobre las otras. Le dijo que el libro de Madero, según le constaba porque él personalmente lo había leído, llamaba a sabotear la reelección del año siguiente. Que hablaba de la fundación de un partido contra el presidente.

—Le aseguro, gobernador, que ese maldito partido ya tiene muchos adeptos. Todos los descontentos, los resentidos y los malagradecidos lo siguen. Francisco Madero se ha vuelto el caudillo de los que creen que ya estuvo bueno con treinta años de poder, y que a sus ochenta don Porfirio está mejor para envolverse en la mortaja que para ceñirse la banda presidencial.

Inquieto por las asombrosas novedades, pero sin poder creerlas del todo, Ramón se retiró de la fiesta, que recién comenzaba, y caminó por la oscuridad hacia su despacho.

En el trayecto se topó con algunos de sus hombres, que se acurrucaban a la luz de un candil para leer las cartas enviadas por sus familiares.

—¿Qué novedades hay por su casa, soldado?

—Puras cosas malas, mi capitán. Mi madre que está enferma se quedó sola, porque a mis hermanos les dio por insurreccionarse y se unieron a la bola...

—¿Y por la suya, cabo?

—Pues parecido, mi capitán. Dice mi tío que los peones de la hacienda donde trabaja se quieren ir con los rebeldes. Dice que a lo mejor se va él también.

Arnaud se encerró solo en su despacho y prendió la lámpara de querosene. Quería leer los diarios y las revistas que su superior, el coronel Avalos, había seleccionado para él y le había enviado en *El Demócrata*. Devoró página a página todos los ejemplares de *El Imparcial*, buscando trazas del descontento, indicios de la conmoción nacional, rastros de los "antireeleccionistas", o de Madero, o de su hermanito. No encontró ni una sola palabra. Ni siquiera se los mencionaba por ningún lado. Las noticias sólo hablaban de la inauguración de otro puente o de otro tramo del ferrocarril, de las recepciones en honor de algún embajador extranjero, de la condecoración impuesta a don Porfirio por el emperador del Japón.

Arnaud tuvo que revisar las fechas para cerciorarse de que no le habían enviado los diarios de uno o dos años atrás. No; eran números recientes, apenas de los dos meses anteriores. Y sin embargo le parecía recordar todo lo que decían como si ya lo hubiera leído, muchas veces, exactamente igual. Lo único novedoso que encontró, y que recortó para su archivo, fue un artículo extenso sobre la influencia del frío en el carácter de los rusos, otro sobre los hormigueros en forma de montículo y un último sobre la ciencia botánica en Manchuria.

A grandes pasos volvió al galpón de la fiesta, se mezcló entre la gente, tocó la mandolina con más ímpetu que nunca y bailó tan desacompasado como siempre. Cuando Alicia se le acercó a preguntarle por qué estaba tan eufórico, él la sorprendió con su respuesta, que fue más bien una arenga:

—Es que en México no pasa nada. Todo está bien. Como siempre, todo está perfectamente bien. Si el capitán Mayorga dice otra cosa, es porque el que delira y está loco es él. Al viejo

Porfirio no lo tumban de su trono ni con dinamita. Y mientras a él no le quiten el puesto, a mí no me quitan el mío. El viejo zorro estará muy viejo pero sigue siendo muy zorro, y todavía se los traga enteros a todos. Aguanta seis reelecciones, y diez, y doce. ¡Qué Francisco Madero ni qué niño muerto!

La última tormenta había caído la noche del Año Nuevo. Después se aplacó la histeria de las aguas y se neutralizó la tensión eléctrica del aire, y el cielo, que durante el invierno los había asfixiado como un techo de cartón, volvió a ser etéreo y a cobrar altura.

Con la llegada del barco y bajo las vibraciones de los soles de enero, Clipperton resucitó y sus habitantes reaparecieron como si despertaran de una siesta húmeda y pesada. Otra vez se vio un desenfreno de actividad por todos los rincones de la isla.

Gustavo Schultz hizo trabajar el doble a sus empleados y trabajó el triple él mismo. Reparó todos los desperfectos que las lluvias habían causado en la vía *decauville*, repletó los depósitos vacíos con toneladas de guano y pasó en limpio sus libros de contabilidad. En dos semanas tenía todo funcionando otra vez como un relojito suizo. Era como si no hubiera registrado la orden de la compañía de empezar a desmontar las instalaciones, o como si hubiera interpretado justamente lo contrario, que Clipperton era el lugar estratégico para sus planes futuros. Nadie le preguntó por qué hacía lo que hacía, seguros de antemano de que no le entenderían la respuesta. Alicia, sin embargo, creyó intuirla:

–A su manera, a Schultz le pasa lo mismo que a todos nosotros –le comentó a Ramón–. Simplemente no quiere reconocer que lo que ha hecho aquí no sirve para nada.

La obsesión por encontrar el tesoro de Clipperton tomó
posesión del alma y del cuerpo de Arnaud, y él, a su vez, contagió del delirio a Cardona y a los demás hombres de la guarnición. Determinaron empezar la búsqueda por la laguna,
para lo cual improvisaron un traje de buzo y remendaron como pudieron una escafandra arruinada que les había dejado
el capitán de *El Demócrata*. Atravesando la espesura milena-
ria del agua, descendieron hasta un mundo oscuro y escurri-
dizo, donde experimentaron la sensación de enterrarse vivos.
Siempre habían creído que no existían peces en la laguna:
nunca nadie había pescado ninguno. Sin embargo, en lo más
hondo pudieron verlos. Eran tímidas criaturas antediluvianas,
grandes como focas y acorazadas con gruesas escamas, que
acechaban desde las grutas o se parapetaban detrás de nubes
de limo volcánico. Los hombres se convencieron de que estos
monstruos, únicos habitantes y conocedores de las profundidades, podían llevarlos hasta el lugar donde se ocultaba el
tesoro, y más de una vez se quedaron atascados en los túneles
de roca subacuática tratando de rastrearlos.

Tuvieron que desistir del propósito al cabo de un par de
meses. No habían encontrado nada distinto a vieja basura
desleída, y aunque se empecinaban en seguir buscando, no
pudieron hacerlo porque la densa concentración salina y
azufrosa les había quemado los ojos y corroído la piel. Ni la
escafandra, ni el traje improvisado de buzo, habían resultado
protección suficiente contra esas aguas hediondas, que tenían
el poder de podrir todo lo que entraba en contacto con ellas.

Abandonaron la laguna pero continuaron la exploración
en la gran roca del sur. La escalaron por los costados aferrán-
dose a sus bordes filosos, y buscaron en todas sus cuevas y

resquicios. Descubrieron que era hueca el día que encontraron, cerca de la cima, un agujero que al principio confundieron con una madriguera y que resultó ser la entrada a su gran concavidad vacía. Se descolgaron con sogas en su interior, seguros de haber dado por fin con el escondite de las riquezas del pirata Clipperton.

Por el orificio de arriba penetraba un chorro cónico de luz solar, atravesado en todos sentidos por el vuelo ciego de miles de murciélagos. En la oscuridad del resto del recinto se condensaba un olor agrio y untuoso, a almizcle de animal encerrado, secretado por las glándulas de los murciélagos, o de los escuerzos que se apiñaban unos sobre otros, gordos y amorfos, en el fondo. En ese reconcentrado reino de pequeños animales negros el silencio era tan definitivo que zumbaba en los oídos. Hasta allí no llegaba el soplo del viento ni el ruido del mar.

Mientras la fiebre del oro tenía a los hombres buscando joyas y monedas antiguas hasta en la panza de los sapos, las mujeres se ocupaban de limpiar la resaca dejada por las tormentas, agitando plumeros, escobas, trapeadores, escobetas, lejía y jabones. Pese a su preñez, Alicia se puso a la cabeza de las brigadas de limpieza y se mostró más activa que nunca.

No sentía náuseas, no sufría de sueño ni depresiones y sus caprichos de embarazada se atenían a las limitaciones de la isla: a todas horas sentía la apremiante necesidad de tomar agua de coco y le gustaba quedarse sola largos ratos en el rincón menos arisco de la playa, sentada al borde del agua, sintiendo cómo las olas, después de hacerse espuma contra las rocas, venían mansamente a acariciarle la panza.

Doña Juana, la comadrona, le había hecho la prueba de

la aguja, la del centímetro y la de la taza de café, y, según todas, le nacería una niña. Lo mismo decía Ramón, basándose en datos que traían sus libros de medicina sobre el tamaño y la inclinación de la barriga.

Contra toda evidencia, Alicia estaba segura de que no. Como si pudiera ver en su propio interior, sabía que la criatura que le crecía dentro era un niño. Sabía aún más: el color exacto del pelo y de los ojos y la forma completamente redonda de la cabeza. Estaba segura de que se llamaría Ramón, que sería un muchachito corto de estatura y dulce de carácter y que, por obra de extraños vasos comunicantes, sus alegrías y sus tristezas fluctuarían milimétricamente acordes con las de ella, desde ya y aun durante varios años después de su nacimiento.

Según los cálculos de Ramón, el barco tendría que volver en mayo, lo cual les daría el tiempo necesario para viajar a Orizaba. Así el parto –que sería en junio– y el primer mes de crianza, estarían debidamente atendidos por los médicos y por la familia.

–Este niño va a nacer en Clipperton –le aseguraba Alicia.

–Te he dicho mil veces que no digas eso –contestaba él–. El coronel Avalos me ha garantizado, bajo su palabra de honor, que esta vez no habrá demora. Él sabe que el parto está pendiente y no va a fallarnos.

–Entonces no entiendo qué es lo que va a pasar –insistía ella–, pero yo sé que este niño va a nacer en Clipperton.

La presencia cada vez más tangible de su propio hijo hizo que, por primera vez, Alicia se percatara de la existencia de otros niños en la isla. Antes los había visto sin verlos y ahora estaban allí, como si de repente hubieran salido del mar, de distintas edades y colores, correteando entre los cangrejos y los pájaros bobos. Fue cuando tomó la decisión de poner a funcionar la escuela y de dedicarle la mayor parte de su tiempo. En la playa, al lado de la casa de Brander, levantaron un pequeño tambo sin paredes y con techo de hojas de palmera, y allí sentaron a los niños –nueve en total– alrededor de una mesa larga. La mayor tenía doce años y era Jesusa Lacursa, la hija de Daría Pinzón. Dentro de poco el menor habría de ser un niño menudito y dulce de carácter, siempre prendido a las faldas de su madre, llamado Ramón Arnaud, hijo.

Por esa época las mujeres empezaron a dejar de lado las envidias y los chismes y a tejer entre ellas un estrecho círculo de solidaridad, una logia femenina que ya nunca habría de romperse y que, años después, les permitiría sobrevivir durante los tiempos aciagos en que pasarían por el infierno.

No fueron las tareas domésticas lo que más las unió, ni la escuela, ni el taller de costuras y bordados. Fue el cuidado colectivo de su pelo, que llegó a convertirse en un ritual semanal. Todas, sin excepción –Alicia, Tirsa, doña Juana la partera y las soldaderas– tenían unas cabelleras espléndidas, que les llegaban a la cintura, y que nunca, desde la infancia, habían sido cortadas. Salvo los despuntes de rigor del día de San Juan, cuando la influencia de la luna atraía la sabia del pelo hacia las raíces y se podían emparejar los extremos sin quitarle vida a la melena.

Cada miércoles a la madrugada se reunían en los lavaderos y se enjuagaban el pelo con agua de lluvia serenada en ollas de barro. Contra el sol que lo aclaraba, se echaban chile y hierbas aromáticas para renegrearlo, y contra el mar que lo resecaba, se untaban un emplasto de huevos de pájaro bobo.

Para fortalecerlo, se hacían masajes con Tricófero de Barry o con aceite de víbora, y para aromatizarlo, lo rociaban con unas gotas de vainilla. Lo enjuagaban de nuevo, se envolvían un rebozo en la cabeza, sacaban las sillas al sol y se sentaban a dejarlo secar. Luego se lo cepillaban con escobetilla, las unas a las otras, durante horas, y después, con peines de madera o de hueso, se lo tiraban con fuerza hacia atrás, hasta quedar con los ojos oblicuos como las orientales, y se lo peinaban en trenzas de tres o de cuatro gajos que ataban con listones de colores. El día de San Juan se lo despuntaban, cuidando de recoger en una bolsita las puntas del cabello cortado, para guardarlo debajo de la almohada[1].

Durante las largas sesiones de cuidado del cabello había tiempo de sobra para conversar. Se platicaba de partos y de abortos, de amores y de engaños, se relataban sagas familiares, se recordaban batallas de otros tiempos, historias de otros batallones.

Hacia el mes de abril, cuando empezaron a aparecer docenas de aletas negras en las aguas próximas a los arrecifes, el tema de los tiburones se hizo recurrente y obsesivo y desplazó a los demás. Las mujeres se rapaban la palabra para contarse historias de anteriores habitantes de la isla que habían muerto destrozados por tiburones. Como los nueve pescadores que salieron de madrugada en un planchón, de los cuales lo único que regresó fue una enorme mancha de sangre en el agua, que se arrastró hasta la arena de la playa, donde quedó indeleble. O como el gringo empleado de la compañía de guano que era

[1] En: Adela Fernández. *El Indio Fernández.*

afeminado, y que un día en que se tostaba la piel cerca de la orilla, perdió las nalgas de un mordisco.

—Así lo castigó mi Dios, quitándole la parte por donde pecaba —decía, santiguándose, la señora Juana.

Mientras hablaban, veían a la distancia los destellos metálicos que despedían los lomos de los tiburones, oían el ruido de sus aletas cortando el agua como navajas de afeitar, creían detectar en el aire el aliento fétido que salía de sus gargantas. Por las noches soñaban pesadillas de colmillos y mutilaciones, de marimantas que raptaban niños, de escualos que obligaban a las mujeres a maridarse con ellos, o que salían del mar con forma humana para hacer crueldades.

Era los miércoles por la mañana, cuando estaban juntas y se cepillaban el pelo, que las mujeres conjuraban el miedo contándose estas historias, que hasta ese momento sólo eran recuerdos dudosos y sueños horribles, pero irreales.

Clipperton, 1909.

Alicia se desplazaba por el agua tibia, que se descorría a su paso en cortinas de un azul muy transparente. El contacto con el agua era lento y era grato. Se sentía bien en ese mundo cálido, azul y transparente de paredes líquidas. A muchos metros sobre su cabeza veía la superficie lisa y refulgente como una lámina de plata. El sol, que golpeaba desde arriba el lomo del agua, lo platinaba, lo metalizaba, lo hacía parecer, visto desde abajo, por el revés, como un espejo atravesado por rayos de luz y de calor.

Hasta sus oídos llegaba el sonido sedante de un continuo borbollar. Como un hervor de marmita en la estufa, Alicia sentía el cosquilleo de burbujas que subían por su garganta, efervescentes en sus oídos, acariciando sus tímpanos. El pulso del mar, rítmico y manso, la mecía y la acompañaba como el latido del corazón de un animal enorme, un animal invisible y protector, una fiera poderosa y mansa. Alicia se desplazaba por el fondo y veía, muy arriba, a la distancia, la superficie brillante. Pero sabía que no necesitaba alcanzarla, que no debía salir a flote. Caminaba bajo el agua sin urgencia, sin acosos, sin ahogos. Su respiración era serena y era profunda, sus pulmones se llenaban del aliento cálido del gran animal. Su corazón latía al unísono con el de la bestia. Todo estaba bien, todo transparente. Todo sereno y seguro.

Todo estaba bien, salvo una inquietud, una sospecha. Alicia intuía que desde alguna parte la acechaban sombras dañinas. Sombras oscuras y frías como piedras, como piedras pesadas y vivas que rehuían los rayos solares y que la rondaban en círculo. Merodeaban, esperaban agazapadas, aguardaban su oportunidad, dañadas, dañinas.

Pero ella sabía también que ahora no podrían acercársele. Que no llegarían hasta ella mientras permaneciera sumergida, mientras no asomara la cabeza al otro lado de la lámina luminosa. No la tocarían si estaba protegida por la vigilia del animal, por los focos submarinos de luz tibia, por la complicidad del agua poderosa y mansa.

Se hubiera quedado para siempre en la placidez sin tiempo y sin fatiga de ese gran lecho acuático, pero pese a su voluntad se fue despertando, suavemente. Se vio a sí misma entre su cama, más que acostada, sentada bajo su enorme panza y recostada contra los almohadones que le facilitaban la respiración. Tardó varios segundos en comprender que la sensación tibia y húmeda de su piel era el agua de su propia fuente, que se había roto poco antes, anunciando la proximidad del parto. Minutos después empezó a sentir los dolores.

Hasta unas semanas antes, Ramón todavía confiaba en la llegada del barco que los llevaría a México a tiempo. Mientras anduvo en el frenesí de la búsqueda del tesoro, estuvo demasiado ocupado para obsesionarse con la demora.

Pero todos los esfuerzos por encontrar las míticas riquezas del pirata Clipperton habían sido estériles. Después del chasco que se llevaron buscando en la laguna, fallaron también en la gran roca del sur. La recorrieron centímetro a centímetro, por dentro y por fuera, y al cabo de dos semanas sólo habían encontrado fósiles y líquenes, caracoles antiguos, hongos gigantes, piedras de lava. Los hombres maldijeron, se hicieron un amuleto con algún fósil, con alguna concha de nácar y fueron abandonando el propósito, uno a uno.

Primero desertaron los que siempre habían sido escépticos frente al cuento del tesoro y habían colaborado sólo por disciplina. Después los que habían tenido dudas. Días más tarde los entusiastas que sí habían confiado, en seguida los que fueran fanáticos convencidos, y por último Arnaud, para quien el asunto se había convertido en un problema de honor. Todos quedaron exhaustos, con un sabor a fracaso en la boca y con las manos plagadas de verrugas y los ojos hirviendo de orzuelos, de tanto impregnarse de orines de murciélago y leche de sapo.

Cuando llegó el mes de junio el panorama era crítico: habían perdido el tiempo buscando el tesoro, Alicia entraba al noveno mes de embarazo y el barco completaba el quinto de tardanza. Ramón vio con rencor que la vieja historia de la ansiedad, de la taquicardia, de las noches en vela haciendo y descartando hipótesis, de rogar al cielo y de maldecir al coronel Avalos, se repetía una vez más, idéntica, inútil, y desistió de caer nuevamente en ese juego. Si llegaba el barco, santo y bueno; si no, se arreglarían sin él. Al menos mientras pudieran. Mientras no se murieran. Se aplicó sanguijuelas para que le chuparan la bilis envenenada y la mala sangre, cambió los tratados de piratería por los libros de medicina y se dedicó a prepararse para atender personalmente el nacimiento de su hijo. Doña Juana, la mujer de Jesús Neri, el más viejo de sus soldados, era experimentada como curandera y como partera, y podría ayudarlo.

La madrugada en que Alicia se despertó empapada por el líquido amniótico, Ramón sacó del armario los objetos que tenía preparados y desinfectados y los ordenó pulcramente sobre la mesa de luz, al pie de la cama. Eran trapos blancos hervidos durante horas, jabón antiséptico, alcohol, tijeras y pinzas, listones limpios para amarrar el cordón umbilical, dos palanganas grandes, agujas e hilo de tripa, para coser en caso de desgarramiento. Palpando y escuchando por el fetoscopio, Ramón Arnaud determinó que la criatura se encontraba bien y que su posición era la adecuada. Hizo que Alicia se acostara sobre sábanas limpias, le acomodó los almohadones, le acercó una gran jarra de agua fresca, abrió todas las ventanas para que entrara el aire, bajó las persianas de madera para dejar la habitación en penumbra y se sentó al lado de su mujer, a esperar el nacimiento de su hijo. Doña Juana también aguardaba el momento en que la llamaran para entrar a ayudar.

Fue una espera larga, de más de diez horas. Los dolores venían intermitentes y sacudían a Alicia por ráfagas, fuertes como descargas de electricidad. Después se alejaban, como la marea, dejando su cuerpo en un laxo reposo y su mente perdida en un limbo donde se borraban las referencias al mundo concreto. Hasta que de nuevo el dolor la devolvía bruscamente a la realidad, tensaba todas las fibras de su cuerpo, la sacudía con ondas ardientes que se disparaban desde su centro más hondo hacia sus dos párpados y cada una de sus veinte uñas, para replegarse luego, recorriendo el camino inverso y disolviéndose otra vez en el sosiego y la distensión.

Entre contracción y contracción, Ramón renovaba el agua de la jarra, le acariciaba el pelo, la abanicaba para que se mantuviera fresca. A veces mataban los minutos con juegos de damas, o de cartas, que se interrumpían cuando aparecían las punzadas. Cuando estas se aceleraron hasta hacerse una sola con interrupciones breves, y el dolor triplicó su intensidad, los dos supieron que el momento había llegado.

Alicia dio rienda suelta a un impulso más telúrico que humano que se desató en su interior y que copó todos sus sentidos. El dolor, aunque en su punto máximo, pasó a segundo plano, convirtiéndose en una sensación débil, sin importancia, ante la potencia del esfuerzo. También el miedo y la incertidumbre de las horas anteriores quedaron borrados ante una gloriosa voluntad de poder, ante una fe ciega en su propia fuerza, que brotaba monumental. Tras el último envión, tremendo y definitivo, Alicia Rovira se perdió en la misma borrachera que marea a un dios cuando acaba de ejercer su mejor don, el de crear la vida.

Ramón contemplaba entre maravillado y aterrado, con las tripas revueltas y el corazón en vilo, ese acto violentísimo y sangriento que es la procreación. Vio aparecer la cabeza, que se asomó hasta la altura de la frente, e inmediatamente volvió a hundirse. Al tercer intento salió completa, mojada y gelatinosa, y Ramón pudo tomarla entre sus dos manos. Vio la cara diminuta que se fruncía en una fea mueca de adulto, y sin tener que jalar, sintió cómo detrás de la cabeza se deslizaba hacia afuera el resto del cuerpo, rápido y resbaloso como una lagartija. Contó cinco deditos en cada mano, cinco en cada pie, y comprobó que las facciones del rostro, aunque retorcidas por el esfuerzo del llanto, estaban perfectas.

Era hombre, tal como había pronosticado Alicia.

–Es un varón –le anunció–. Es un hermoso varón.

Con habilidad y mano cierta, como si ya lo hubiera hecho muchas veces, y con ayuda de Juana, que se afanaba llevando y trayendo trapos y agua hervida, Ramón cortó y cosió, extrajo residuos y limpió restos. Antes de entregarle el niño a la doña para que lo revisara y lo lavara, se detuvo a contemplarlo unos instantes.

–Un marcianito –pensó–. Un marcianito asustado que acaba de llegar de un viaje agotador.

Luego se tendió a descansar en la cama al lado de Alicia, y la señora Juana les alcanzó al recién nacido. Ya limpio y envuelto en un ropón de lino blanco, menos estremecido y menos amoratado, tenía más apariencia de criatura de este mundo. Desde el fondo de su cansancio, Alicia lo miró con amor y con angustia, con demasiado amor y demasiada angustia, como miran a sus crías todas las mujeres, las osas, las tigras, las gatas recién paridas.

En una sola cosa me equivoqué –dijo–. No tiene la cabeza redonda, la tiene puntuda, como el gorro de un enano.

Pero tampoco en eso se había equivocado. Al rato de estar afuera y una vez repuesta de la lucha por atravesar el estrecho tracto, la cabeza del niño, de contextura todavía maleable, perdió la terminación en pico y quedó más redonda que un ovillo de lana.

Ramón descorrió una de las persianas. Por la ventana abierta vieron la bóveda del cielo, alta y limpia, de un azul magnífico. Alicia recordó su sueño. Una imagen instantánea en su cerebro volvió a mostrarle el paradisíaco mundo submarino de cuando dormía, y se alegró de estar despierta.

"En este momento, la vida también es grata y es perfecta", pensó.

Vio a Ramón y al niño, los dos dormidos. Sintió el leve ruido de su respiración tranquila y también ella se dejó arrastrar por la duermevela.

Horas, o minutos, después, gritos que venían del exterior los despertaron, sobresaltándolos. Afuera mucha gente lloraba, llamaba a voces, corría sin concierto. Abrieron los ojos y notaron que el rectángulo iluminado y estático de cielo azul que se veía por la ventana, se había oscurecido, se había puesto en movimiento, pasaba del rosa al violeta, y del violeta a un vino tinto voraz que se lo tragaba todo. Había llegado el anochecer. Los gritos se sentían cada vez más agudos, cada vez más cerca.

Ramón se apresuró hacia la puerta de la casa, bajó de un salto torpe, todavía sonámbulo, la escalerilla del porche, atravesó un círculo de gente que se abrió para dejarlo pasar, y en el centro vio, tendido en el suelo, bañado en coágulos de su propia sangre, los restos de un hombre. Era el cadáver de Jesús Neri, el marido de Juana la partera, un soldado viejo que llevaba en Clipperton más tiempo que los demás. Todos a la vez, todos a los gritos, le contaron a Arnaud lo sucedido. Las versiones no coincidían, se contradecían, cada quien tenía una visión de los hechos.

El viejo estaba metido hasta la cintura entre el mar, metido hasta el cuello en el mar. Estaba al lado del muelle, no, no tan cerca, estaba a diez metros del muelle. Descargaba de su chalupa unos barriles que había transportado por agua desde otro lugar de la isla. Cargaba en su chalupa unos barriles que iba a llevar desde allí a otro lugar. Esos cinco barriles que contenían querosene. Querosene no, agua dulce, el viejo quería llevar agua potable desde el muelle hasta su casa. De pronto lo vieron manotear como un loco. El primero que lo vio fue Victoriano; la que primero lo vio fue la mujer de Faustino; fueron unos niños que empezaron a gritar.

Entre el agua el viejo se hundía, reaparecía, se veían su cabeza, su espalda, sus brazos, ya no se veían. Lo está picando una mantarraya, gritó Victoriano; aguamalas habrán de ser, chilló la mujer de Faustino. Los niños gritaron. Cinco hombres, cuatro, seis –tres hombres y dos mujeres– se acercaron corriendo por el muelle. Lo vieron defendiéndose a mordiscos, a patadas, de las sombras negras que lo atacaban. Lo vieron indefenso, rendido, poniendo cara de perdón, de dolor, de súplica. A palazos los hombres espantaron la manada de tiburones. Eran tres tiburones; eran dos tiburones y una barracuda; era un sólo tiburón inmenso; eran seis: cinco negros y uno blanco. El agua ya estaba roja de sangre cuando los ahuyentaron. Pedro alcanzó a arponear a uno, Pedro casi alcanza a arponear a uno. Rescataron lo que quedaba de Jesús. Cuando lo sacaron ya estaba muerto. Cuando lo sacaron todavía estaba vivo. Tendido sobre el muelle jadeó un rato, le rezó a la Virgen de Guadalupe, llamó a su mujer, Juana. Tendido en el muelle no dijo nada, sólo se murió sin decir nada. Intentó incorporarse con lo que le quedaba de cuerpo, le vino una bocanada de sangre, se murió. Primero se murió y enseguida la sangre se le escapó por las heridas, por la nariz, por la boca. Luego lo colocaron sobre una manta, lo llevaron hasta la entrada de la casa grande, y llamaron al capitán Arnaud.

Ramón veía perplejo tanto destrozo, tanta miseria de ese hombre deshecho, tanta tristeza de ese cuerpo vuelto un guiñapo. No atinaba a hacer otra cosa que quedarse parado, mirando. Había desaparecido su eficiencia de aprendiz de médico, se había esfumado su autoridad de gobernador, había perdido la capacidad de reaccionar. Sólo podía permanecer allí parado, y mirar. Tenía demasiado fresco el impacto del parto y las dos imágenes se yuxtaponían, se mezclaban, lo aturdían. Al lado del cadáver, sentada en cuclillas, doña Juana lloraba quedito, parejo, sin aspavientos ni lágrimas, resignada a la muerte desde siempre.

La voz del teniente Cardona rompió la hipnosis colectiva que producía la contemplación del cadáver.

—Hay que enterrarlo —dijo.

—Hay que enterrarlo —repitió mecánicamente Ramón—. Y hay que buscar un cementerio.

La escasa capa de tierra de Clipperton hacía casi imposible enterrar al hombre. Taparlo con paladas de guano sería insalubre y sacrílego, y cavar una fosa en la roca sería una tarea demasiado ardua. Alguien sugirió que lo tiraran al agua, pero la idea de que los tiburones acabaran de devorarlo horrorizó a Ramón. Si fuera marino y hubiera muerto en alta mar, tal vez habrían podido hacerlo, pero el viejo Jesús era soldado y había muerto a dos pasos de la tierra.

Las mujeres espantaban a los cerdos que se enloquecían por husmear y a los moscos que se arremolinaban sobre la sangre seca. Se empezaba a sentir en el aire la rápida descomposición del cadáver bajo el calor de ese anochecer sin viento. Era necesaria una solución rápida. Después de recorrer varios lugares, Arnaud se decidió por un rincón de la playa, cerca de la torre del faro, hasta donde no llegaba el agua. El amontonamiento y el endurecimiento de la arena en ese sitio permitirían cavar un hueco suficientemente hondo. Allí inaugurarían el cementerio.

A Jesús Neri, o lo que quedaba de él, lo amortajaron, lo guardaron entre una caja cuadrada de madera de pino, de las que traían alimentos en el barco, y lo enterraron bajo una cruz de palo. A falta de flores, sobre su tumba pusieron hojas de palma. Doña Juana ya no lloraba, nada más aullaba suavecito, rítmico, parejo. Arnaud pronunció algunas palabras:

—Este día, 29 de junio de 1909, la vida y la muerte visitaron a Clipperton por primera vez desde que estamos aquí —dijo.

Ciudad de México, hoy.

Busco huellas de la vida que llevó el teniente Secundino Ángel Cardona Mayorga. De la vida que llevó y que lo condujo, al final, a Clipperton. He encontrado una fotografía suya, que tengo sobre mi escritorio. También un documento invaluable para seguirle los pasos, el *dossier* completo de su expediente militar, desde que entra al servicio hasta que muere.

La fotografía, hecha en un estudio de pueblo, tiene como telón de fondo unas desvaídas cortinas de brocado, y adelante una mesita redonda. Sobre ella están el chacó y la mano derecha del teniente, las yemas de los dedos rozando apenas la superficie. La mano izquierda sostiene por el mango un sable, cuya punta se apoya contra el piso. Bajo el uniforme militar de guerrera larga, con doble fila de botones dorados y cinturón ancho, se ve a un hombre bien parecido y bien parado: marcial pero con desenfado, sin rigidez. Con coquetería, tal vez; con socarronería.

Debe tener veinte años. Detrás de la mirada seductora y del uniforme de gala, se delata un origen humilde, indígena. Es un joven demasiado seguro de sí mismo para ser tan joven, para ser de origen humilde.

Tiene abundante pelo negro peinado hacia atrás, es moreno, de nariz recta, mandíbula cuadrada, ojos aindiados que no miran hacia la cámara sino un poco hacia la izquierda. Sus facciones son gratas, bien formadas, con excepción de las orejas, dos medios círculos prominentes. Pese a la pulcritud premeditada de su porte, sus botas están rucias de polvo. Son botas que han trotado caminos y que están bien plantadas sobre la tierra.

El expediente militar consiste en un centenar de informes escritos a mano, en diferentes caligrafías, firmados por los diversos superiores de Cardona. No desmienten el aspecto de lechuguino de los bajos fondos que el teniente muestra en la fotografía. Por el contrario.

El niño Secundino Ángel nació el 1 de julio de 1887 en el estado de Chiapas, en las goteras de la ciudad de San Cristóbal, un enclave colonial que ejercía dominio sobre un extenso territorio indio. Sus casas, todas pintadas de azul en homenaje a la Virgen María, estaban ocupadas por licenciados y clérigos de raza blanca. En sus calles de piedra los indígenas comerciaban, se ofrecían a los enganchadores de mano de obra, se emborrachaban tomando alcohol y éter hasta caer al suelo dormidos, o desmayados, o muertos.

En medio del montón de indios chamulas sentados entre el barro y el estiércol de la plaza, el niño Secundino era uno más, canijo, percudido, invisible, prendido a las naguas de lana oscura de su madre, Gregoria Mayorga.

No era más que un niño más, con agobios y resignaciones de adulto, cuando subía y bajaba montañas cargando leña detrás de su padre, que se llamaba Rodolfo Cardona y era un indio chamula como los otros: macizo, de pelos bravos, de ojos dóciles. Su vestido era una túnica corta que dejaba al aire las piernas, un manto de piel de carnero sobre los hombros, un pañuelo blanco enrollado en la cabeza. Vestía a imagen y semejanza del patrón de los chamulas, San Juan Bautista, según era la usanza bíblica de esas montañas, donde los santos imponían la moda. No sólo los chamulas iban por el mundo con los atavíos del Bautista; también los pedranos usaban a diario la capa, el morral y la túnica de San Pedro, y los huistecos el manto y los calzones bombachos del arcángel San Miguel.

Como su padre Rodolfo y su madre Gregoria, el niño Secundino era analfabeta y no hablaba español. A los doce años ya sabía en cambio lidiar hambre, aguantar soledad y tragar miedo, y decidió irse solo de esa tierra donde la vida de un adulto no valía nada y la de un niño menos. No tanto que decidió irse como que el camino lo fue alejando, y paso a paso dejó atrás las cabañas de barro, los carneros y los cerdos, las parcelas de tierra roja. Atravesó los bosques espesos de pinos y ocotes y cuando llegó hasta lo que desde su casa se veía como un horizonte de montañas azules, se encontró ante las puertas del cuartel. Era el Batallón Guardia Nacional. El niño Secundino se atrevió a entrar, se paró en una esquina de las caballerizas y como no hablaba sino lengua tzeltal, no le dijo nada a nadie. Simplemente esperó horas, hasta que alguien se percató de su presencia y lo reclutó como voluntario.

En el cuartel acabó de crecer y aprendió el español, la lectura y la escritura. Aprendió también a tocar dianas, silencios y retretas, y a los trece ya era corneta. Tal vez porque se había criado en un pueblo fabricante de mandolinas y tambores, la música se le daba y cantar le parecía fácil. Todo lo demás se le dificultaba. Según los informes de sus superiores, era un muchacho "refractario" al aprendizaje y rebelde para la disciplina. Pero la música no: ese era su don. En los ratos libres debió pasar de la corneta a la guitarra, y de los toques militares a las canciones de amor. Cuando cantaba ganaba presencia, cobraba estatura, perdía timidez. Dejaba de ser uno más.

Además era guapo y aprendió a peinarse modosito, a tusarse el bigote y a mirar de esa manera medio risueña, medio con sueño, como si no viera lo que estaba mirando. Descubrió las ventajas de su voz y de su facha, se despercudió de miserias y tristezas, y por ahí fue encontrando la veta para hacerse persona. Se volvió enamorado y aventurero, listo que se hace el tonto, parrandero y buscapleitos.

A los 17 años lo trasladaron al Batallón de Seguridad Pública de Tuxtla Gutiérrez. Ya no era un adolescente sino casi un hombre, ya no era un indio pero tampoco era un blanco. Había cambiado la túnica del Bautista por el uniforme de soldado, era bilingüe, sabía enamorar muchachas indígenas y también señoritas mestizas. Además conocía las normas de ortografía y trazaba una letra firme y pomposa que le permitió emplearse como escribano de la Jefatura Política de la misma población donde prestaba servicio. Se había convertido en el indio que habla español, el que hace de intermediario entre las autoridades indígenas y las autoridades locales. Secundino Ángel Cardona ya ni era uno de los suyos, ni era uno de los otros. Pero tenía a favor su voz, su aspecto, astucia de desclasado y una inteligencia práctica, afilada en el infortunio, que él ocultaba para atravesar la vida sin comprometerse con nada ni con nadie. Sin esperar recompensas y eludiendo castigos.

Mal que bien, mal que mal, hizo una carrera militar. Fue soldado de primera clase, sargento segundo, sargento primero y subteniente de infantería de auxiliares. Después marchó a Yucatán, a la guerra contra los indios mayas, insurreccionados contra la dominación blanca. Allí descubrió que sus días de pobreza con sus padres y sus noches en las barracas pringosas de los soldados, no eran como había creído, el último escalón de la miseria, sino apenas el penúltimo. Fue en el Primer Batallón, de campaña en las selvas de Yucatán, donde Secundino

Ángel y sus compañeros de tropa conocieron el sótano oscuro de la condición humana.

Se enterraron en un laberinto de pantanos sin salida, derrotados de antemano por el desconcierto, por el paludismo, la lepra de monte, el calor y las serpientes, mientras sus enemigos conocían la selva como la palma de la mano y acechaban emboscados, inmunes a miasmas y ponzoñas.

Se movían con pesadez paquidérmica de ejército regular, mientras el adversario los acosaba con tácticas de guerrilla. Veían la guerra como una misión maldita, como una obligación detestable, mientras los mayas estaban en lo suyo, en su guerra santa, y peleaban con la convicción de las fieras acorraladas, que saben que si no matan, se mueren.

A veces las tripas de los soldados se reventaban al tomar el agua de un pozo envenenado por los indios. A veces caían en trampas de espinas que habían sido conservadas dentro del cadáver en descomposición de un zorro, y que al clavarse en la carne producían llagas incurables. Otras veces sus cuerpos eran destrozados por granadas prehistóricas, hechas en cuero crudo de toro y amarradas con cuerdas de henequén. Pero también podía suceder que los barrieran las ráfagas fosforescentes de modernos fusiles Lee-Enfields, proporcionados a los rebeldes por los ingleses de Belice.

Ellos, los soldados del ejército mexicano, estaban metidos en el último círculo del infierno, sujetos a las órdenes burocráticas de algún general ausente, mientras sus enemigos, los herederos de los mayas, guerreaban por designio divino y recibían las instrucciones de combate de una Santa Cruz parlante que custodiaban en una fortaleza–santuario. No había manera de ganarles.

Por alguna acción que los informes militares no precisan, o tal vez simplemente por haber aguantado en Yucatán, el subteniente Cardona recibió del gobernador del estado una medalla al valor y al mérito. Fue el único premio que obtuvo en su vida.

Los castigos, en cambio, le llovieron. De regreso de Yucatán, en el Primer Batallón con sede en Puebla, lo atacaron la rebeldía y la indisciplina, y el paso por el calabozo se volvió parte de su rutina. Así consta en su expediente, recargado de advertencias y sanciones: estuvo 15 días en la prisión militar Santiago Tlatelolco por faltar dos días seguidos al servicio; quedó arrestado en la sala de banderas por concurrir a la parada sin pistola; luego otros 15 días por irrespetuoso. Después pasó preso 15 días por insultar a un oficial y "forzarlo a la riña". Por ese incidente recibió una amonestación que equivalía al paso previo a la expulsión del ejército. Cardona no se dio por aludido.

Se volvió alcohólico. Se ponía unas borracheras apocalípticas y hacía todo lo que no se atrevía estando sobrio. Golpeaba al amigo, abrazaba al enemigo, irrespetaba al superior, violaba a la mujer del inferior, destrozaba su guitarra, vomitaba su guerrera, se cagaba en su destino.

Que no vinieran a exigirle ahora que no tomara, si de niño lo habían alimentado con aguardiente. Cuando a su madre la atacaban unas convulsiones que la dejaban rígida, el curandero la embriagaba para espantarle el mal. Cuando su padre vendía en el mercado los sombreros de paja que fabricaba, se iba a una cantina de San Cristóbal y se llenaba de aguardiente. Ensopado en babas, olvidado de su cuerpo, se elevaba en un viaje autista y astral hacia mundos muy lejanos y mucho mejores. Lo encontraban cuatro o cinco días después, con expresión beatífica dentro de su raído traje de santo, desplomado en el nicho de una zanja del camino.

El mismo Secundino, de pequeño, supo lo que era la felicidad agridulce de la borrachera, cuando en las fiestas le pasaban la jícama de aguardiente y le adornaban la cabeza con un gorro de piel de mono.

–Ponte alegre, mi niño –le decían–. Hoy que es fiesta, ponte alegre y baila y salta como un monito.

A los 28 años de edad lo echaron del ejército. Adulto pero no maduro, ni indio ni blanco, ni peón de campo ni bicho urbano, ajeno a los civiles y expulsado por los militares, Cardona se quedó sin un lugar en este mundo.

Al año siguiente pasó una solicitud al ministerio de Guerra y Marina pidiendo el reingreso, bajo observación de conducta. La respuesta fue contundente: "No es apto." Por abusivo con sus inferiores, por igualado con sus superiores, porque "procediendo de la clase de la tropa, se habituó al roce con ella, del cual no prescinde". Por si no quedara claro, el oficial firmante añadió al final de la página: "Dígase al interesado que no insista."

Pero Cardona insistió. Durante tres años había probado suerte en diversos oficios: como empleado del señor Enrique Perret, dueño de una tipografía ubicada en Espíritu Santo número 3 de Ciudad de México; como dependiente del señor Steffan, dueño de una papelería en Coliseo Viejo número 14, de la misma ciudad; como cobrador de la compañía Roger Heymans; como maestro de obras del señor Enrique Schultz. A todos sus patrones les pidió cartas de recomendación, y las anexó a una nueva petición de reingreso. Le volvieron a decir que no.

Entre las mañas de Cardona estaban las de esperar con serenidad de santo, insistir con tenacidad de mendigo y saltarse instancias para llegar directamente a la jerarquía superior. Durante todo un año se dedicó a recoger cartas que hablaran bien de él, pero esta vez lo hizo por lo alto. Consiguió la del mayor de Caballería Guillermo Pontones; la del mayor de Infantería Félix C. Manjarrez; la del inspector de Policía E. Castillo Corzo, quien dijo conocerlo como persona honorable. Y una última carta, que debió ser la decisiva, firmada por el general Enrique Mondragón, que aseguraba que "este señor ha mejorado mucho su conducta y merece por tanto ser empleado nuevamente en el ejército".

Finalmente la secretaría de Guerra y Marina, por agotamiento de la paciencia, o por presiones de arriba, desautorizó sus resoluciones anteriores y autorizó la readmisión de Cardona en el ejército, en el 27 Batallón que se encontraba en la campaña de Sonora. Lo enviaron a guerrear contra los indios yaquis y después lo destinaron a las minas de Cananea. Sus viejos vicios reaparecieron y volvieron a sumarse los días de arresto: 9 en la sala de banderas por faltas de atención al superior, 9 más por entrar a una cantina con uniforme, 15 días por faltas en el servicio, otros 12 por lo mismo, 10 días sin que se especifique el motivo, 10 por faltar a la fajina de la leña y no presentarse a las listas de seis, de retreta y de diana, un mes en la prisión militar de Tokin por faltas graves contra la mujer de un corneta, otro mes más porque estando arrestado, pidió permiso para ir a orinar y burló el arresto, 8 días por no presentarse a diana, 8 días por no concurrir a instrucción, 8 días por faltas en el servicio, otros ocho por lo mismo, 30 días por lesiones inferidas a un soldado, un mes por maltrato a la mujer de otro soldado, un mes por escándalo en la vía pública.

Sus superiores desistieron de los arrestos porque no surtían efecto en él y optaron por enviarlo a misiones de alto riesgo, como la campaña contra los rebeldes del estado de Guerrero. Luego lo ascendieron a teniente por su conducta audaz en varios tiroteos, pero como seguía tomando, lo relegaron a destacamentos indeseables. Primero fue a parar a un arrejunte de lisiados, perdidos y lúmpenes que llamaban el Batallón de "Sueltos", y después fue literalmente almacenado, como material de cuarta, en el Depósito de Jefes y Oficiales.

De ese depósito lo rescataron para enviarlo a la Isla de Clipperton. Estando allí fue ascendido a capitán segundo. Pero Secundino Ángel Cardona nunca llegó a enterarse de esta noticia.

Ciudad de México, 1913.

En diciembre de 1911 llegaba otra vez a Clipperton *El Demócrata*. Hacía siete meses lo esperaban, en condiciones durísimas, pero de alguna manera durante los últimos dos años los habitantes de la isla se habían hecho a la idea de que la periodicidad real para el arribo de los barcos no era cada tres meses, sino aproximadamente cada seis.

Durante ese período había nacido la segunda hija de Ramón y Alicia. Como al primogénito le habían puesto el nombre del padre, a esta le pusieron el nombre de la madre y la vieron crecer saludable y alegre, como si más allá de Clipperton no existiera más tierra ni cielo, como si no hubiera mejor comida que un filete de tiburón ni juguete más divertido que las caracolas y los cangrejos.

Si Ramoncito era un niño apegado a sus padres y abrumado por las preocupaciones de los adultos. Alicia, la chiquita, resultó el polo opuesto. Desde que aprendió a usar sus piernas, a los once meses, salió corriendo y organizó su mundo propio entre los corales, entre la arena, entre los charcos de barro. Era una proeza dormirla en una cama o mantenerla quieta bajo techo.

Con el paso de los años –de muchos años– esta niñita se convertiría en Alicia Arnaud viuda de Loyo, la anciana encantadora que vierte la leche en jarras y evoca recuerdos felices, sentada a la mesa de su cocina en la Pensión Loyo, de Orizaba.

El día que llegó *El Demócrata* le entregaron a Ramón una carta de su madre, doña Carlota. Estaba fechada en Orizaba, en diciembre de 1910, así que traía un año entero de retraso. Antes de hacer cualquier otra cosa, Ramón se encerró a leerla.

Era inusualmente pormenorizada y larga, y rebosaba optimismo y buen humor. La señora le contaba a su hijo sobre las fiestas del centenario de la independencia, que se habían celebrado en la capital en el mes de septiembre de 1910. Ella había sido invitada a asistir, a través de amistades que conservaba en el gobierno. El centenario había coincidido con el cumpleaños del general Porfirio Díaz, y el anciano presidente, que llegaba a los ochenta, había resuelto echar la casa por la ventana para la doble celebración. Las fiestas serían las más espléndidas que su pobre país hubiera visto jamás. Durante un mes entero correría el pan y abundaría el circo.

¿Que había quienes pretendían correrlo con sublevaciones y revueltas? Él se encargaría de demostrar que aún tenía las riendas, y bien sujetas. ¿Que decían que estaba viejo y cascado, que por todo lloraba como un niño de pecho, que se había vuelto sordo como una tapia y caprichoso como una embarazada? ¿Que nadie se lo aguantaba por cascarrabias y que había perdido la memoria al punto de no acordarse ni de su segundo apellido? Ya les demostraría Porfirio Díaz que conservaba sus huevos, íntegros y bien puestos. Ya se enterarían todos los falsarios y aprendices de usurpadores quién era el auténtico "Patriota sin paralelo", el "Príncipe de la Paz", el "Estadista del Mundo", el "Creador de la Riqueza", el "Padre de su Pueblo". Ya se enterarían.

Doña Carlota quedó deslumbrada cuando lo vio, asomado al balcón del zócalo, reluciente su pecho como un árbol de navidad, o como un cielo estrellado, con los cientos de medallas que cargaba prendidas al uniforme.

"Es de ver y no creer —le comentaba a su hijo en la carta—. El viejo entre más viejo, más apuesto y hasta más blanco se vuelve. Yo lo recuerdo en su juventud, cuando parecía lo que es, un indio mixteco. Ahora parece todo un gentleman. El poder y el dinero blanquean a la gente."

Doña Carlota había lucido sus altas plumas negras en la cabeza para asistir a la gran procesión alegórica, durante la cual todos los personajes, pasados y recientes, de la historia de México, habían recorrido el Paseo de la Reforma. Abría el desfile un Moctezuma semidesnudo pero más emplumado aún que la viuda de Arnaud, y lo cerraba una versión rejuvenecida y estilizada del propio don Porfirio.

Detrás del desfile había partido el cortejo de visitantes invitados, primero los del extranjero, después los de provincia. Entre estos iba, oronda y rotunda, la matrona Carlota de Orizaba. Boquiabierta contempló la ciudad capital, recamada de arcos florales, luces artificiales, banderas, brocados y colgaduras. Sólo caras hermosas y trajes finos veía por todos lados, y se percató de que los guardias ahuyentaban de la zona asfaltada a sus habitantes naturales: los léperos, los sifilíticos, las prostitutas y los mutilados.

El gran baile de gala, al cual también tuvo oportunidad de asistir, resultó más fantástico y fastuoso de lo que su imaginación se hubiera atrevido nunca a soñar. Allí estuvo parada –buena moza, cándida y maravillada como una Cenicienta rolliza y envejecida– en medio del palacio principesco, de los ciento cincuenta músicos de la orquesta, de los quinientos lacayos que escanciaron veinte furgones enteros de champaña francesa, de las treinta mil luces que adornaban el cielo raso, de las incontables docenas de rosas que atiborraban los salones.

"Es una pena que no estés aquí, disfrutando de toda la

grandeza de estos momentos –le escribió a Ramón–. Este es el lugar para un joven oficial como tú. Aquí encontrarías un futuro brillante, al servicio del general Díaz. Aunque digan que me entrometo, te repito que me envenena la sangre pensar que estás enterrando inútilmente tu vida en esa isla."

Con ese comentario doña Carlota dio en la tecla, como siempre que se trataba de poner a funcionar la compleja maquinaria de culpas, remordimientos y resentimientos que Ramón tenía montada dentro de su cabeza. Pero esta vez fue sólo por unos minutos.

Arnaud dobló cuidadosamente la carta, la besó y se la guardó en un bolsillo. Acto seguido, salió al muelle a recibir al capitán de *El Demócrata*, Diógenes Mayorga, a quien la última vez había visto nervioso y desencajado por las noticias que traía de México. Esta vez Mayorga lucía sereno, seguro de sí mismo. Exhalaba un aire parecido a la petulancia o a la superioridad. Sin ninguna prisa empezó a rendirle a Arnaud el informe de las novedades, y al mismo tiempo se hurgaba minuciosamente los dientes. Abría mucho la boca e interrumpía sus frases por la mitad, para observar –con curiosidad, casi con orgullo– las pequeñas partículas que salían engarzadas en la punta del palillo.

–Ustedes deben ser los únicos mexicanos que no se han enterado –dijo–. Ya cayó Porfirio Díaz.

–¿Cómo? –gritó Arnaud, y sus ojos redondos se desorbitaron.

–Como lo oye. Cayó el viejo Porfirio. Huyó en un barco a París y allá debe estar, cuidándose la próstata.

–No es posible, no entiendo, cómo me va a decir eso –la voz de Arnaud se atropellaba, destemplada–. Usted está mal de noticias, mire esta carta, aquí dice que el general Díaz está más fuerte que nunca, que demostró todo su poder en la celebración de su cumpleaños, que fue un acontecimiento...

—Ah, sí —lo interrumpió Mayorga—. La fiesta esa. Fue el último pataleo del ahorcado.

—¿Y quién pudo haber derrocado al general Díaz?

—Cómo que quién. Pues Francisco Indalecio Madero.

—¿Madero? ¿El chaparrito de la barba de pera? ¿El loco que invocaba espíritus?

—Pues ni tan chaparrito ni tan loco —dijo Mayorga, hundiendo la punta del palillo entre el colmillo y la muela del lado—. Ahora es el presidente constitucional de México. ¿No le conté la vez pasada que había una guerra? Pues la ganó Madero. Todos estamos con él.

—No entiendo nada. ¿Cómo puede estar usted con él? Acaso no derrotó a Porfirio Díaz y al ejército nuestro? Por lo menos eso es lo que usted mismo dice. ¿Ve cómo se contradice? Al fin ese tal presidente Madero qué es, ¿amigo o enemigo?

—Haga un esfuercito, capitán Arnaud, a ver si por fin comprende —dijo Mayorga sin perder la calma y mirando a Ramón con una desafiante sonrisa de medio lado—. Antes era enemigo, pero ahora que ganó, es amigo. Prometió que no va a desmontar al ejército federal, y se ve que no es hombre de rencores, porque nos va a mantener a todos los oficiales en nuestros puestos.

—Qué guerra tan rara —comentó suavemente Arnaud, más bien para sí mismo.

Esa noche Ramón y Alicia no pegaron los ojos. Hora tras hora conversaron, discutieron, barajaron y descartaron posibilidades, pelearon, hicieron las paces, y hacia el amanecer se pusieron de acuerdo en que toda la familia partiría ese mismo día para México, en el viaje de regreso de *El Demócrata*. Tenían que enterarse personalmente de la situación. Averiguar cuál era el interés del actual gobierno frente a Clipperton.

–No creo que vayamos a encontrarnos con nada bueno –le susurró Ramón a Alicia durante el interminable desvelo–. Cada vez estoy más convencido de que esta islita no era más que un capricho personal de don Porfirio. El nuevo presidente no debe saber ni dónde coños está.

Pocas horas más tarde partían con sus dos hijos rumbo a Acapulco, después de empacar cuatro cosas entre una maleta y de dejarle a Cardona las instrucciones para que se hiciera cargo hasta el regreso de Arnaud.

Durante la travesía, el capitán Mayorga les había dicho:

–¿Quieren ir a visitar a sus familias a Orizaba? Mejor olvídense. No se puede transitar con niños por las carreteras de México. Si no los atracan los cuatreros, los emboscan los revolucionarios, y eso es peor. A ustedes los matan, y a los huerfanitos los enrolan y se los llevan con ellos.

Arnaud no creía ni una palabra de lo que oía. No quería confiar en lo que decía Mayorga, pero tampoco lo podía contradecir. Era como si este viniera de otra era, del futuro, y hablara de un planeta que Ramón ya no conocía.

Tres días después, tras pisar suelo mexicano, se enteraron, de un solo golpe, de que el coronel Avalos, el amigo y protector de Ramón, ni estaba más a cargo de Clipperton ni se encontraba en Acapulco, de que doña Petra, la madre de Alicia, había muerto, y de que su padre, don Félix Rovira, había abandonado Orizaba y residía ahora en el puerto de Salina

Cruz, donde desempeñaba un alto cargo en la Cervecería Moctezuma.

Esta última era la única buena de las noticias, porque desde Acapulco era fácil llegar por mar hasta Salina Cruz, donde encontraron, en efecto, a don Félix. Los sorprendió verlo rejuvenecido, entusiasta, primaveral, luciendo traje y zapatos blancos y gorra al estilo marinero. Con un nieto en cada rodilla, fumando su pipa con una mano y con la otra acariciándole el pelo a Alicia, les habló con fervor de la democracia y de Francisco Madero, a quien había conocido personalmente en Orizaba durante una multitudinaria manifestación de apoyo.

—No quiero ofenderte, Ramón, yo sé que tú apreciabas a Porfirio Díaz —le dijo don Félix—. Pero, honestamente hablando, ese era un grandísimo bandido. Yo creo que ahora sí estamos en buenas manos.

—Yo no soy un político, suegro —le contestó Ramón—. Soy un militar, y estoy con quien esté en el ejército federal.

Alicia y los niños permanecieron con don Félix, en Salina Cruz, mientras Ramón emprendía una agotadora peregrinación a la capital para averiguar sobre su suerte y la de su isla. Ese era un asunto viejo, de la administración pasada. Nadie, en las oficinas de México, lo recordaba, y a nadie le importaba. Así que durante varios meses tuvo que quedarse dormido en cien salas de espera, darle explicaciones a cien funcionarios, firmar cien solicitudes, pelearse con cien burócratas.

Mientras tanto el país se desbocaba, frenaba en seco, se salía de madre, encontraba su destino, lo perdía, volvía a encontrarlo y volvía a perderlo, al ritmo del galope vertiginoso de Pancho Villa y sus guerreros Dorados en el norte, del avance cauteloso de Emiliano Zapata y sus campesinos sin tierra en el sur, de los pasos en silencio del general Victoriano Huerta y su logia de traidores en la capital.

Ramón, hombre de obsesiones e ideas fijas, estaba demasiado absorto en su propio problema para darse cuenta cabal del remolino de acontecimientos que se precipitaba a su alrededor. Después de mucho batallar, logró encontrar, tapados de polvo y arrinconados en el último archivo, unos papeles que le concernían. Se trataba de un acta firmada por Porfirio Díaz algunos años antes de huir de México, según la cual el gobierno francés y el gobierno mexicano –a petición de este último– solicitaban el arbitraje de Víctor Manuel III, rey de Italia, en el litigio sobre la soberanía de la isla de Clipperton, y se comprometían solemnemente a acatar su fallo.

Con esto en la mano, Arnaud obtuvo finalmente una entrevista con el Secretario de Guerra y Marina del gobierno de Madero, quien le firmó todas las autorizaciones necesarias para seguir desempeñando su cargo y para seguir contando con el apoyo logístico enviado por barco desde Acapulco.

Mientras tanto Alicia, embarazada por tercera vez, se aproximaba a la fecha de dar a luz y se trasladó a la ciudad de México, con don Félix y los dos niños, para encontrarse allí con Ramón. Se instalaron en tres habitaciones amplias y confortables de un hotel ubicado en pleno centro, el de San Agustín. Contrataron para su servicio particular a una de las camareras del hotel, llamada Altagracia Quiroz. Se trataba de una muchacha de 14 años nacida en Yautepec, Morelos, y arrastrada a la capital por los desquicios de la revolución. Andaba vestida como las demás camareras del hotel, con delantal de percal blanco y pañuelo rojo atado al cuello. A pesar de su nombre, Altagracia no tenía una gota de gracia.

Era robusta como un tronco y cilíndrica como otro, chata de narices y baja de estatura. A cambio de tanta cosa fea, la naturaleza le había dado un tesoro: una mata salvaje de pelo endrino, lustroso, que le llegaba hasta los tobillos. "Tienes el cabello igual a la Virgen de Guadalupe", le decía, de pequeña, su madre. Pero a ella no le gustaba su pelo y no lo llevaba suelto. Siempre se lo ataba en trenzas y chongos. De tener algo de La Guadalupana, hubiera preferido mil veces sus naricitas respingadas, sus pies rosados o sus ojos milagrosos.

La señora Arnaud le pidió que cuidara de los dos niños mayores mientras ella se ocupaba del nacimiento y la crianza del tercero, y le ofreció un sueldo de diez pesos mensuales, que era el doble de lo que recibía en el hotel. Altagracia aceptó y de ahí en adelante unió indisolublemente su vida a la de esa familia que hasta el día anterior no conocía. Sin saberlo, había pactado su tragedia con el destino, a cambio de diez pesos mensuales.

Días después llegaba al mundo Olga, la única de los cuatro hijos del matrimonio Arnaud que no habría de nacer en Clipperton. Tal vez fue por eso que la isla no la marcó, como a sus hermanos, a pesar de los años que debió vivir en ella. Tal vez sea por eso que en su vida adulta la señora Olga Arnaud Rovira, tercera hija de Ramón y Alicia, nacida en el Hotel San Agustín de la ciudad de México, se haya negado siempre a hablar de Clipperton, o a rememorar esa etapa de su vida, con propios o con extraños.

Una tarde de febrero del año de 1913, Ramón iba por la calle camino a su hotel, y no pudo llegar. Se lo impidieron los francotiradores apostados en los techos, las balas perdidas que silbaban en todas direcciones, los cadáveres hacinados en las esquinas, los incendios que bloqueaban las calles, las casas que se venían abajo alcanzadas por cañonazos, los cordones de soldados que impedían el paso. Como pudo, averiguó lo que sucedía: el general Victoriano Huerta quería derrocar al presidente Madero y la ciudad estaba en guerra.

Por primera vez desde que había vuelto a pisar el continente, Arnaud vio de frente la realidad. Se tropezó de narices contra el dilema: El ejército estaba dividido, y soldados con el mismo uniforme se mataban los unos a los otros. ¿Con qué bando debía estar? ¿Tenía la obligación de defender al gobierno o el deber de apoyar a los golpistas? No supo responderse a sí mismo pero comprendió que tampoco le importaba. Era demasiado tarde para hacer cualquiera de las dos cosas.

Durante diez días y diez noches rodó hacia donde lo empujaron las estampidas de la masa. Deambuló pegándose a las paredes para salvar su pellejo, ayudando a los heridos que se le colgaban del hombro como si fueran borrachos, tratando de sacar algo en limpio de las versiones y contraversiones que corrían de boca en boca. Y sobre todo intentando desesperadamente volver al hotel, para saber de la suerte de lo suyos.

Por fin lo logró. Irrumpió en las habitaciones de su familia con la mirada extraviada, la ropa renegrida y en jirones, los pelos disparados como los de un loco. Su mujer y su suegro lo abrazaron muy fuerte, muy largo. Él empezó a caminar de una esquina a otra de la recámara a zancadas, como una fiera enjaulada, mientras vomitaba palabras. Sin orden ni concierto, a los gritos, les fue contando lo que había visto, lo que había oído:

—El presidente de Estados Unidos mandó decir que ya estaba bueno de revoluciones, y que si México no ponía un gobierno mejor, sus barcos de guerra nos iban a invadir, con cuatro mil marines. Al hermano del presidente Madero le sacaron los dos ojos, el bueno y el postizo, con la punta de un sable. A los hombres leales a Madero los fusilaron. Al presidente lo apresaron, lo obligaron a dimitir y después lo asesinaron. El embajador norteamericano, Henry Lane Wilson, fue la mano oculta detrás de todo lo que pasó. Dicen que sólo le faltó apretar personalmente el gatillo de la pistola que mató a Madero. Ahora el que tiene el poder es el general Huerta, que es amigo de los gringos...

Arnaud cortó de golpe su arrebatado discurso, se quedó quieto en el centro de la habitación y observó a los miembros de su familia. Una vez pasada la conmoción de su llegada y calmada la angustia por su desaparición, ahora lo escuchaban silenciosos. Estaban compungidos y alarmados por las noticias pero permanecían estáticos, como inmovilizados por una quietud serena. Acostada entre las sábanas blancas, Alicia le daba el pecho a la recién nacida. Don Félix fumaba lentamente su pipa. Los dos niños formaban torres con unos cubos de madera, sin hacer ruido.

—Es curioso —dijo Arnaud, ahora en voz baja—. Al otro lado de esa ventana el mundo acaba de derrumbarse. Pero aquí adentro el equilibrio sigue siendo perfecto...

Se dejó caer en la cama al lado de su mujer, como un fardo de plomo, con todo y zapatos, negro de mugre y embarrado de sangre ajena. Instantáneamente se quedó dormido.

Pocos días después, don Félix regresaba a Salina Cruz, a ocuparse de los negocios que había dejado a la deriva en medio de la conmoción nacional. La partida de su padre, las depresiones del postparto, la sucesión de acontecimientos violentos que habían vivido de cerca y el olor a alfombras húmedas en los corredores del hotel, tenían a Alicia hundida en la melancolía.

Una tarde le dijo a Ramón:

—Quiero que me cuentes honestamente, desde el fondo de tu corazón, qué piensas de todo esto...

—¿De todo qué?

—De todo esto que está pasando en este país.

—No sé —respondió Ramón, seguro de lo que decía–. No pienso nada. Pienso que esta no es mi guerra.

—Entonces vámonos ya —le pidió ella, con un tono suplicante que él nunca antes le había oído–. Por favor, volvamos a casa. Clipperton es un paraíso comparado con el resto de México.

Ramón no contestó enseguida. Se sacó del bolsillo de la camisa la reciente orden que había obtenido del Ministerio de Guerra y Marina, y con la punta del papel rozó la nariz de su mujer.

—Hay que esperar, encanto —le dijo–. Esta hojita la firmó el gobierno anterior. Ahora falta ver si el de Huerta la ratifica...

Maroon

Clipperton, 1914.

El océano que rodea a Clipperton es denso y oscuro. Lo conmueven profundas corrientes marinas y está recargado de plancton y otras sustancias que lo enmarañan y lo enturbian. Cuando Ramón y Alicia Arnaud lograron sortear las dificultades y retornar de México, ya empezado el año de 1914, fue tanta la alegría por estar de nuevo en su isla, que se dedicaron a explorar los rincones que aún no conocían. Descubrieron entonces que bordeando la barrera de arrecifes, bajo la superficie opaca y hostil del agua, pululaba un universo luminoso y múltiple. A barlovento resultaba imposible explorarlo: las enormes olas que reventaban contra los arrecifes hubieran arrastrado al humano que se atreviera. Pero se podía a sotavento, donde el mar se alejaba con la voluntad ya quebrantada por el choque contra el cuerpo rocoso de la isla.

Con la ayuda de la vieja escafandra, Ramón y Alicia espiaron los secretos de esas murallas monumentales, formadas por millones de minúsculos pólipos coralinos que se apiñaban unos contra otros dándole respiración, voluntad y movimiento al arrecife. Nunca acababan de sorprenderse de los caprichos y los barroquismos de la construcción, que se extendía en forma de ramas de árbol, de setos, de sombrillas, coliflores, cuernos de alce, cuernos de ciervo, espinas, arandelas, encajes y flecos.

Fuera del agua, sobre la tierra, el sol requemaba y blanqueaba lo que tocaba. Salvo los cangrejos, cuyos caparazones eran de un rojo brillante, lo demás era mate, incoloro. Todo era pardo: la roca, la arena, el mar, los alcatraces. Todo se incorporaba en una monotonía desteñida, en un camuflaje de tonalidades café con vetas pálidas. Como en una fotografía velada por exceso de luz, los elementos y los animales se refundían los unos entre los otros y era imposible distinguir sus contornos no delineados.

Bajo la superficie, en cambio, el color del universo era otro. Contra el fondo oscuro centelleaban puntos y explosiones en violetas fosforescentes, azules de metileno, verdes neón, malvas traslúcidos y dorados tornasolados. Las texturas rígidas y resecas del exterior se ablandaban y se esponjaban haciéndose orgánicas, babosas. Por las grietas y galerías de la roca se asomaban huéspedes alucinantes: manojos de deditos infantiles color rosa, hígados hinchados con cabelleras electrizadas, tubérculos transparentes de ojos luminosos, criaturas con brazos elásticos que agarraban delicadamente la comida para llevársela a la boca.

Alicia y Ramón se dejaban llevar por el ritmo sin tiempo del mundo submarino. Porfirio Díaz, Francisco Madero, doña Carlota, ellos mismos, la historia y la cotidianidad, se evaporaban como fantasmas fugaces ante la realidad eterna de los calamares que ejecutaban danzas lentas de amor y de muerte; de las piedras que al alba se despertaban hambrientas y devoraban a sus víctimas, ya fueran sardinas o trasatlánticos hundidos; de los paseos adormilados del solitario mero, el dulce gigante de las profundidades.

Los plácidos días de los Arnaud se hubieran seguido deslizando sin más vaivén que el de la pleamar y la bajamar, si la madrugada del 28 de febrero no los hubiera despertado con un calor apelmazado y sofocante, como una toalla húmeda sobre la nariz y la boca.

Hacia las cinco de la mañana, Ramón se libró de una patada de las sábanas que lo cubrían y empezó a revolverse inquieto entre su cama.

—Lo malo del mar es que hace demasiado ruido. A todas horas, día y noche, hace ruido. Ya me olvidé de cómo era el silencio. Añoro el silencio —murmuró entre gallos y media noche. Se dio vuelta para uno y otro lado, acomodó su almohada y trató de dormir un poco más. No pudo—. Debo haber amanecido irascible —continuó—. Hasta el sonido de las olas, siempre tan grato, hoy me está sacando de quicio.

—El que está irascible no eres tú, es el mar. Está haciendo más ruido que nunca —le dijo Alicia, y se levantó de la cama para observar por la ventana. En el cielo, un amanecer enfermizo se abría paso sin ninguna convicción. Bajo la luz apocada, el lecho del océano se extendía en una quietud absoluta. El agua inmóvil se veía gris, gruesa y arrugada, como la piel de un elefante.

—Lo más extraño es que está quieto —comentó Alicia, perpleja, cuando vio el mar—. Ruge como una fiera, pero está quieto como un muerto.

Desde hacía algún tiempo habían adquirido la costumbre de hacer el amor a esas horas, casi sin proponérselo, dejándose llevar por las energías que se despiertan solas después de una noche de reposo. Esa mañana lo intentaron, sin resultados. Había algo en el aire que volvía sus cuerpos de trapo, paralizando sus impulsos antes de que nacieran.

—No puedo —dijo Ramón, sentándose en la cama para aspirar una bocanada de aire—. Me ahogo.

—Yo tampoco puedo —dijo ella—. Yo también me ahogo.

Un clima sucio, pegajoso, hizo que antes de terminar de vestirse, ya tuvieran las ropas húmedas de sudor. Ramón salió al corredor para mirar el barómetro. Encontró que marcaba demasiado bajo y pensó que se habría descompuesto. Se fijó en la hora. Ya eran las seis y veinte de la mañana y sin embargo la escasa luz del cielo no había aumentado desde las cinco, como si la densidad de la atmósfera le impidiera descender hasta la tierra.

—Qué chingados está pasando —dijo en voz alta, pero no oyó sus propias palabras porque se las tragó el ruido que provenía del mar. Caminó por la playa hacia las barracas de los soldados buscando al teniente Cardona, y se lo topó a mitad de camino.

—El gringo Schultz opina que se aproxima un huracán —le anunció Cardona—. Dice que hay que prepararse, porque viene fuerte.

—No es gringo, es alemán.

—Viene siendo lo mismo, ¿no?

—En todo caso qué sabe ese alemán de huracanes —gruñó con disgusto Arnaud, justo en el momento en que una tenue línea, despelucada y nebulosa, empezaba a perfilarse en el horizonte, a duras penas por encima del nivel del agua. Ni el capitán Arnaud ni el teniente Cardona alcanzaron a percibirla.

Hasta cerca del mediodía se esforzaron por vencer la flojera y la pesadez que los invadía, para dedicarse a sus tareas de costumbre. Por donde pasaban, veían a la gente postrada: los niños silenciosos, las mujeres inactivas y ausentes, los soldados lentos y malhumorados. Hasta los animales domésticos aparecían aquí y allá, tirados en el suelo al desgaire, como si se hubieran dejado caer de cualquier manera.

Ramón Arnaud miró a su alrededor y le comentó a Cardona:

–¿Y los cangrejos? ¿Y los pájaros bobos? Siempre hay que estar sacándoselos de encima, y hoy no he visto ni uno solo desde que amaneció.

–Quién sabe dónde se escondieron –respondió el teniente.

A pesar de que ya había transcurrido toda la mañana, aún no se había hecho de día. Se filtraba una luz tímida y artificial que no acababa de despejar la oscuridad, y el sol, que se adivinaba detenido en una misma posición en el cielo, se tragaba los minutos, anulando el tiempo.

Arnaud fue hasta la tienda de abastos y dispuso de algunos bultos de alimento. Sin poner ningún énfasis en su voz, como si se tratara de una conversación de rutina, le dio indicaciones al teniente Cardona:

–Haz que congreguen a todas las mujeres y los niños en la huerta, para que esperen ahí, sin dispersarse, hasta ver qué pasa. Que los cuenten bien, para que no falte ninguno. Dónde crees que quede más protegida la gente, ¿en el galpón de guano vecino al muelle?

–Es correcto –respondió Cardona, arrastrando la erre con energía castrense–. Es la edificación más sólida que hay por aquí.

–Además está bien levantada sobre pilones, y no se la lleva el diablo si se inunda la isla. Haz que trasladen allá este rancho y unos barriles de agua potable, y encárgate de que resguarden ahí también a los animales domésticos.

–Cada oveja con su pareja, como en el Arca de Noé –opinó, con una sonrisa infantil, el teniente, a quien la perspectiva de una gran conmoción parecía excitar y divertir.

Mientras Cardona y los soldados encerraban cerdos, gallinas y perros en una corraleja improvisada en un rincón del galpón, Arnaud se dirigió hacia el faro para hablar con el encargado, el negro Victoriano Álvarez.

—Prenda el faro, Victoriano —le ordenó— y manténgalo prendido sea lo que sea. Si la cosa se pone gruesa amárrese a la roca, haga lo que pueda, pero no me deje apagar el faro.

Ramón Arnaud volvió a donde estaban Cardona y los demás hombres a tiempo para ver cómo una repentina ráfaga de viento azotaba las palmeras, doblando su tronco casi en ángulo recto y volteándoles bruscamente las hojas hacia arriba, como si fueran señoritas y les quisiera arrancar el pelo.

—¡Mírenlo! ¡El huracán! —gritó Cardona, señalando en esa dirección—. ¡Ahí llega ya!

—Pues que venga si quiere —dijo Arnaud—. Que pase lo que tenga que pasar pero de una buena vez, porque esta calma chicha nos está volviendo locos.

El súbito ventarrón se desvaneció y las palmeras recuperaron la compostura, pero la raya oscura que hasta hacía un momento permanecía en el horizonte recorrió en unos instantes la mitad del trecho que la separaba de Clipperton, dejando ver su aureola volátil de hojas y objetos suspendidos y sacudidos en el aire.

—Ya es hora de que las mujeres y los niños se encierren en el galpón —gritó Arnaud—. Que no salgan de ahí hasta que no pase la tormenta.

Como si al mencionar la palabra Arnaud la hubiera convocado, la tormenta se desencadenó con ferocidad sobre ellos. Al recibir el golpe de los chorros de agua, la realidad pareció recobrar vida y los acontecimientos —hasta ese momento contenidos– se vinieron encima con tal violencia que, pese a la expectativa, los tomó por sorpresa.

Parado a la entrada del galpón de guano –que había sido construido a conciencia por Schultz en las buenas épocas de la compañía–, Ramón ayudó a entrar a las mujeres, que traían los hijos prendidos de las enaguas y cargaban canastos repletos de sarapes, trapos, escapularios, estampas de santos, ollas, metates: todo lo que en esta vida merecía ser salvado del diluvio.

En medio del grupo, Ramón vio venir a su esposa y a sus hijos. Ramoncito se le acercó corriendo, abriendo mucho los ojos redondos, idénticos a los suyos, y chorreando agua de las pestañas. Él lo levantó y abrazó con fuerza la mínima estructura de sus huesos, fina y frágil como la de un pollo.

–Papá –le gritó el niño al oído–, los caballos alados se volvieron locos y se arrancaron a galopar por el cielo.

–¿Quién te dijo eso?

–Doña Juana me lo dijo, y es la verdad.

El pelo suelto y empapado se le pegaba a Alicia contra la cara y el cuerpo. Con un brazo sostenía a Olga, recién nacida, y con el otro arrastraba un gran baúl, con la ayuda de Altagracia Quiroz, que lo empujaba desde atrás.

Ramón se apresuró a dejar en el suelo a su hijo y a levantar el baúl.

–Tú siempre haciendo disparates en los momentos más inoportunos –le dijo a Alicia, pero ella no entendió nada.

–¿Qué dices?

–Que qué diablos llevas ahí.

–Mi vestido de novia, mi ropa buena y mis joyas –respondió Alicia, gritando.

–¿Para qué los quieres ahora?

–Lo único que me falta es que esto también se lo lleve el viento –dijo ella sin forzar ya la voz, más para sí misma que para Ramón.

Él colocó el baúl adentro de la construcción y corrió de nuevo afuera para levantar a una mujer a la que el vendaval había hecho caer en los ríos de agua que surcaban la isla. No supo cómo ni por dónde agarró a la señora, una inasible masa mojada y blanda que se aferraba a sus piernas haciéndolo caer a él también, pero finalmente pudo arrastrarla por el fango y depositarla bajo techo. Entonces Arnaud miró hacia el fondo del galpón, y en medio de la penumbra y de la confusión que había adentro, distinguió la silueta de Alicia, que acomodaba al bebé en una carretilla de las que estaban almacenadas.

Al verla, Arnaud sintió un nudo apretado en el gaznate, y tuvo que contenerse para no acercarse a ayudarla, a secarle el pelo con una toalla, a decirle "no te preocupes, que no va a pasar nada". O tal vez, más bien, a pedirle a ella que le diera ropa seca, a oírle decir a ella "no te preocupes, que no pasa nada", a ampararse en su regazo y a quedarse ahí, quieto y escondido, huyendo del viento y del problema inmanejable que le había caído sobre los hombros.

"Lo que tengo que hacer es buscar a mis hombres –pensó, como despertándose, y le hizo a Alicia con la mano un adiós que ella no vio."

Para cumplir con su deber se alejó del galpón, agarrándose de las paredes de las casas vecinas y sin saber exactamente hacia dónde tenía que ir. Invertía toda su capacidad física y mental en no dejarse arrastrar por los elementos, cuando un objeto filudo, proyectado por el vendaval, lo alcanzó en la frente y lo derribó hacia atrás. Quedó tendido en el suelo, con los ojos enceguecidos y la mente copada por un dolor ardiente que le recorría todas las esquinas del cerebro. Después de un rato de estar así, con la cabeza en blanco, el primer recuerdo que se le cruzó fue el de Gustavo Schultz.

"Dónde estará el alemán –pensó–, a ver si me dice cuándo va a terminar esto."

Trató de incorporarse pero el dolor de la herida se hizo intolerable y no se lo permitió. Sintió el fluir tibio de su sangre que se aposaba en su ojo derecho y después goteaba perezosamente al suelo. Se arrastró como pudo hasta el pie de un muro para guarecerse un poco y allí se quedó tendido, mirando el mundo que se transformaba y se ensombrecía a su alrededor.

Vio un punto intermitente de luz en el cielo oscuro y supo que el negro Victoriano estaba cumpliendo con su tarea en el faro. Vio nubes que se deshilachaban y se desintegraban al atravesar el cielo en una sucesión desbocada. Vio a su lado una viga clavada en el suelo que vibraba compulsivamente, aguantando el embate del viento que quería arrancarla de cuajo. Vio láminas de zinc, sillas, maderos, pasar disparados y rasantes para ir a estrellarse a la distancia. Giró lentamente su aturdida cabeza para mirar hacia el mar, y en su lugar vio verdaderas montañas de agua sólida que se abalanzaban sobre la isla, amenazando con devorarla. Se percató de que el calor que lo había atormentado toda la mañana había desaparecido, y de que ahora las rachas de viento helado contra su ropa empapada estremecían su cuerpo con escalofríos.

"Tengo que moverme de aquí –pensó–, aquí me voy a ahogar, me voy a congelar, me voy a morir. Tengo que hacer algo, porque de esta no vamos a salir vivos. ¿Dónde estarán los

demás? ¿Dónde estará el alemán, para preguntarle qué se puede hacer?"

Decidió concederle unos minutos más de reposo a su frente
abierta, y fue entonces cuando vio venir un objeto grande e
impreciso que rodaba haciendo un estrépito destemplado.

"–¡Es la pianola! –se dijo Ramón–. Toda mi casa se debe
haber volado por la ventana."

Ese mal presagio fue el estímulo que necesitó para ponerse
de pie. Lo primero que hizo fue acercarse al galpón donde se
encontraban las mujeres y los niños y sintió alivio al verlo re-
sistiendo entero la arremetida del huracán. El esfuerzo por
incorporarse le produjo náuseas, a pesar de lo cual intentó
caminar en dirección a su casa, con la idea de reforzar las puertas y las ventanas.

Iba clavando los dedos en las rocas, en los troncos de las
palmeras, en lo que encontrara a mano, para poder avanzar.
El cuerpo le pesaba como un costal de piedras, la herida de
la sien le latía como un cronómetro y el viento, que le había
desgarrado la camisa, terminó por arrancársela del todo. Le
tomaba una eternidad conquistar cada metro de terreno.

Logró llegar hasta un punto desde el cual divisó su casa y
en ese momento cayó en cuenta de la verdadera dimensión
de la catástrofe. Rápidamente desistió de su idea de reforzar
las puertas y las ventanas. Inclusive sintió vergüenza de sí
mismo por haber albergado un propósito tan infantil, cuando
se percató de que el huracán entraba a su casa por el gran
boquete dejado por el techo, que se había volado entero.

Toda suerte de objetos salían disparados de allí, como si
desde el interior una comparsa de locos furiosos los estuvieran

arrojando por los aires. Ramón contempló con resignación cómo se iban perdiendo, una a una, las pertenencias entrañables, las que los habían acompañado durante los últimos años, pero se dejó llevar por la amargura cuando vio sus informes y sus libros, que revolaban por el cielo haciendo cabriolas, como ringletes de papel.

"Aquí no hay nada que hacer –pensó–. Voy a buscar a los demás."

Miró en todas direcciones sin saber dónde encontrarlos. En medio del desastre que lo rodeaba, distinguió, en el sur, la luz del faro.

"Para allá debieron irse –pensó–. A lo mejor se refugiaron en la guarida."

Guiado por la luz, trató de dirigirse hacia ese lugar. Se desgañitaba llamando, pero nadie lo oía. La ventisca le llenaba de arena los ojos y los remolinos lo arrastraban de un lado para el otro, contra su voluntad, como si fuera un pelele. Tenía la cabeza malherida y el cuerpo golpeado de arriba a abajo, y lo peor, estaba solo, aislado a la fuerza de los de su especie. Ramón Arnaud se sintió personalmente agredido, vilipendiado en lo hondo de su ser.

De pronto, cuando estaba a punto de doblegarse, se rebeló contra tanta humillación. Una oleada de coraje le calentó la sangre y le devolvió el control sobre su propio cuerpo. Se paró, desafiante, de cara al viento, se sacó el cinturón de los pantalones y empezó a azotar el aire, iracundo, poseso. Tiraba correazos demenciales a diestra y siniestra mientras le gritaba al huracán, con toda la fuerza de sus pulmones:

–¡Maldito seas, cabrón, ¿qué es lo que tienes contra mí?

¿Ah? ¿Qué es lo que quieres, que acabe contigo a rejo? ¡Te doy cinco minutos, malparido de mierda, te doy cinco minutos para que te largues de aquí!

Olas gigantes y rabiosas, que echaban espumarajos por la cresta, se dejaban caer encima de Clipperton, avanzaban sobre ella y salían al otro lado sin dejarse perturbar por el mínimo obstáculo que la isla significaba en el vértigo de su carrera a través del océano.

Ramón Arnaud vociferaba, se agarraba los pantalones con una mano y con la otra le descargaba latigazos a la nada, cuando una de estas moles de agua lo alcanzó, lo levantó en vilo y lo proyectó a varios metros de distancia, lanzándolo contra el costado de la gran roca del sur. Después se retiró, dejándolo abandonado en uno de los peldaños de la piedra.

Arnaud tosió y vomitó parte del agua que había tragado. Cuando pudo volver a respirar intentó escalar hacia una posición más elevada, previendo la llegada de una próxima ola que lo estampara contra la roca. Esta vez había corrido con suerte y por razones que no se explicaba el aterrizaje había sido benévolo, pero a la siguiente embestida de la marea podía quedar incrustado, como tantos miles de fósiles que habían encontrado allí su lugar eterno.

Mientras tanto, en el galpón vecino al muelle, las mujeres, los niños y los animales pasaban las horas más o menos a salvo de la naturaleza desquiciada. Al principio se habían dedicado a tapar, con tablas y otros materiales que encontraron a mano, las ranuras y huecos por donde se colaban el agua y el viento. Hecho esto de la mejor manera posible, se habían arrimado hacia el centro del galpón, apretándose las unas contra las otras en un círculo que cada vez se estrechaba más. Habían permanecido largo rato calladas, aturdidas por el ruido insoportable del techo –que vibraba y crujía amenazando con desprenderse en cualquier momento– y de los llantos de los niños, que se desataron en una competencia por ver cuál gritaba más fuerte.

Alguna de ellas había comenzado a rezar las letanías de la Santa Cruz, y las demás la fueron siguiendo:

–Si a la hora de mi muerte el demonio me tentare, tu patrocinio me ampare porque el día de la Santa Cruz dije mil veces Jesús, Jesús, Jesús, Jesús...

Jesús, Jesús, Jesús, sin pausa ni resuello, hasta llegar a cien; Jesús, Jesús, en un murmullo infinito y sordo que con la repetición se volvía susje, susje, jesús, jesús, jesús, jesús, quesus, quesus. Alguien iba contando y al llegar a cien interrumpía con la plegaria, si a la hora de mi muerte el demonio me tentare, y de nuevo el río apagado de voces pronunciaba otros cien jesuses que sonaban como cascajo que rueda, como lluvia que cae, que casi no sonaban, inaudibles bajo el gran clamor de la tormenta.

No era el día de la Santa Cruz –hacía mucho que en Clipperton las fechas no contaban para nadie– pero en cambio todo parecía indicar que había llegado "la hora de la muerte". Porque el día de la Santa Cruz dije mil veces Jesús, Jesús, Jesús..., repetía Alicia, pero en realidad pensaba en Ramón y se angustiaba por su ausencia. Llevaban mucho tiempo juntos en el reducido espacio de la isla, donde, aunque quisieran, no podían alejarse más de quinientos metros el uno del otro. Ahora el peligro los apartaba y Alicia se dejaba ganar por una ansiedad como la que no sentía desde sus años de adolescente cuando esperaba a su novio durante meses en el patio de la casa paterna en Orizaba, atormentada por la duda de si algún día iría a volver. Sosteniendo sobre las piernas a Olga, su hija recién nacida, que estaba entrapada en orines y que lloraba con una potencia sorprendente para su tamaño, Alicia susurraba Jesús, Jesús, Jesús. Pero lo que pensaba era Ramón, Ramón, Ramón.

Al otro lado de la isla, bajo el cielo siniestro, Ramón se agarraba de la roca como una mosca. Estaba ya al borde del agotamiento físico y del delirio mental cuando creyó oír una voz que no era la suya. Un lamento, tal vez, o un grito. Provenía de abajo, de la oscuridad, débil y entrecortada. Pensó en descender hacia ella pero se dijo que el lugar debía estar a merced de los arrebatos de la marea. Fuera lo que fuera tendría que acercarse. Era arriesgado, pensó, y sería mejor desentumecer sus músculos rígidos antes de intentarlo. Después de estirar cada uno de sus miembros, que a duras penas le respondían, logró bajar un par de metros. No veía a nadie pero la voz le llegaba ahora más apremiante, y a veces le sonaba humana, y a veces no.

—¿Será alguien que necesita ayuda? —dudó— ¿O será el viento, que silba para engañarme? O una sirena. Alguna desgraciada sirena que quiere que me muera.

Como para despejar sus sospechas, las palabras sonaron suficientemente nítidas:

—Soy yo, Ramón. Ayúdame.

Era la voz del teniente Cardona.

—¿Eres tú, Cardona?

—Soy yo, Ramón, aquí, a tu derecha.

—¿Estás ahí, Cardona?

—Aquí, entre los escombros.

–¿Tú me ves a mí?

–Sí, sí te veo. A tu derecha, Ramón.

–¿Dónde?

–Debajo de estos palos.

–No te veo, pero te oigo perfectamente.

–Es que ya paró el viento.

Recién entonces se dio cuenta Ramón de que, en efecto, el viento se había cortado en seco y que lo que un segundo antes era furia, ruido y caos, se había transformado abruptamente en quietud, suspenso y silencio. El mar había vuelto a su lecho y se replegaba sobre sí mismo, como si tuviera en el fondo un gran sifón destapado que se lo estuviera chupando. Más que apaciguarse, el aire parecía haberse ausentado, dejando en su lugar una sustancia densa y tibia que se negaba a penetrar por la nariz.

Había algo falso y pavoroso en la repentina inmovilidad.

Ramón se acercó a una concavidad que configuraba la roca hacia su base, en el punto en que formaba ángulo con la playa. Su contorno de nicho, de receptáculo, había hecho que el huracán acumulara allí cosas arrancadas de otras partes. A tientas y a ciegas Ramón empezó a escarbar, escuchando la respiración pesada del teniente, que provenía de debajo de toda la basura.

–Cuidado –dijo Cardona–, tengo la pierna atrapada por algo que pesa mucho.

Ramón vislumbró el bulto oscuro de la cabeza y el tronco del teniente, al fondo, en una burbuja de espacio entre los escombros. Pudo ver su pierna izquierda retorcida en una postura imposible y aprisionada por una viga grande, a su vez trabada por otra serie de objetos, indefinibles en la negrura.

—Esa pierna —dijo Ramón— la debes tener hecha polvo.

—Ayúdame a quitarme esto de encima.

Ramón puso toda su fuerza y su empeño en mover la viga y no logró desplazarla ni un centímetro.

—Lo que no entiendo —dijo— es cómo te enterraste aquí.

—Yo tampoco entiendo. Mejor dicho záfame primero, y después te explico.

—Espera. Tal vez si me apoyo contra algo.

Ramón lo intentó de nuevo, haciendo palanca con su espalda contra una de las paredes de la roca, y tampoco pudo. Estuvo un buen rato forcejeando con el único resultado de que al desacomodar los escombros la viga hacía más presión sobre la pierna de Cardona, quien varias veces estuvo a punto de perder el conocimiento.

—Para, para, Ramón, no le hagas más que me estás matando. En la faltriquera tengo cigarrillos, fumémonos uno antes de seguir.

Ramón los buscó y los encontró.

—No es posible —dijo—, están secos.

—Milagro.

También había cerillos, y el capitán Arnaud encendió uno. Era tan absoluta la parálisis del viento, que la llamita ardió sin que tuviera que protegerla con la mano. Cuando acercó la luz hacia Cardona, para prenderle el cigarrillo, Ramón le vio por fin la cara. Era una cara desconocida. El gesto de dolor y de desamparo convertía al teniente en otro hombre, como si quien estuviera ahí fuera su hermano mayor, un hermano parecido, pero viejo y triste.

—Híjole, mano, estás pálido —le dijo Arnaud.

–Tal vez este sea el último cigarrillo que nos fumemos juntos –susurró Cardona, mientras sentía cómo el humo que aspiraba le llegaba hasta el alma.

–No, quedan tres más, y por suerte también están secos –contestó Ramón.

–Lo que te digo es que esto es el ojo del huracán. ¿Te das cuenta? Dentro de poco vuelve a empezar el viento y la jarana. Esta cueva se va a tapar de agua, y tú vas a estar afuera, y yo adentro.

–No, Secundino, ni madres. O los dos vivos, o los dos muertos.

Arnaud volvió a hacer esfuerzos en la oscuridad, ahora con más desesperación que antes. Después de un rato había logrado remover muchos de los deshechos menores, pero la viga seguía férreamente atascada en la roca, sujetando la pierna de Cardona. Este se quejaba de vez en cuando, con la voz cada vez más perdida.

Entonces empezaron a percibir otra vez el ruido. Primero tenue, como el palpitar de un corazón desacompasado, después obsesivo, como un redoble lejano de tambores. Suaves rachas de viento les refrescaron las frentes, empapadas en sudor.

–Es él –dijo Cardona–. Ya viene otra vez.

–Todavía nos queda tiempo, y esta viga ya casi cede, vas a ver.

–No es cierto. Mejor fumemos otro chicote, y vuelves a empezar cuando te repongas.

Ramón aceptó, porque había llegado al límite de sus energías y a la convicción de que jamás podría mover la viga.

–¿Alguna vez te conté –preguntó Cardona– que allá en San Cristóbal de las Casas el aire es dulce y livianito, y siempre huele a madera recién talada?

–Sí. Me lo contaste muchas veces.

–Es verdad. Bueno, ya vete, Ramón, que aquí no hay nada qué hacer. Ni modo.

–No, hermano, no me voy. Tú cuéntame lo del aire de San Cristóbal mientras yo liquido aquí este asunto. Aguántate el dolor, Cardona, porque voy a moler la viga a patadas, y vas a ver todas las estrellas de la Vía Láctea.

Arnaud estiró su cuerpo sobre el del teniente, ocupando el único espacio que quedaba libre en la cavidad de la roca. Encogió las piernas, las apoyó contra la viga y empujó con todas las fuerzas de su maltrecho organismo.

Cardona pegó un aullido, y Ramón paró.

–No más –suplicó el teniente–, lo que estás moliendo es mi pierna, y a la viga no le haces ni mella. Si voy a morir que sea en paz, y no martirizado como un santo.

–Aguanta, te dije. Te advierto que te voy a sacar de aquí, con pierna o sin pierna.

–Como las lagartijas –susurró Cardona con el último hilo de voz–, que abandonan la cola para salvarse.

–Qué maña la tuya, esa de andar poniendo a los animales de ejemplo.

Ramón volvió a repetir la maniobra y ya sentía que la cabeza se le nublaba por el esfuerzo, cuando la primera ola irrumpió con violencia en la cueva, cubriéndolos a ellos, taponándoles las narices y los pulmones, queriendo reventar su corazón y sus oídos, dejándolos sumergidos, ahogados, por un tiempo que pareció eterno.

"Qué lástima, nos morimos –pensó Ramón Arnaud."

Pero no se murieron. La ola se retiró con la misma fiereza con que había penetrado, tirando de sus cuerpos hacia afuera y succionando los escombros. Entonces sucedió: no fueron más que partículas de centímetro, pero Secundino Ángel Cardona sintió que la fuerza centrífuga del agua movía la viga, aliviando la presión.

–¡Ahora es cuando! –gritó, escupiendo salmuera, y de un jalón despiadado liberó su pierna y se arrastró hacia la boca de la cueva.

Ramón Arnaud salió detrás de él.

Ciudad de México, hoy.

La fotografía de Tirsa Rendón de Cardona fue tomada después de que toda la historia de Clipperton terminó, y en ella aparecen claramente marcados los estragos de una tragedia.

A la mujer la enfocaron de lejos, en medio de un grupo de personas, y sólo se alcanza a ver su cara. Tiene el pelo muy lacio y lo lleva toscamente recortado, en redondo, con un fleco sobre la frente que se va alargando a los costados, para pasar a duras penas por debajo de las orejas. Eso, más el hecho de que su piel, de por sí oscura, está retostada por el sol, más su aspecto levemente masculino, le dan una apariencia similar a la de ciertos indígenas del Amazonas. Lo cual no quiere decir que sea una mujer fea. El suyo es un rostro atractivo, hurañamente hermoso, que sobresale entre los demás.

Lo que obliga al observador a fijarse en él, son los ojos. El contraste entre lo blanco del iris y el negro de la pupila, la madurez de la mirada, la arrogancia de la ceja izquierda caída y la derecha arqueada. En el momento en que esta fotografía fue tomada, Tirsa tenía un aspecto duro y primitivo, pero no ingenuo. A ella no la tomaron por sorpresa, ni en la foto ni en la vida, ni tampoco en la estrecha cercanía de la muerte. Se la ve sola en medio de los demás, desafiante, ruda, como un indígena de las selvas del Amazonas, sobreviviente de masacres y depredaciones, solitario, desafiante, rudo. Como un indígena que todo lo hubiera visto y sabido, que se hubiera dado mañas para burlar a sus enemigos, que hubiera vivido y muerto y estuviera ya de vuelta.

En los diversos documentos que existen sobre la tragedia

de Clipperton –el de María Teresa Arnaud de Guzmán, el del general Francisco Urquizo, el del capitán H.P. Perril– aparece una explícita mención a Tirsa. Se la reconoce como la esposa del teniente Secundino Ángel Cardona, y se la nombra, por consiguiente, Tirsa Rendón de Cardona.

En el expediente militar del teniente aparece una carta firmada de puño y letra por él mismo, en la cual hace referencia a su esposa. Solicita que se le entregue a ella, en la capital de la república, 15 pesos semanales, deducibles de su paga. Sin embargo, el nombre de la esposa que aquí aparece no es, como podría esperarse, Tirsa Rendón de Cardona. Es María Noriega de Cardona. O Tirsa Rendón no se llamaba en realidad así, sino María Noriega, o Tirsa Rendón no era la legítima esposa de Secundino Cardona.

La última variante es la correcta, según se constata en el grupo de papeles que aparece al final del dossier del teniente. Entre ellos hay una carta varios años posterior (posterior inclusive a la muerte de Cardona), en la cual "María Noriega viuda de Cardona", quien dice ser enfermera del Puerto Central de Socorros y tener dos hijos, reclama al presidente de México la pensión correspondiente a su difunto esposo. La confusión de identidad entre las dos mujeres queda patente en la respuesta que la viuda recibe: "Dígase a la señora María Noriega que envíe copia del acta de matrimonio con el extinto capitán Secundino Ángel Cardona, en virtud de que en la investigación que practicó esta secretaría con respecto al último destacamento en la Isla Clipperton, aparece como señora de dicho oficial Teresa Rendón, quien rindió testimonio de los hechos allí acaecidos."

María Noriega debió enviar el acta de matrimonio que le

solicitaban, ya que fue a ella a quien se le concedió la pensión, con lo cual queda comprobada la legitimidad de su vínculo. Pero también queda comprobado que la mujer que convivió con Secundino Cardona hasta el final de sus días no fue su esposa, sino la mencionada "Teresa Rendón", una tergiversación del nombre de Tirsa Rendón.

Finalmente los hechos están claros. Secundino Ángel Cardona contrajo matrimonio con la enfermera María Noriega, de la cual tuvo dos hijos. Los avatares de la vida militar lo llevaron a abandonarla y en algún punto impreciso de sus muchas correrías se enganchó con Tirsa, quien lo siguió de ahí en adelante, hasta Clipperton. Tirsa Rendón debió ser, entonces, como las demás mujeres de los soldados de Clipperton, una soldadera.

Clipperton, 1914.

Bajo las latas del galpón de guano se amortiguaba y se hacía más tolerable el ruido de la tormenta, que afuera fustigaba a la isla con sus últimos, fatigados coletazos. Hombres, mujeres y niños aguardaban en vela que el amanecer, que empezaba a despuntar, despejara el cielo y acabara de amansar el frenesí del mar y de los vientos.

Un silbido vibraba, apenas audible, en el aturdido laberinto de los oídos de todos ellos. Era un tono incisivo y femenino, como producido por una soprano, una sirena de barco o una sirena de mar. Un *do* de pecho que flotaba intermitente en el aire enrarecido del galpón, presente sólo en los intervalos en que se silenciaban las latas del techo. Era un llamado, una urgencia; pero también era un sonido improbable e irreal que los sobrevivientes de Clipperton percibían sin oírlo, y a nadie se le ocurrió preguntar de dónde podía provenir. Era simplemente uno más entre tantos fenómenos incomprensibles e inmanejables que el huracán había traído consigo.

En un rincón, el teniente Cardona yacía tendido sobre un jergón, cubierto por una manta gruesa. Una sonrisa agridulce le ladeaba la boca y dejaba ver sus dientes blancos de indio chamula. El dolor agónico de su pierna dislocada y astillada ronroneaba sordo bajo el efecto de las inyecciones de morfina que le había aplicado el capitán Arnaud. Acurrucada a su lado, su mujer, Tirsa Rendón, exprimía los paños que se entrapaban con su sudor, abundante como si todo el elemento líquido de su cuerpo se le saliera por la frente, por las axilas, por la espalda. Como si el hombre quisiera morirse de deshidratación.

También Cardona, desde su borrachera de debilidad y de estupefacientes, desde la frontera entre esta vida y las otras, oía el timbre ultramundano y soñaba que mujeres de pechos amables y voces de querubín le aliviaban el padecimiento cantándole al oído canciones de cuna.

Unas horas antes, cuando el huracán todavía tronaba con toda la furia, el capitán y el teniente habían hecho su aparición fantasmal en el galpón. Llegaron de la noche pavorosa desnudos y exhaustos, como Moisés salvado de las aguas, y ateridos de espanto. Si lograron atravesar la isla, contrariando la decisión aniquiladora de la naturaleza, fue haciendo acopio de las reservas póstumas de su energía y posponiendo paso a paso la muerte con una última, salvadora gota de adrenalina.

Entre los dos habían arrastrado la pierna deshecha de Cardona como si fuera un tercer individuo, un moribundo pesado e hinchado que quisieran rescatar de la tormenta. Al llegar al refugio, Arnaud había luchado por recomponer ese amasijo de hueso y sangre, primero echando mano de los instrumentos de su botiquín de primeros auxilios y después, cuando estos resultaron insuficientes, de las herramientas de trabajo almacenadas en el galpón.

Mientras Cardona pegaba aullidos y alucinaba con sirenas, Arnaud forcejeaba con pinzas y palancas para volver a encajar el fémur en la cadera, para enderezar la rodilla que miraba hacia abajo, para darle forma humana a esa materia orgánica desgarrada y desplazada.

Poco hubiera logrado sin contar con la pasmosa sangre fría y la fortaleza machorra de Tirsa Rendón. Untada de sangre como una carnicera o una sacerdotisa, ella lo asistió minuto a minuto sin ascos ni desmayos, ayudándolo a desenredar tendones, a jalar huesos y a remendar pellejo, con hilo y aguja, como quien borda carpetas en punto de cruz.

Cuando llegó el límite de su cansancio y de su reducida capacidad de cirujano, Arnaud entablilló y vendó, y entonces sí, pero no antes, abrazó a Alicia, besó a sus hijos, se quitó la ropa escasa y empapada que aún le quedaba encima y se arropó con un pesado mantel de encaje de bolillo de Brujas que su mujer había protegido entre el baúl. Envuelto en el género blanco, como un héroe trágico, llamó lista y contó a los presentes: once hombres, diez mujeres y nueve niños. Milagrosamente, de los mexicanos no faltaba ninguno, salvo Victoriano Álvarez, que debía estar en la guarida del faro. Varios tenían contusiones y heridas, pero con excepción de la pierna de Secundino Cardona, nada era de gravedad.

El único extranjero que aún no había abandonado la isla, Gustavo Schultz, estaba ausente. Temprano en la mañana del día anterior, el teniente Cardona lo había encontrado observando el cielo. Había señalado con el índice hacia arriba y había pronosticado:

–Huracán.

El teniente recordaba esa última imagen de su figura voluminosa bajo la luz negra del amanecer. Nadie sabía más de él.

–Tal vez está muerto… –dijo alguien.

Pero Ramón Arnaud tenía el convencimiento de que no era así, y se le encendieron las mejillas de rencor al pensar que el alemán, en vez de dar una mano, de aportar a la seguridad de la colectividad, se había cortado por su cuenta para guarecerse solo, con su moza, entre las sólidas paredes de su casa.

Arnaud se lo imaginó en ese momento, seco, caliente y profundamente dormido entre su cama, y sintió algo parecido al odio.

La familia Arnaud se congregó en una pequeña montonera. Interrumpidos por los bramidos moribundos del huracán, por los crujidos del techo, los llantos de los niños y el ruido nervioso de los animales asustados, Ramón y Alicia se rapaban la palabra para contarse el uno al otro los sucesos de las horas pasadas, hilvanando en una sola las dos historia retaceadas, intermitentes como mensajes telegráficos. Cada tres palabras, Ramoncito, que quería enterarse de todo sin perder una coma, intervenía para preguntar qué pasó, con qué te lastimaste, dónde te caíste, quién fue, por qué fue, cómo fue.

–¡Alguien golpea! –dijo una voz.

Abrieron la puerta del galpón y entraron chorros de agua, y en medio del agua, Daría Pinzón y su hija Jesusa Lacursa.

–¿Dónde está Schultz? –las interrogó Arnaud, ya no tan seguro de conocer la respuesta.

–Está loco –contestó Daría Pinzón.

–No te pregunto cómo está, sino dónde.

–Está por ahí, loco como una cabra. Mientras su casa se vuela, él ha pasado toda la noche afuera, bregando a defender el trencito y la maquinaria, y todos esos cachivaches inútiles que la Compañía dejó tirados. A él también, a él también lo abandonaron en esta isla, pero no le importa. Y a mí que me lleve el viento, que tampoco le importa. Él sólo cuida los intereses de la Compañía, como si fueran sus hijos –decía Daría, al borde de un ataque de nervios, y no podía dejar de hablar–. Está loco, créeme, capitán, ese gringo está loco. A él lo trajeron a Clipperton a despachar guano, y él quiere despachar guano aunque no haya guano, ni Clipperton, ni Compañía...

—Ya cállate, Daría —le dijo suavemente Arnaud—. Ve a que te den un café caliente y búscate un lugar para ti y tu hija.

Las mujeres habían prendido hogueras y echaban gordas de harina al fuego. Con una guitarra bien afinada alguien cantaba un corrido extraño, que contaba la historia de una cucaracha que tenía dificultades para caminar. Varios hombres echaban albures sobre un sarape gris de tropa, absortos en lo suyo, como si nada hubiera pasado y nada fuera a pasar. Cada tanto se escuchaban sus gritos, que pregonaban las cartas destapadas:

—Dos, para el reumatismo y la tos.

—Cinco-bijas ni calzones duermen hembras y varones.

—Cuatr-eros desalmados han robado mis ganados.

—Seis-ieron las hembras bellas para acostarse con ellas.

Mientras tanto, el silbato agudo seguía penetrando por entre las averías del techo sin que nadie lo oyera, sutil y diluido pero implacable, como una lejanísima trompeta del juicio final.

La cola del huracán se disipó con la aparición del sol, y la gente salió del galpón despacio, con cautela, como animales tímidos que después del invierno abandonan la madriguera, cegados por la luz y atontados aún por la siesta demasiado larga. Arnaud encabezó una procesión espontánea y sonámbula que recorrió la isla, en religioso silencio, sin comentar una sola palabra del panorama que se presentaba ante sus ojos. La huerta y su tierra negra, las construcciones, el muelle, cualquier rastro de civilización, todo el trabajo humano realizado durante años, había desaparecido de allí.

También había desaparecido el guano. Habían sido arrastradas al mar las toneladas de caca que varias generaciones de pájaros habían depositado en tierra durante siglos. Despejada y libre de esa capa verdinegra y blanda que la recubría íntegra como una segunda naturaleza, la roca viva en que estaba tallada Clipperton exhibía su despiadada blancura de hueso. El cielo y el mar irradiaban una calma gloriosa, una paz sin estrenar, y Clipperton se extendía en la mitad del universo, limpia y vacía, virginal, como en el primer día de la creación. Los cangrejos y los pájaros bobos habían vuelto a surgir, por decenas, por centenas, como si durante su ausencia hubieran triplicado su número. Ahora pululaban por la roca pelada seguros de sí mismos, altaneros, amos y señores del territorio reconquistado.

Los hombres caminaron hacia el sur y vieron el faro, intacto, en la cumbre de la gran roca.

—Por lo menos eso quedó —dijo Ramón Arnaud, con una voz de anciano que no era la suya.

El negro Victoriano Álvarez les salió al encuentro. El color de su piel se había apagado en un gris ceniciento, pero sus ojos irradiaban con una fosforescencia anormal.

—¿Alguna novedad, soldado? —le preguntó Arnaud, y frunció el bigote ante lo absurdo de su frase en esas circunstancias.

—¡Sí, mi capitán! —fue la respuesta que obtuvo. —Venga y la ve usted mismo.

Todos siguieron a Victoriano hasta la entrada de la guarida del faro. El negro abrió la puerta de un empujón y el capitán Arnaud penetró en el interior. Tras unos segundos, sus pupilas se adaptaron a la penumbra del lugar. Entonces los vio.

Allí, recostados unos contra los otros, dormidos, con los

pelos dorados como tallas de altar colonial, había nueve hombres, una mujer y dos niños. Aunque estaban tendidos, era fácil adivinar la gran estatura de los adultos. Los varones tenían barbas amarillas y largas de profeta, y la piel de la mujer era tan transparente que permitía seguir, como en un mapa, el recorrido de las venas color lila por sus brazos y sus piernas.

Arnaud contempló incrédulo a esos seres misteriosos caídos del aire, aparecidos de la nada. Como los dioses blancos anunciados en las antiguas profecías de los aztecas. Pero sus ropas mojadas y el cansancio de sus cuerpos desgonzados no les daban un aspecto divino. Al contrario. Su aire desolado y solitario era inconfundiblemente humano.

—Y estos, ¿de dónde salieron? —atinó a decir Arnaud, después de observarlos un rato.

—No hablan cristiano —le respondió Victoriano— pero allá naufragó su barco.

El negro señaló hacia el mar y Arnaud vio, a una milla de distancia de la playa, una goleta de tres palos, ladeada y hundida casi por completo en el agua. Era tal la mansedumbre y la placidez que esa mañana mostraba el Pacífico, que la nave parecía haberse reclinado para dormir, como sus tripulantes.

—Toda la noche sentí la sirena de ese barco errando por la tormenta —dijo el soldado—. Uuuuuuu, uuuuuuu, gemía como un ánima en pena. A mí me erizaba los pelos. Uuuuuuu, sonaba triste, así bien agudo, uuuuuuu. Yo creía que era La Llorona que se había largado a chillar por nuestra desgracia.

Al oír a Victoriano, la memoria de Arnaud le devolvió el recuerdo de ese sonido angustioso que durante horas le había entrado por un oído y le había salido por el otro, sin que su cerebro quisiera registrarlo.

—Según se ve, se perdieron en el huracán —siguió diciendo Victoriano Álvarez— y se acercaron a Clipperton atraídos por la luz del faro. Es lo que yo interpreto, mi capitán, aunque de lo que hablan, nada comprendo. Seguro pensaron que aquí encontrarían refugio. Seguro eso mismo fue. Y pasó lo que tenía que pasar: que se hicieron mierda contra el arrecife. Cuando se les hundió el barco, ellos se mantuvieron a flote en la oscuridad, agarrando a las criaturas para que no se ahogaran. Tal vez así pasó. Debieron estar el resto de la noche prendidos de tablas como monitos, y esta madrugada nadaron hasta la orilla. Ahí fue que los vi y los ayudé a salir. Pero mejor será que cuando se despierten, ellos mismos le cuenten la historia, capitán. A usted, señor, que conoce tantas leguas y puede entenderles.

Ramón Arnaud sintió compasión por ese grupo de extraños rubios que tenía tendidos a sus pies, más desmayados que dormidos.

—El destino es juguetón —dijo por fin, demasiado perplejo y fatigado para ponerle dramatismo a su voz—. De un solo golpe nos quita la comida y nos da doce bocas más para alimentar.

Ciudad de México, hoy.

Pensando en Tirsa Rendón, leo novelas viejas y documentos de principios de siglo para averiguar sobre las soldaderas. No es mucho lo que hay sobre ellas. Eran las perras de la guerra. Mitad heroínas y mitad putas, marchaban detrás de la tropa siguiendo a sus juanes, ellos a caballo, ellas a pie.

Podían dormir con un hombre por un par de pesos y a la mañana siguiente abandonarlo, caprichosas y escurridizas en sus amores. O podían serle leales hasta la muerte; hacerse matar por alcanzarle un sorbo de agua; robar o pelear a cuchilladas por conseguir una gallina para darle de comer. Eran las hembras de la tropa, las hijas de la vida dura. Embarradas, harapientas y ebrias como sus juanes. Tiernas y corajudas como ellos.

Sus oficios eran múltiples e indispensables. Sin ellas los soldados se hubieran muerto de hambre, de mugre, de soledad. Siempre alborotando, siempre gritando, cargaban en la cabeza las ánforas de agua, las maletas y los tasajos de carne. A la orilla de los ríos lavaban sus enaguas y los uniformes de sus hombres. En las noches entraban a los cuarteles o a los campamentos y entre hogueras y humaredas hacían fritangas de gallo, de guajolote, cocían caldo de grasa, echaban al fuego gordas de harina. Se tendían a dormir en el suelo, bajo los sarapes, entrelazadas de piernas con los soldados. En los amaneceres helados cantaban corridos y mañanitas con sus voces penetrantes y entibiaban el aire con el vaho del café hirviente. Luego recogían sus trapos y sus trastes y se marchaban, al grito de los oficiales:

—¡Fuera esas viejas!

Ellas eran, además, las encargadas de rezar: rezaban por los soldados vivos para que no murieran y por los muertos para que no padecieran en el infierno. Más que de Cristos o de espíritus, eran devotas de Teresita Urrea, la Santa de Cabora, una virgen viviente de Chihuahua, epiléptica, catatónica y milagrosa, que bendecía las carabinas para que cada bala que tiraran fuera un muerto. Las soldaderas se protegían bajo su Gran Poder y llevaban colgando entre los pechos escapularios con trozos de las pobres ropas de Teresita, con mechones de sus sagrados cabellos. Cuando un soldado moría, eran ellas las que lo lloraban: con sentimiento, a los alaridos cuando el muerto era un ser querido; con desgano, por cumplir con la rutina, cuando era un desconocido.

Ellas eran las encargadas de saquear. Después de las batallas, cuando la victoria era de los suyos, las soldaderas entraban a saco a los pueblos vencidos, a los ranchos abandonados. Pisando heridos, pateando cadáveres, ellas allanaban, incendiaban, robaban y regresaban manchadas de sangre, tiznadas de humo y borrachas de triunfo, cargando con el botín.

Eran expertas contrabandistas. Entre los corpiños, entre los pañales de sus niños, entre las tortillas de maíz, sabían esconder las hojas de la yerba marihuana. Burlaban los controles y las requisas del cuartel para entregársela a sus hombres. Ellas eran las portadoras de la yerba santa, de la yerbita libertaria, única cosa buena y verdadera en medio de las tristezas y flaquezas de la tropa combatiente.

Y ellas eran, también, la prensa de la juanada. Adentro los hombres, recluidos y aislados, de poco se enteraban. Nada oían como no fueran los gritos de los oficiales, nada veían como no fuera su propia miseria, nada querían, como no fuera cumplir el tiempo para salir de allí. Lo que pudiera pasar en el resto del universo era materia que no penetraba tras los muros del cuartel. Las soldaderas, en cambio, entraban y salían, conversaban con el tendero que conocía los chismes del lugar, con el ferrocarrilero que traía noticias de lejos, con la amante del general, que paraba oreja para escuchar los planes de sus superiores. Por sus viejas se enteraban los de la tropa si su batallón tendría que pelear o si tendría que viajar. Gracias a ellas no se olvidaban de que afuera todavía existía el mundo.

Dado el caso también peleaban, si les caía la oportunidad. Cuando su hombre moría ellas heredaban el caballo, se fajaban las cananas y empuñaban el fusil.

Tirsa Rendón, la mujer del teniente Cardona, fue una de ellas. Una soldadera.

Un día se conocieron, cuando la vida militar los juntó por los rumbos de Yucatán, o por los caminos de Cananea. A lo mejor celebraron un matrimonio de urgencia, de amor y de conveniencia, tal como el que relata –con estas mismas palabras pero con otros protagonistas– el general Urquizo[1], quien supo de esas cosas en sus años de tropero.

La joven Tirsa y el guapo Cardona no se habían visto nunca antes. Por azar quedaron juntos en la misma banca del tren, un día de traslado de tropas. El destino los apretujó el uno contra el otro en medio del vagón repleto de soldados, soldaderas y animales. Se respiraba un aire espeso de sudores, patas sucias, correajes, aceite de fusiles, comida guardada entre los bolsillos, pedos y eructos.

[1] Francisco Urquizo. *Tropa Vieja.*

Los sacudones del tren los fueron acercando hasta que ella acabó casi sentada encima de él. A los dos les gustó el roce mutuo de sus pieles. Se sentían gratos el olor y el calor del otro cuerpo. Tal vez él se fijó en los ojos de ella, muy blancos en lo blanco y muy negros en lo negro, y tal vez ella reparó en la sonrisa de él.

Después de un coqueteo breve y brusco se produjo la ceremonia, lo que el general Urquizo llamó un "matrimonio a lo puro militar":

–¿Cómo te llamas, chata?

–Tirsa Rendón, ¿y tú?

–Secundino Cardona.

–¿Arreglados?

–Arreglados.

–Venga esa mano.

–Ahí está.

Clipperton, 1914.

—¡Se están matando, se están matando!

Las mujeres llegaron corriendo y gritando con alboroto de aves de corral, aleteando como gallinas y cacareando como guajolotes.

—¡Se están matandooooo!

—¿Quiénes? ¿Quiénes se están matando? —Arnaud, que estaba volviendo a techar su casa, brincó de un andamio al suelo—. ¿Alguna que deje de gritar y me diga quiénes se están matando!

Pero las mujeres ya corrían hacia el norte, y él tuvo que correr detrás. Alicia lo siguió.

Al acercarse a la casa de Schultz oyeron los insultos, los golpes, los alaridos. Después vieron al alemán y a su mujer, Daría Pinzón, ambos desnudos como vinieron al mundo, agarrados y tirando a matarse, como dos perros rabiosos. El hombre, que gruñía y echaba espumarajos por la boca, trincaba a la mujer por las mechas y le daba nalgadas con su mano enorme. Ella berreaba y arañaba al alemán, le arrancaba el cuero a dentelladas. Él parecía no enterarse y seguía poniéndole las nalgas coloradas a tortazos. Ella recuperó terreno y agarró al alemán de los testículos, con las dos manos, con toda su fuerza, dispuesta a no soltar la presa hasta el día del juicio final. Él aulló como una loba en celo y tras varios intentos inútiles de sacarse a Daría de encima, finalmente la arrojó lejos de un empujón que la mandó rodando, como una bola de carne y pelo, por entre los corales.

Paradas alrededor en círculo, las mujeres observaban el espectáculo, animando a una y otra parte:

—Cápalo, Daría, ¡cápalo por cabrón!

—¡Dale a esa bruja, gringo, para que aprenda a no ponerte los cuernos!

Arnaud, que había agarrado un palo, aprovechó el instante, se le fue a Schultz y le descerrajó un trancazo por la cabeza. Schultz se desplomó como una montaña de cera que se derrite. Ramón, que había caído de rodillas, no alcanzaba a ponerse en pie cuando recibió encima todo el volumen de Daría Pinzón, que se le tiró en plancha, aplastándolo contra el piso con el peso de sus ancas de yegua.

—Tú no te metas, capitán —le gritaba—, esto es una pelea entre mi macho y yo.

Arnaud logró darle la vuelta y encaramársele por la espalda y después de un forcejeo le trincó un brazo atrás y la inmovilizó, apoyándole las rodillas contra los hombros.

—Sí me meto —le dijo jadeando—. Esto es un problema de orden público.

—El gringo está loco, capitán. Quería matarme.

—Calla, que tú también eres una maldita. Ve a vestirte, desvergonzada, y tráeme una soga para amarrar a Schultz, ahora que duerme.

Las mujeres se dispersaron. Daría volvió, cubierta a medias con una manta y trayendo la soga. Arnaud maniató a Schultz, que yacía sin sentido, y le pasó varias veces la soga por el cuerpo, apretando con bríos, hasta dejarlo bien envuelto y amarrado como un tamal. Después lo arrastró hasta la entrada de su casa y lo ató a una viga. El alemán abrió los ojos y miró a su alrededor. Intentó incorporarse, pero las ataduras no se lo permitieron.

Alicia, que había contemplado la escena de lejos, trajo una

jícara con agua y se la alcanzó a Arnaud. Este bebió y luego se la puso al alemán en los labios. Schultz tomó un sorbo, otro, y el tercero se lo escupió a Arnaud en los ojos.

—Bestia —le dijo este, y le volteó la cara de un bofetón.

—Más agua —pidió Schultz.

—¿Qué?

—Más agua.

—Aprende de una puñetera vez a decir por favor.

—Por favor.

—Bueno, pero te advierto que si me escupes, te reviento la boca y te vuelo los dientes.

—No.

Arnaud le acercó la jícara y Schultz tomó varios tragos.

—Ahí te dejo al gringo, capitán —dijo Daría—. Tú verás qué haces con él. Consíguete otra que lo atienda. Yo me largo de aquí.

—Ah, sí. ¿Tú te largas de aquí? Y me quieres decir cómo, ¿caminando sobre las aguas, como Nuestro Señor Jesucristo?

—Eso es problema mío —contestó la mujer, y se alejó caminando rápido, como si tuviera a dónde ir.

—Deja de bambolear el culo, Daría Pinzón, que por coqueta andas enloqueciendo a los hombres —le gritó Arnaud.

—¿Ves? —saltó Alicia—. ¿No te lo dije? Esa perdida te muestra el culo... ¿Ahora sí lo reconoces? ¡Cuántas veces te lo dije y tú lo negabas! Dime, Ramón, ¡cuántas veces te lo dije!

—Lo que se dijo antes del huracán no vale. Ahora hay que reorganizarlo todo —contestó Arnaud, y se sacó de encima, como pudo, la vieja discusión conyugal.

No era el primer incidente que se presentaba con Schultz.

Todos los días ocurría algo similar, y Arnaud creía que Daría Pinzón estaba en lo cierto; el alemán había perdido la cabeza. Para empezar, la había emprendido contra lo poco que la tormenta había respetado de los vagones y la vía *decauville*. Con el mismo ahínco con que la había instalado y reparado mil veces, se dedicó ahora a arrancar los rieles y a lanzarlos, como jabalinas, al mar. Cuando se cansó de destruir objetos, arremetió indistintamente contra hombres, mujeres, animales y náufragos. Sobre todo contra estos últimos, que fueron el objetivo central de su violenta irritabilidad.

Alicia tenía su propia interpretación.

–Ese pobre hombre es una máquina de trabajo –decía–. Le quitaron el oficio y no sabe qué hacer con toda la energía que se le pudre adentro.

Daría Pinzón, en cambio, le echaba la culpa a la disminución de la comida.

–Los blancos están acostumbrados a comer mucho –explicaba– y el hambre los vuelve locos. Schultz odia a los náufragos porque por culpa de ellos comemos menos.

La culpa no es de ellos sino del huracán –corregía Arnaud, que no quería que se regara el repudio contra los recién llegados.

–Es lo mismo –replicaba Daría–. Náufragos y huracán, huracán y náufragos. Ambos llegaron al tiempo, y ahora pasamos hambre.

En efecto, se había echado a perder gran parte de la comida. Pero no toda, como había temido Arnaud en un principio. Muchos bultos de grano se empaparon y se pudrieron. De la huerta, sus verduras y sus frutas, no quedó ni el recuerdo, y el mar arrastró con latas y otras provisiones. Se habían quedado sin leche, azúcar, harina y café pero aún quedaba carne seca, maíz, enlatados y fríjoles, en cantidad suficiente para permitir la subsistencia de la población antigua y de la nueva durante dos o tres meses. Con la condición de que se racionara con avaricia calvinista y austeridad franciscana. La situación era de hambre, pero no de vida o muerte, salvo por la dramática carencia de vitamina c. Podían aguantar –los alentaba Arnaud– hasta la siguiente visita del *Demócrata* o del *Corrigan II.*

Los náufragos resultaron ser holandeses, aunque su malograda goleta –la *Nokomis*– tenía bandera norteamericana. El capitán era un viejo lobo de mar llamado Jens Jensen, con quien Arnaud pudo comunicarse en inglés. Se enteró de que Jensen comerciaba con diversos productos agrícolas y que transportaba la carga que se presentara de un lado al otro del mundo. La noche del huracán, la *Nokomis* navegaba de Costa Rica hacia San Francisco, y el relato de cómo sus tripulantes habían sobrevivido no difería mucho de lo imaginado por Victoriano Álvarez.

La mujer de Jensen se llamaba Mary, como la Virgen, y se paseaba, transparente y angelical, por la playa áspera de Clipperton, con la mirada perdida en el más allá. Las hijas de la pareja eran Mary, de seis años, y Emma, de cuatro, y a pesar de ser albas y áureas como su madre, se integraron a la caza de cangrejos por los acantilados y a los otros juegos terrenales de los demás niños.

Los doce holandeses eran gente de paz y buenos modales. Pese al lamentable estado físico en que llegaron a Clipperton, agradecieron la hospitalidad poniéndose a trabajar, desde el primer momento, en la tarea de levantar de nuevo aquellas edificaciones que no habían quedado pulverizadas sin remedio. Rescataron medicamentos y alguna ropa de su barco y lo pusieron todo a disposición del capitán Arnaud. Colaboraban en lo que podían y no pedían más de lo que les daban. Desguazaron los restos de la *Nokomis* y utilizaron la madera en la reconstrucción de la isla. Pero aunque no quisieran fastidiar, el tiempo pasaba y ellos seguían ahí y comían. Tan parcamente como los demás, pero comían, y eso, ante los ojos de la gente hambreada, era lo peor que podían hacer.

Una noche Tirsa Rendón le llevó la comida a Secundino Cardona, que se recuperaba con altibajos después de haberse salvado de milagro, gracias a su fortaleza de mulo, a las curaciones de Arnaud y a los rezos y sacrificios que Tirsa le ofrecía a la Santa de Cabora. Lo ayudó a sentarse recostándolo contra la pared, y le entregó un plato repleto de fríjoles con tortillas.

—En medio de todo tienes suerte —le dijo—. Por ser el herido eres el único que come ración completa. A los demás nos·toca una tercera parte de esto.

—Es sensato. Si no, vamos a morir pronto de inanición.

—Los otros no piensan así. Andan diciendo que los oficiales y los extranjeros comen y la tropa no.

—Dile a Ramón que desde mañana me mande a mí lo mismo que a los demás.

—Ya tuvo una pelea por eso. Se enteró que murmuraban que tú eras el consentido. Que andabas de holgazán mientras ellos trabajaban, y que comías el triple.

—Hijos de la chingada.

—Eso mismo les dijo Arnaud, que ya no se cuida con las palabras. Antes era elegante para hablar, y ahora anda boquisucio como una verdulera, maldiciendo y mentando madres al que se le cruce por delante. Los otros no se le quedan atrás. Si tú vieras, la gente parece otra. Como si a todos los hubiera orinado el diablo. Victoriano es el que más protesta y es el que manda la bola de alborotados. Anoche alguien reventó el candado de la puerta de la farmacia, donde están guardadas las reservas de comida, y se llevó un poco de latas.

—Qué suerte podrida. Salimos de la lucha contra el huracán, y ya estamos metidos en la guerra de las latas. ¿Y tú quién crees que lo hizo?

—Quién sabe. El que lo hizo dejó un letrero pintado en la pared que decía "Por el bien del pueblo", y firmó "La Mano que Aprieta".

—Ahora sí se armó la grande.

—Así es. A la madrugada se dio cuenta Arnaud y había que verlo durante el orden cerrado, echando fuego por los ojos. Ordenó requisa general y dijo que al que le encontrara las latas, lo iba a moler a fuete. Dijo que le advertía a la tal Mano que Aprieta, que él personalmente, con las dos manos que le dio Dios, le iba a apretar los huevos hasta que entregara el último grano de arroz. Para que se dejara de andar robando y haciéndose el gracioso con letreros en las paredes.

—¿"La Mano que Aprieta"? Pues sí es gracioso, de verdad. ¿Y al fin encontraron algo?

—No encontraron nada. Unas mujeres dicen que el responsable es el negro Victoriano y otras juran por la cruz que fue el gringo.

—¿Schultz?

—Él mismo.

—No es gringo, es alemán.

—¿Y no es igual?

–No sabes geografía.

–Bueno, gringo o alemán, la cosa es que anda hecho el Patas. En la revuelta de los morenos contra Arnaud y los demás blancos, Schultz se puso del lado de los morenos.

–Ah, vida cruel. Y yo que soy moreno me pongo del lado de los blancos.

–Schultz anda de compinche de Victoriano. Al negro, Arnaud lo calla de un par de gritos, pero al alemán no lo calla nadie. Dice que es civil y que se limpia el trasero con la disciplina militar. Que a él no lo manda nadie. Que si por él fuera, empujaría a los holandeses al mar, para que se largaran por donde vinieron.

–¿Y cómo es que ahora le entienden lo que habla?

–No le entienden, sino que el negro Victoriano les traduce. A lo mejor el alemán sólo está rezando avemarías, y el negro lo interpreta como le conviene. Quién sabe.

La animadversión contra los holandeses crecía como una marea negra. Las gentes de Clipperton cerraban los ojos cuando pasaban por el lugar donde estaba hundida la *Nokomis* para no ver sus restos. Cerraban los ojos frente al capitán Jensen, para no mirarlo a la cara. Alicia sospechaba que el problema iba más allá de la escasez de comida, y así se lo comentó a Ramón.

–Aquí hay algo más –le dijo–. No sólo los odian: les tienen un miedo pánico.

El miedo surgía por las noches, en las barracas semiderruidas de los soldados. Una historia corría de boca en boca desvelando de terror a hombres, mujeres y niños. No se supo quién la contó primero, pero todos la repetían como si la hubieran vivido y creían en ella como si fuera el credo. Era la historia de un capitán holandés cuya nave quedó atrapada en medio de una tormenta. La tripulación gritaba y rogaba que buscaran refugio pero el capitán, enloquecido de soberbia, se negó, causándoles la muerte. Por eso recibió una condena, que es recorrer los mares durante toda la eternidad, siempre en medio de tempestades atroces. Se convirtió en el Holandés Errante. Su único alimento es el hierro al rojo vivo y su única bebida, la hiel. Sólo puede bajar a tierra una vez cada siete años, y donde llega, trae la ira divina y la muerte para todos los que ven su nave espectral.

Los hombres de Clipperton ataban cabos, sacaban cuentas y todo coincidía, todo contribuía a atizar su temor. Atravesaban el año 14, y 14 era múltiplo de siete: era la fecha del regreso del Holandés. La *Nokomis* había traído el huracán y el hambre: eran los castigos de Dios. Jens Jensen era el Holandés Errante en persona: todos estaban condenados.

Arnaud hacía lo posible por tranquilizar los ánimos.

–¿Qué problema nos hacemos? –les decía a los soldados que al alba salían a formar, pálidos y trasnochados, al toque de diana–. Si el Holandés Errante come hierro y bebe hiel, tanto mejor. No va a acabar con nuestra comida.

Era inútil. Los habitantes de Clipperton habían cambiado de carácter. Ahora eran más recelosos, doblemente astutos, peleoneros como nunca, ventajosos y egoístas. También cambiaron físicamente: cobraron un aspecto irremediable de damnificados por la vida, de mendigos de la naturaleza, del cual ya no habrían de redimirse jamás. En los niños se notó la transformación más que en nadie. El huracán les rompió las amarras a la civilización, y en 24 horas involucionaron 24 siglos. Dada la situación de emergencia en que quedó la isla, los adultos se fueron olvidando de bañarlos y de vestirlos, de regularles el horario, de enseñarles y de corregirlos, y cuando se dieron cuenta, sus propios hijos se habían convertido en una manada arisca de criaturas semisalvajes y desnudas que correteaban por las rocas sin importarles si era de día o de noche, que se comían el pescado crudo y que entraban y salían del mar con naturalidad de anfibios.

Los animales domésticos, liberados de rejas y corrales, volvieron a vagar a su antojo por la isla, mostrencos. Como ya no recibían alimento ni cuidado del hombre, se volvieron desplumados, pelones y canijos. Para sobrevivir, se olvidaron del comportamiento propio de sus especies. Aguzaron el instinto cazador, y había que ver a los perros y a los gallos atacando cangrejos para devorarlos. Las mujeres colocaron a los niños de pecho en lugares altos, por temor a que los cerdos los mordisquearan. Hasta en sus costumbres reproductivas los animales se volvieron extravagantes, y hubo quien asegura que algunas gallinas se aparearon con pájaros bobos.

Si los seres vivos cambiaron, el entorno también. Los holandeses se aplicaron al oficio de reparación con tal empeño, que en pocas semanas la casa de los Arnaud, parte de las barracas, el muelle y algunos depósitos estaban nuevamente en pie. Pero no podían hacer milagros, y Clipperton reedificada parecía una caricatura de sí misma. Ahora las casas eran mamarrachos levantados a parches, retazos y remiendos, y se sostenían con una pequeña parte de los materiales que habían tenido originalmente. Por dentro estaban vacías, sin otra cosa que las llenara que el olor podrido de la laguna, y por fuera eran chuecas, tambaleantes. Todo en la isla quedó disminuido y empobrecido, atrapado en un nostálgico aire de tugurio.

Después de la pelea entre Schultz y Daría, Arnaud le aplicaba al alemán inyecciones de sedante como para tumbar elefantes, y hacía que le diluyeran, en el agua potable, cucharadas soperas de extracto de pasiflora. Con todo, Schultz sólo permanecía calmado mientras dormía, y cuando abría el ojo destrozaba lo que tuviera a su alcance. Una vez fue un cerdo que se acercó a husmear y que murió con el cráneo aplastado de un puñetazo. Otras veces fueron gallinas. La mujer del sargento Irra contó que el alemán había intentado degollar a uno de sus hijos, pero eso no lo creyó nadie, porque la mujer de Irra tenía fama de embustera y porque en el fondo todos sabían que Schultz no era un asesino.

Una noche rompió la soga que lo ataba a su casa y se apareció por las barracas, desnudo y vociferante, causando más terror que el abominable hombre de las nieves. Lo atraparon, lo doparon y en vez de soga, le ataron una cadena al cuello. Arnaud dio la orden de que todas las mañanas lo soltaran de la viga y que tres hombres, sujetando bien la cadena, lo sacaran a pasear. Con el tiempo, todos se desentendieron de esa tarea peligrosa y agotadora, y Schultz permaneció atado día y noche.

Al cabo de un mes se había vuelto otra vez manso y pasaba las horas girando alrededor de la viga repitiendo las mismas palabras:

—Me aburro, me aburro y me aburro. Me aburro, me aburro y me aburro...

Entonces le acercaron una cama para que no durmiera en el suelo y los soldados que lo alimentaban pudieron llevarle el agua y la comida en recipientes y platos sin temor a que les rompiera la cabeza con ellos. Le notaron síntomas de mejo-

ría, y decidieron encomendarle a una mujer la tarea de asear-
lo, cuidarlo y alimentarlo.

Daría Pinzón no quiso saber nada del asunto. A ella no la
asustaban los cuentos de los holandeses errantes, y se había
arreglado con uno gordo y lunarejo llamado Halvorsen. A su
hija Jesusa, que ya era púber, la acomodó con uno langaruto
y narizón de nombre Knowles.

La escogida para el oficio de cuidar de Gustavo Schultz fue
Altagracia Quiroz.

Altagracia era la muchachita que los Arnaud habían con-
tratado el año anterior en el Hotel San Agustín de la ciudad
de México, para que los ayudara con los niños. Se había venido con ellos a Clipperton seducida por la propuesta de
doblar su sueldo, y por el entusiasmo de conocer el mar. Estaba arrepentida. El mar no le había parecido gran cosa, y en
la isla se le acumulaban los billetes del sueldo sin que le sirvie-
ran para nada. Tenía 14 años, era fea y bajita, pero tenía lindo
el pelo. Sólo que nadie lo sabía, porque nunca lo mostraba.

Durante las primeras semanas trabajaba tan duro al servicio de la señora Arnaud, que no le quedaba un minuto para
respirar. Correteaba detrás de los niños, regaba la huerta,
lavaba, almidonaba y planchaba las camisas, brillaba la plata,
ayudaba en la cocina moliendo maíz y fregando trastes. Después del huracán las cosas cambiaron. Los niños ya no se
dejaban cuidar, no quedó almidón para la ropa, ni huerta para
regar, ni plata para brillar, y en medio de la escasez que apretaba a Clipperton, lo único que sobraba era el tiempo.

Altagracia se armó de esponjas, cepillos y cubetas de agua
y se acercó, paso a paso, a la cabaña de Schultz. Lo vio parado
con su cadena al cuello, solitario, doblegado y percudido de

mugre, como un gran oso blanco en cautiverio, y enseguida le perdió el miedo.

—Cúchito, cúchito —le dijo mientras se le arrimaba, como si llamara a un animal doméstico.

Schultz le gruñó un poco pero aceptó el trozo de tocino que ella le tendía y la dejó acercar. Con cautela, ella le pasó la esponja por la espalda hasta que la costra de suciedad cedió. Cada vez que él gruñía ella le daba tocino, hasta que pudo terminar una labor de aseo más o menos aceptable. Luego lo ayudó a ponerse un pantalón roñoso que encontró tirado en un rincón, y que fue la primera prenda de vestir que Schultz usó en el tiempo de su locura. Después le alcanzó café humeante y pescado frito. Él se comió el pescado y derramó el café en el suelo. Ella barrió alrededor de la cama, escogió las camisas menos rotas y se marchó.

Al día siguiente volvió con las camisas remendadas, lavadas y planchadas, y como la mañana despuntaba fría, prendió fuego para calentar el agua de las cubetas. El alemán reaccionó tan bien ante el agua tibia que se dejó lavar las greñas. Altagracia lo hizo con todo cuidado, masajeándole la cabeza con las yemas de los dedos, como hacía con los niños Arnaud. También se dejó cortar las uñas de las manos, que ya tenía encarnadas y entorchadas como garfios, pero gruñó molesto cuando ella trató de podarle las garras de los pies.

En pocas semanas hicieron grandes avances. Él se dejaba peinar, acicalar y hasta perfumar, y ella se entretenía como si jugara con un muñeco. Aprendió a no llevarle comida de color negro porque él la rechazaba, y a conseguirle de contrabando uno que otro trago de mezcal. Le lustró las botas, le zurció las medias, le refregó los grandes dientes amarillos con escobilla y bicarbonato. Lo sacaba a hacer ejercicio, y él se dejaba llevar de la cadena como un perro faldero.

Día a día la sesión de limpieza y alimentación se fue haciendo más preciosista y prolongada. Al principio duraba de seis a seis y media de la mañana, y llegó a durar de seis de la mañana a seis de la tarde. Altagracia llegaba cuando recién aclaraba, y regresaba a la casa de los Arnaud cuando empezaba a oscurecer. Cuando partía, el alemán se quedaba sentado en su cama, atado a su viga, jugando solitarios de ajedrez, poniendo en orden la contabilidad de la Pacific Phosphate, mirando las estrellas y esperando el regreso de ella al amanecer.

Él la llamaba Alta, o Altita, y ella le decía Huero, le decía Alemán o Gringo. Él bregaba a enseñarle a jugar ajedrez, ella quería enseñarle a hablar castellano.

–Caballa –le decía él, mostrando la ficha de madera.

–Caballa tú. Esto se llama caballo.

–Caballa tú también. Así no se mueve esa ficha.

–¿Y cómo es que antes nada se te entendía, y ahora, de pronto, te dio por hablar como la gente?

–Porque ahora me dio la gana, y antes no.

Era verdad. Por primera vez en su larga estadía en América, Gustavo Schultz sentía el deseo y la necesidad de comunicarse con alguien.

–¿Y cómo es que antes estabas loco y ahora no?

–Antes no estaba loco y ahora tampoco.

Había desaparecido su agresividad. Sin embargo, mantenía la cadena atada al cuello y cuando se acercaba alguien distinto a Altagracia, emitía rugidos y estrellaba algún plato contra el suelo.

—Voy a pedir que te quiten esa cadena de fiera —le dijo ella.

—No pidas nada. Si me quitan la cadena y me declaran cuerdo, no te dejan venir más.

—Voy a contarles que hablas la lengua castellana.

—No cuentes nada. Con ellos no quiero hablar.

La pasión les nació suavemente, sin exabruptos. La sintieron llegar una vez que a ella se le desató el rebozo que siempre se envolvía en la cabeza, y el pelo, liberado, le cayó hasta los tobillos. Era un metro y medio de seda natural, una catarata, una noche negra, un animal reluciente con vida propia. Schultz no podía creer lo que veía. Se animó a tocarlo y apartó un mechón, como quien mete la mano en un cofre de piedras preciosas.

—Este es el tesoro del pirata Clipperton —dijo—. Tanto que lo buscaron ellos y lo encontré yo.

—Son puras mechas negras, como todas. Mejor tu pelo, que es huero.

—No sabes lo que tienes en la cabeza, niña.

—A que tú no sabes hacer trenzas.

—A que sí.

Ella era virgen y él la desvirgó con delicadeza y sin apremio, y a partir de entonces se dedicó a enseñarle a hacer el amor, con la misma paciencia y sabiduría con que le enseñaba a jugar ajedrez.

Habían pasado tres meses desde el huracán y el barco de la armada mexicana cumplía dos de retraso. El capitán Jens Jensen, que se había aferrado a las garantías de Arnaud de que su ejército los socorrería, llegó a la conclusión de que era descabellado y suicida seguir esperando. Entre más lo pensaba más se convencía, y se dio cuenta de que tendría que haberse dado cuenta tiempo atrás, al propio día siguiente de su llegada forzosa a Clipperton.

Le pidió permiso a Arnaud para reparar un bote de remos.

Era una embarcación de tres metros de largo que podía dar cabida a cuatro hombres. Le improvisó un mástil y una vela y la dotó de cuatro remos. Cuando estuvo lista, le comunicó a Arnaud su decisión de enviar a un grupo de sus marinos –los cuatro mejores– hacia la costa mexicana, a pedir ayuda.

–Los manda a la muerte –le dijo Arnaud.

–Tal vez no –contestó Jensen.

–Se van a reventar contra los arrecifes. Van a errar sin rumbo. La oscuridad de las noches va a ser una pesadilla. Se van a quedar sin agua y sin alimentos. Los van a acosar los tiburones...

–Capitán Arnaud, usted es un militar y desconfía del mar. Yo soy un marino y no puedo permanecer en tierra, de brazos cruzados, abusando de su hospitalidad y poniendo en riesgo la vida de su gente y de la mía.

–Espere un poco más. El barco no puede tardar más de quince días, Dios mediante.

–Usted lo ha dicho: Dios mediante. Con todo respeto por sus creencias, yo prefiero confiar en mis hombres.

–Pues entonces que Dios los proteja, con todo respeto por sus hombres.

Al día siguiente, 4 de junio, el segundo teniente Hansen y los marineros Oliver, Henrikson y Miller partían hacia México en el pequeño velero, con algunos instrumentos de navegación que les prestó Arnaud y con agua y comida para doce días.

Toda la población de Clipperton –salvo Gustavo Schultz

y Altagracia Quiroz, que viajaban por otros universos– se paró en el muelle para verlos partir.

U.S.S. Cleveland. Altamar, rumbo a Acapulco, 1914.

1. El 21 de junio, hacia las tres de la tarde, estando el *Cleveland* anclado en el puerto de Acapulco, se acercó un pequeño barco a cargo de L. Hansen, segundo teniente de la goleta norteamericana *Nokomis*. Estaba tripulado por dos hombres más. Habían partido de la isla de Clipperton 17 días antes. Llegaron en lamentables condiciones físicas, y el segundo teniente reportó haber perdido a un tercer hombre durante la travesía. Reportó así mismo que la *Nokomis*, de San Francisco, bajo el mando del capitán Jens Jensen, naufragó en Clipperton en la madrugada del 28 de febrero de 1914, con la siguiente tripulación: el capitán Jens Jensen, su esposa y dos hijos; el primer teniente C. Halvorsen, el segundo teniente L. Hansen; los marineros J. Oliver, H. Henrikson, J. Halvorsen y W. Miller, el grumete H. Brown y el cocinero H. Knowles. Dijo que cuando él abandonó la isla, los que se quedaron tenían comida para unos 17 días más.

2. En vista de este informe consideré que era urgente asistirlos, y partí hacia Clipperton a las 9:30 de la mañana siguiente. Previamente notifiqué al vicecónsul británico y a los agentes londinenses de la Pacific Phosphate Co. Ltd., quienes le enviaron 200 bultos de abastecimientos a su representante en Clipperton y a la guarnición del ejército mexicano allí apostada, la cual consistía en dos oficiales, once hombres y sus respectivas familias. El *Cleveland* llegó a la isla el día 25 a las 11:00 de la mañana.

3. Durante las horas de la tarde, recibí a bordo del *Cleveland* a las personas mencionadas en el primer párrafo, junto con el representante de la Pacific Phosphate Co. Ltd., señor G. Schultz, su mujer y su hija. Una particularidad llamó mi atención respecto

al señor Schultz, ciudadano alemán, quien durante varios años había permanecido en la isla como representante de dicha compañía. Las relaciones entre esta persona y el comandante de la isla habían llegado a tal nivel de antagonismo, que el comandante me informó que, en su opinión, el señor Schultz había enloquecido. A su vez, las opiniones del señor Schultz sobre el naufragó en Clipperton en la madrugada del 28 de febrero de 1914, con la siguiente tripulación: el capitán Jens Jensen, comandante mexicano eran bastante agrias. Por tanto consideré prudente llevar al señor Schultz y a su familia a Acapulco.

4. A las 3:20 de la tarde se arrimó un bote mexicano, bajo el mando del capitán de puerto, Ramón Arnaud Vignon. Firmó la entrega de los 200 bultos de abastecimientos. El capitán del puerto abandonó el *Cleveland* a las 3:55.

Firmado,
Capitán W. Williams

U.S.S. *Cleveland*, isla de Clipperton, 1914.

El 25 de junio, Ramón Arnaud comía pescado con su mujer y sus hijos cuando divisó un barco en el horizonte. Le produjo la misma conmoción que un ser amado ausente que regresa, porque creyó que era de la armada mexicana. ¡Por fin llegaban a cumplirle! ¿Dónde estaba el capitán Jensen? Ramón ya sabía lo que le diría. Le diría "¿No era mejor esperar? Los míos no podían fallarme..."

De golpe Alicia vio a su marido pasar del júbilo a la postración, y adquirir el color sebáceo de los cirios: Había caído en cuenta de su confusión. Había visto la bandera norteamericana en la embarcación que se acercaba. Era el *U.S.S. Cleveland*, que se hacía presente para atender el s.o.s. de los tripulantes de la *Nokomis*.

A pesar de las muchas misivas que Arnaud había enviado a sus superiores a través de los cuatro holandeses, no era su gente la que acudía. Era la gente de Jensen. Este había tenido razón al desconfiar y actuar por su cuenta, pensó con amargura Ramón Arnaud.

Lo golpeó tan fuerte el desencanto que se quedó sentado, sin mover un dedo, mientras los demás se precipitaban al muelle, y siguió así una hora entera, mientras el buque anclaba al otro lado de las rompientes, mientras llegaba a tierra un bote con dos emisarios, y hasta que un soldado le entregó una nota del capitán del *Cleveland*, junto con una carta enviada desde México.

La nota del capitán –llamado Williams– aclaraba que venía con el único propósito de llevarse a los náufragos de la *Nokomis*, averiguar por el alemán Gustavo Schultz, entregar pro-

visiones y ofrecer ayuda. La carta era de su suegro, don Félix
Rovira, y estaba dirigida a Alicia. Ella la leyó en voz alta:

Niña adorada:

No podía ser más grande mi alegría. Sobra decir que desde
ya voy a estar esperándote, así tenga que pasar una semana parado en el puerto.

Por fin se ha de cumplir lo que he soñado durante cada uno
de los días de cada uno de estos años. Volveré a verte –a tí, a
Ramón y a mis nietos– y a estar con Ustedes, ya sin el temor y
el agobio de una nueva partida.

Busqué al coronel Avalos para ponerlo al tanto de las urgen-
cias de Ustedes, pero ya no está en Acapulco. Lo trasladaron y
no pude averiguar a dónde. El comandante de la zona es ahora
el coronel Luis Griviera, quien reconoció que por el acoso de los
rebeldes no está en condiciones de mandar barcos a Clipperton.
Dijo que lo mejor sería que Ustedes regresaran en el *Cleveland*,
aprovechando la voluntad de su capitán de prestar ese servicio.
La impresión que me hizo el coronel Griviera es que está demasiado ocupado en salvar su pellejo, para preocuparse por el de
los demás.

Tampoco he podido hablar personalmente con los tres marinos holandeses que llegaron a este puerto con noticias de Ustedes, pero sé que reportaron que en la isla quedaban provisiones
para tres o cuatro días más. Yo le ruego a Dios que no se terminen
antes de que lleguen las cajas enviadas por el cónsul británico.

Te escribo a toda prisa, pues hace apenas dos días me comunicaron las novedades. Viajé inmediatamente de Salina Cruz a
Acapulco, y las gestiones que te refiero no me han dejado un

minuto libre. El barco norteamericano que te lleva esta misiva y que ha prometido traerlos a este puerto, zarpa en unos minutos.

Por ese motivo no te comento nada sobre la situación que atraviesa nuestra patria. Ya nos sobrará tiempo para ello (Aunque parece que el tiempo no basta para comprender tantos y tan caóticos acontecimientos).

Te envío, sí, recortes de los diarios sobre la invasión norteamericana por Veracruz. Es algo que tiene indignado al país, y me atrevería a decir que al continente. Creo que a Ramón le conviene estar informado sobre esto, dado que estarán Ustedes navegando con miembros de la armada del país invasor. Sobre las intenciones personales del capitán Williams, creo que son humanitarias y honestas. Sea como sea, considero que es de suma urgencia que regresen con él, pues las posibilidades de que viaje a Clipperton un barco mexicano, se ven remotas en las actuales circunstancias.

Mi corazón sacará fuerzas de donde no tiene para esperar los días que faltan para tu regreso.

Tu padre

—Un momento —dijo Ramón cuando ella terminó la lectura—. Vamos por partes, que no entiendo nada. Le escribí a las autoridades, y contesta tu papá. Pido que me manden un barco mexicano, y llega uno gringo. ¡¿Invasión a Veracruz?! Dame los recortes.

Se devoraron los diarios enviados por don Félix y lograron sacar en claro que el general Huerta seguía oficialmente en el poder, sin el apoyo del país que estaba en manos de los revolucionarios, y sin el apoyo de los norteamericanos, que habían invadido el puerto de Veracruz. Los acontecimientos se habían precipitado el 7 de abril. En Tampico, un oficial y siete hombres del crucero norteamericano *Dolphin* desembarcaron para comprar combustibles. Al pisar tierra fueron arrestados por funcionarios de Huerta. Dos horas más tarde un general mexicano los dejó libres, lamentando el error y pidiendo disculpas. El presidente Wilson exigió que en señal de desagravio los mexicanos izaran la bandera norteamericana y la saludaran con una salva de 21 cañonazos. El general Huerta contestó: México haría la salva de honor, si los Estados Unidos honraban de la misma manera la bandera mexicana. Dándose por ofendido, Wilson ordenó una intervención armada que tenía preparada de tiempo atrás, y envió su flota a aguas mexicanas. El 21 de abril, los marines ocupaban la aduana de Veracruz. Los cadetes de la Academia Naval resistieron durante doce horas, y el 22 de abril, tras la muerte de 126 patriotas, cayó la plaza. Miles de mexicanos, por todo el país, se ofrecían como voluntarios al ejército huertista para ir a pelear contra el invasor. A su vez, las fuerzas revolucionarias de Venustiano Carranza, que tenían bajo control más de la mitad del territorio, también condenaron la intervención extranjera.

—¿De dónde saca tu papá que nos vamos a ir en ese barco?

—Da por descontado que los barcos mexicanos no van a volver.

—¿Cómo no van a volver? A mí nadie me ha dado la orden de que me retire de aquí…

—No te dan la orden de que te retires, y tampoco te dan la orden de que te quedes. La verdad, Ramón, yo creo que les da igual. Con el desorden que tienen adentro no se deben acordar de que existimos.

—Norteamérica invade, México entero resiste, ¿y yo voy a entregarles Clipperton sin que tengan que echar un tiro? ¿Eso me pides?

—Yo no te pido nada. Yo nunca te he pedido nada —a Alicia se le quebró la voz, y empezó a llorar. Al principio fue un llanto discreto, que ella interrumpía para limpiarse ojos y narices con un pañuelo. Pero el hipo y las lágrimas cobraron una dinámica propia, imposible de controlar.

—Llora, no más —le dijo Arnaud—. Suelta de una vez estos seis años de quejas atrasadas.

Por fin ella pudo volver a hablar.

—Nunca te he pedido que nos vayamos, y no te lo voy a pedir ahora. Pero por qué no te das cuenta que me da tristeza pensar en mi papá parado en el puerto, esperándonos. Cómo quieres que no se me parta el corazón cuando veo que esas criaturas que corren por ahí, mal educadas y mal alimentadas, son mis propios hijos. Cómo quieres que no piense que desaprovechar esta última oportunidad de partir sería quedarnos aquí para siempre y morirnos...

Alicia hubiera querido hablar durante horas, protestar, maldecir su suerte, decirle a su marido todo lo que no le había dicho en seis años de matrimonio y de vida en la isla. Pero el capitán Jens Jensen se acercaba. Se había afeitado y peinado, y Arnaud se sintió intimidado por su aire recobrado de hijo de la civilización.

—Cállate, querida, que ahí viene Jensen —la interrumpió—. Dile que no estoy. No quiero hablar con él mientras no sepa qué debo hacer.

—¿Y si pregunta dónde estás? —Alicia todavía sollozaba, y tenía los ojos rojos y las narices congestionadas.

–Dile que en un baile de gala. O en las carreras de caballos.

–Y a mí, ¿que me vea así, llorando? –le gritó a Ramón, que le había dado la espalda y se alejaba–. ¡Pues sí, que Jensen me vea, que todos me vean llorando! ¡Yo ya me aburrí de jugar a que soy feliz!

Arnaud se escapó por detrás de la casa y caminó a zancadas por la playa, sobre la alfombra roja y movediza de cangrejos. A cada paso aplastaba varios, y el crujido crocante de sus caparazones se le incrustaba en los nervios. El tic de la comisura de los labios se le disparó, y a intervalos regulares su cara se contraía en una mueca involuntaria.

Trataba de pensar, necesitaba entender y su inteligencia no le respondía. Se había parado, como un reloj que se queda sin cuerda. ¿Sería la situación tan drástica como la pintaba su suegro? ¿Sería blanca o negra la disyuntiva –o irse ya o quedarse para siempre– o habría matices que la angustia de padre le impedía ver a don Félix? ¿Sería inminente la caída de Huerta y el colapso del ejército federal? Don Félix siempre había sido partidario de los alzados y eso lo llevaba a darles más importancia de la que realmente tenían. ¿O tendría razón esta vez? Por otro lado, la invasión extranjera cambiaba las cosas, tenía que cambiar todo, las diferencias internas se acabarían ante la amenaza de afuera. ¿O no? Ese Carranza le daría tregua al general Huerta mientras combatían juntos al invasor. ¿O no se la daría? Si derrotaban al ejército federal, a su ejército, ¿qué se quedaba él, Ramón Arnaud, haciendo en Clipperton? ¿Por qué tenía que quedarse, cuando Avalos y los demás se desbandaban? Por otro lado, son las ratas las que abandonan el barco cuando se hunde... Arnaud no tenía información, la cabeza le patinaba, le funcionaba en seco, trataba de intuir, necesitaba adivinar, leía y releía la carta y los diarios, buscando y rebuscando detrás de cada frase, de cada palabra, para encontrar una solución.

Mil imágenes se le cruzaban en el cerebro, recalentándole la masa encefálica hasta la desesperación. Pero había dos más agudas, más insistentes, que prevalecían sobre las demás. Eran contradictorias, irreconciliables; alguna de las dos tendría que desplazar a la otra porque ambas no le cabían dentro y si seguían en pugna la cabeza le iba a estallar, como los cangrejos que pisaba.

Una le mostraba a Alicia llorando y a sus hijos abandonados, salvajes, famélicos y enfermos.

—No me puedo quedar —decía en voz alta—. No me puedo quedar.

En la otra aparecía él mismo, años atrás, frente a los muros negros de la prisión de Santiago Tlatelolco, haciendo un juramento de honor: "La próxima vez no me dejo quebrar. Venga lo que venga, la próxima vez aguanto. Mejor muerto que humillado, mil veces mejor muerto."

—No me puedo ir —se contradecía a sí mismo—. No me puedo ir.

Se fue a ver a Cardona. Lo encontró parado en el galpón, intentando dar los primeros pasos con la ayuda de unos palos que hacían las veces de muletas.

—Siéntate, Cardona. Y piensa bien lo que te voy a decir.

—Llegó un buque gringo a socorrer a los holandeses, ¿verdad? —le preguntó el teniente.

—Sí.

—Entonces los cuatro de la barca lograron llegar hasta Acapulco...

—Sí, pero no todos. Sólo tres. Uno se quedó por el camino.

—Les salió barato. ¿Y cuál fue el infeliz?

—Todavía no sé.

—Otro holandés que va a vagar por ahí, comiendo hierro ardiente y tomando hiel...

—Que en paz descanse.

—Oye, Ramón, ¿tú si crees que descansa alguien que muere así, sin cristiana sepultura? No me gustaría flotar en el agua por toda la eternidad...

—Quién sabe. Pero el asunto grave es otro. Secundino. Escucha esto.

Ramón le leyó la carta de su suegro, y después las noticias sobre la invasión. Cardona no musitó palabra, hasta el final.

—¿Veintiún cañonazos querían? Cómo no. Enseguida. No más que esperen tantito...

—El capitán del *Cleveland* ofrece llevarnos a Acapulco a nosotros también. Ya sabes lo que opina mi suegro, que si no es ahora, cuándo. Por otro lado los que nos rescatan aquí, son los mismos que invaden allá. No es fácil decidir, y vengo a pedir tu opinión.

Cardona se rascó la cabeza.

—¿Qué pasará si nos vamos? Espera... quiero decir por unos días, para hacer contacto con el coronel Avalos, o con alguien que nos diga cómo viene la mano, que nos informe qué planes hay... Es que así como estamos damos grima, mano. Esto parece un orfelinato...

—¿Y si esta maniobra es una trampa del enemigo?

—Más parece una trampa de los amigos... Además, de cual de los enemigos, ¿de los gringos, o de los franceses? ¿No es contra los franceses que peleamos por no perder esta isla?

—Según se ve, ahora es contra los gringos que peleamos por no perder todo México... No sé, Cardona —dijo Ramón, enderezando la espalda y ahuecando la voz—, yo siento que quedarnos es un compromiso de sangre con los ciento veintiséis valientes de Veracruz.

—Pues sí —Cardona meditó un rato—. Claro que a Veracruz la invadieron y a Clipperton no la ha invadido nadie...

—Pero no sabemos lo que pueda pasar.

—Pues sí... Claro que si pasa, no es mucho lo que podemos hacer.

—Podemos morir por la patria, como los de Veracruz.

—Ah vida perra...

—Pues sí, podía ser mejor.

Se quedaron largo rato en silencio, hasta que Arnaud se puso de pie.

—Quiero aclararte —dijo— que a ti tu condición de herido grave te coloca en una situación especial, muy distinta de la mía. Aquí no podemos atenderte debidamente y estás en todo el derecho de marcharte a que te curen como toca. Si te vas, no le fallas a México, ni al honor militar, ni a mí, ni a nadie.

El teniente Cardona no lo pensó dos veces.

—¿Te acuerdas lo que dijiste entre la cueva, cuando el huracán? —preguntó—. O los dos vivos, o los dos muertos. Eso fue lo que dijiste. Valió entonces, vale ahora. Si tú te quedas, yo me quedo.

—Venga esa mano.

—Venga.

—Tengo que buscar a Alicia —dijo Arnaud, caminando hacia la puerta—. Nunca se había quejado, y hoy que lo hizo, la dejé hablándole a las paredes.

En ese momento irrumpió el sargento Irra. Había buscado a Arnaud por toda la isla. Le informó que el capitán del *Cleveland* quería ver al jefe del puerto, para entregarle los abastecimientos. Que decía traer órdenes del cónsul inglés de llevar a Acapulco a Gustavo Schultz, si esa era su voluntad. Que Jens Jensen y los holandeses querían despedirse.

Ocúpate tú de ir al *Cleveland* por las provisiones –le dijo Arnaud a Cardona– y dile a su capitán que más tarde paso a hacerle la visita protocolaria.

–Apenas puedo caminar, Ramón.

–Haz que te lleven alzado.

–Digo yo, ¿y no será importante que vayas tú? ¿En qué idioma quieres que me comunique?

–Arréglatelas. Yo tengo que hablar con Alicia, aunque se caiga el mundo.

–¿Y qué hacemos con Schultz, mi capitán? –preguntó Irra, que esperaba órdenes–. ¿Lo soltamos, o lo llevamos amarrado?

–Suéltelo, Irra, a ver qué pasa. Si está muy nervioso, triplíquele la dosis de pasiflora, pero asegúrese de que suba al *Cleveland* –dijo Arnaud, y no se ocupó más del asunto.

Al otro lado de Clipperton, Gustavo Schultz y Altagracia Quiroz no vieron llegar barco, ni se enteraron de nada. Todo permanecía inmutable, idéntico a sí mismo, dentro de la burbuja hermética en que se encerraban los dos. En medio de su locura, Schultz había tenido la lucidez de entender que esa niñita dulce y fea era pretexto suficiente para reconciliarse con la razón y para aferrarse a la realidad, y gracias a ella no se sentía solo, por primera vez en toda su vida.

Ese día el baño de agua tibia duró dos horas y, según el ritual que habían establecido, concluyó en el acto del amor.

El alemán tenía a Altagracia tendida a su lado, la cabeza de ella sobre su brazo, y se apaciguaba a la sombra de su mata de pelo.

—Pelo a pelo, voy a contar todo tu pelo —le decía— y cada día lo vuelvo a contar, para asegurarme de que no falte ninguno.

Su corazón estaba plácido, su cuerpo distensionado, y el soplo fresco de los vientos alisios dispersaba los restos de su vieja angustia.

—¡El loco está violando a la niña!

El grito energúmeno del sargento rompió en mil pedazos la calma bondadosa del aire. Antes de que Schultz pudiera levantarse, Irra y otros tres hombres le cayeron encima, aporreándolo a puños y cachiporrazos.

—¡Gringo asqueroso, suelta a la muchacha! —le decían.

Altagracia se asustó como un animalito y se refugió en la cabaña. Por entre las rendijas de la pared vio cómo le ataban las manos y se lo llevaban a empujones, tirándolo de la cadena.

Ella se sobrepuso al miedo y corrió detrás.

—¿A dónde lo llevan?

—Vino un barco por él. Hoy se va muy al carajo, el loco.

—Así no lo lleves, Irra —rogó ella—, al menos déjalo que se vista. ¿No respetas a un ser humano?

—Este humano es más salvaje que las bestias.

—Bestias salvajes ustedes —murmuró ella, y mientras los soldados forcejeaban para arrastrar al alemán, ella le puso como pudo un pantalón y una camisa.

Schultz rugía con una furia desgarrada y ciega. Todos oyeron sus gritos, que retumbaron por los acantilados, pero sólo

Altagracia oyó un crujido leve, seco, que se le escapó del pecho, como un suspiro.

–Te quebraron el alma, huero –le dijo.

Al otro lado de la isla, Ramón Arnaud encontró a su mujer. Ya no lloraba. Escoba en mano, barría el destartalado porche de su casa.

–¿Por qué barres? –le preguntó.

–Porque ya sé lo que vas a decidir. Y si hemos de seguir viviendo en este lugar, más vale que esté limpio.

–Ven, quiero que entiendas algo.

Se sentaron en el suelo, en la terraza del oriente, donde alguna vez había pendido la hamaca de contemplar el amanecer.

–Alicia, ¿te acuerdas que en otra ocasión te dije que no hacía nada porque sentía que no era mi guerra? Bueno, ahora siento que sí, que esta sí es mi guerra. Todavía no sé si debemos irnos o debemos quedarnos, lo único que sé es que esta guerra tengo que pelearla.

En el muelle Arnaud encontró a Cardona, que cojeaba por entre montañas de cajas de madera, llevando la contabilidad en un cuaderno.

–Son 200 cajas, Ramón –gritó, entusiasmado, el teniente–. Hay carne cecina, pan seco, chorizos, manteca, café, lo que quieras, como para bandearnos tres meses más.

–Eso nos da margen para decidir si nos quedamos o nos vamos.

–Lo que no pude entender es quién mandó esta comida, y para quién.

–¿Quién va a ser? El ejército mexicano, por supuesto, para nosotros.

–Creo que no, Ramón. Hasta donde llega mi inglés, es del cónsul británico para Gustavo Schultz.

–Pues que la deje de herencia. ¿Hay cítricos? –preguntó Arnaud.

–No he visto.

–Mala cosa.

Arnaud se montó al bote e hizo que lo llevaran hasta el *Cleveland*. Aún no sabía qué iba a decir, y por el camino no pudo pensar en nada. A las 3:20 subió a bordo y fue recibido por el capitán Williams en su gabinete particular, contiguo a su camarote. Era un recinto interior, pequeño, enchapado en cedro, impregnado de olor a madera y tabaco fino. Sobre la mesa de trabajo había plumas y tintero y un aparato de diseño tan novedoso, que a Arnaud le costó trabajo captar que se trataba de una máquina de escribir. Los muebles, escuetos pero bien abullonados, eran de un *velour* vinotinto apenas desgastado por el uso, un tapete persa cubría el piso, una lámpara de cobre y cristal opalino suplía la luz natural, en un rincón había un baúl de cuero repujado y en el de enfrente, fuera de uso y tapada de libros, una pesada estufa de hierro.

El propio capitán Williams tenía un físico más apropiado para este ambiente íntimo y confortable que para la dureza impersonal del resto de su barco de guerra. Era un hombre de edad, pálido y pulcro como si no lo hubiera tocado un rayo de sol o una brisa marina. Usaba anteojos de aro muy fino y olía discretamente a agua de colonia. Invitó a Arnaud a sentarse y le ofreció una copa de cognac y una taza de café.

Mientras intercambiaban saludos protocolarios, la mano de Arnaud palpaba el *velour*, el cuero, el cristal tibio de la copa, y su nariz olfateaba la madera, la colonia, el tabaco, como si su cuerpo quisiera recuperar la memoria de texturas y olores olvidados. Empezaba a invadirlo una molesta nostalgia de mundos mejores. Se sintió sucio, despeinado y maloliente, y le entró una necesidad irracional de salirse de allí. Había demorado lo más posible esta entrevista porque sabía que lo pondría en condiciones desfavorables. Ahora llevaba dos minutos escasos y, a pesar de la amabilidad de Williams, no deseaba alargar el encuentro un segundo más de lo indispensable.

Arnaud agradeció las cajas de abastecimientos, y Williams preguntó por Gustavo Schultz. Ramón, que se había olvidado por completo del alemán, explicó que ya lo traían, que había sufrido serios desequilibrios mentales, que era un hombre extraño, que estaba alterado y que había considerado conveniente aplicarle un sedante antes de su parida. Habló mal de Schultz, dijo muchas palabras, utilizó demasiados adjetivos y se arrepintió al ver la expresión impávida e imparcial con que lo escuchaba Williams.

Leyendo los nombres en un papel, Williams le dijo que el teniente Cardona le había informado que las señoras Daría y Jesusa –ya a bordo– viajarían en calidad de esposa e hija del señor Schultz.

–Así es, son su esposa y su hija –contestó enfático Arnaud, y un segundo después cayó en cuenta de su error. Entendió el sentido de la pregunta de Williams cuando imaginó, con tanta nitidez como si las estuviera viendo, a las dos mujeres subiendo al barco abrazadas a sus dos novios holandeses. A Arnaud se le encendió la cara.

–Bueno, más o menos –balbuceó, y no atinó a dar otra explicación.

–No se preocupe, capitán, yo entiendo –le dijo Williams–, era sólo una pregunta burocrática.

El golpe de Daría y Jesusa, con el que no contaba, dejaba a Ramón mal parado, de entrada. Y sabía que lo peor no había pasado aún. En tono abiertamente cordial, Williams le reiteró su ofrecimiento de llevarlo a México junto con su familia y los demás habitantes de Clipperton. Jensen le había contado de su hospitalidad y su generosidad a pesar de los apremios. A quien así se comportaba –dijo Williams–, había que pagarle con la misma moneda.

–Le agradezco enormemente –dijo Arnaud– pero no he recibido órdenes de mis superiores de abandonar mi puesto.

–Sus superiores no están en condiciones de darse órdenes ni a sí mismos –le respondió, con una sonrisa benévola, el capitán Williams–. El ejército federal está en desbandada...

Arnaud sintió el dedo en la llaga. Su disgusto fue evidente, y Williams se retractó.

–Es sólo una opinión personal, por supuesto –dijo–. No la tome a mal.

Ramón Arnaud se demoró en contestar, para poder pensar y sopesar cada una de sus palabras. Por fin habló:

–La situación de orden público hace las cosas difíciles para el general Huerta, y la invasión arbitraria de su país hace las cosas difíciles para mi país. Son dos razones poderosas para no abandonar mi puesto.

–Todo ha cambiado desde que usted está aquí. Todo. No es sólo la situación interna de México, es sobre todo la guerra.

–¿Se refiere a la guerra entre mi país y su país?

–No, capitán Arnaud. Me refiero a la guerra que está por estallar entre una mitad del mundo y la otra mitad. Supongo que usted estará al tanto –le contestó Williams, al tiempo que le ofrecía un tabaco cubano–. ¿Desea uno?

A Ramón se le hundió el piso bajo los pies. La noticia lo sacudió y lo atontó como el estallido de una granada. Era demasiado. ¿De qué guerra le hablaban? ¿De cuál mundo? ¿Por qué iba a estallar? ¿Con cuál de las dos mitades estaría México? Se moría de ansiedad por saber, y el corazón se le desbocó en el pecho como un caballo enloquecido. Tuvo que hacer acopio de todo su orgullo de militar, de toda su fuerza de voluntad, para mentir:

–Por supuesto, capitán Williams. Estoy perfectamente al tanto de la inminencia de la guerra. Pero eso no afecta mi decisión.

Su propia frase le retumbó en el cerebro: "Pero eso no afecta mi decisión." Arnaud sintió que cerraba la última puerta, que se suicidaba, que condenaba a muerte a sus hombres, a su mujer, a sus hijos. Pero aguantó, sin retractarse. Con el rabillo del ojo miró el tabaco cubano que le ofrecía Williams. Era un Flor de Lobeto, perfumado y magnífico. Hacía meses no veía uno. Hubiera dado un dedo meñique a cambio de ese habano. Pero mintió:

–Habano no, gracias, acabo de fumarme uno.

–Como usted quiera –oyó decir al otro.

El tiempo se derretía en la cabeza de Arnaud y los minutos se estiraban con una elasticidad gomosa, odiosa, insoportable, Como… usted… quiera… Entre palabra y palabra transcurría un siglo y mientras tanto la única posibilidad de supervivencia se disolvía, se escapaba, subía despacito al cielo, como el humo del tabaco que había encendido Williams.

De pronto el tiempo se aceleró de nuevo. En el fondo del

estómago del capitán mexicano se despertó un súbito cosquilleo, unas ganas irrefrenables de vivir, que le hicieron decir:

–Sin embargo, capitán Williams, como se trata de una cuestión que también afecta a mis soldados, yo le pido tiempo para
consultarla con ellos, antes de darle la respuesta definitiva.

–Por supuesto, capitán. Medítelo y consúltelo.

Williams tiró de la leontina y miró la hora en su reloj de
bolsillo.

–Puedo zarpar dentro de una hora, sin inconveniente –dijo.

Se despidieron. En la cubierta Ramón encontró a Jens
Jensen, a su esposa Mary, que estaba más evaporada que
nunca, y a los demás holandeses. Se abrazaron y se desearon
suerte.

En el bote de remos, de vuelta hacia el muelle, Arnaud
respiró hondo, se relajó en su banca, sonrió levemente y pensó:
"Hay una invasión, una guerra civil y una guerra mundial, y
yo estoy aquí en Babia, resolviendo si los huevos de pájaro
bobo quedan mejor fritos o revueltos."

Eran las 3:55 de la tarde. Antes de las 4:55 tendría que
tomar la decisión más seria de su vida.

Al bajar a tierra le comentó a Cardona:

–Estalló la guerra mundial. O está por estallar. No me
preguntes más porque no sé, no averigüé. No quise darle el
gustazo al gringo reconociendo que no sabía. Ya nos dirán,
cuando llegue un barco mexicano.

–Si esperamos tanto, de una sola vez nos vamos a enterar
de quiénes la declararon y quiénes la ganaron.

Arnaud y Cardona fueron a llamar al resto de la gente y
minutos después llegaba al muelle el sargento Irra, llevando
del brazo a Gustavo Schultz. Medio sonámbulo, medio ebrio

por la dosis triple de pasiflora, el alemán se debatía en un mundo borroso, tornasolado y huidizo. A través de velos y neblinas intuía que algo nefasto estaba a punto de sucederle, pero no atinaba a precisar qué. Hasta su propia agonía se le difuminaba en un vago sentimiento sin nombre. Su cabeza giraba, se detenía, se precipitaba, caía en picada en un doloroso y confuso viaje hacia lo hondo. Sus pies avanzaban a tropezones, su boca decía incoherencias, sus manos golpeaban torpemente al sargento Irra.

Detrás de ellos trotaba Altagracia Quiroz. Apenas la vio, Schultz encajó las piezas sueltas de su delirio. De un golpe violento se sacó de encima a Irra, se abrazó a Altagracia, y aunque no pudo dominar su lengua dormida y pastosa, le pidió con palabras que le salieron de muy adentro:

–Vente conmigo, Altita.

–No puedo irme, huero. Ojalá pudiera. Vine con la señora Alicia, y tengo que acompañarla.

El sargento Irra se repuso, volvió a sujetar a Schultz y de un empujón lo tiró entre el bote de remos, donde lo esperaban doss soldados para llevarlo al *Cleveland*.

El bote se alejaba. Schultz desafió la borrachera y el vaivén de las olas y logró ponerse de pie.

–Volveré por ti, Altagracia –gritó–. Te lo juro. Te juro que te saco de aquí y me caso contigo. ¡Te lo juro!

El mar estaba gris, el cielo violeta, y la muchacha se había quedado sola en el muelle. Oyó las palabras del alemán, y para despedirse de él, se soltó el rebozo de la cabeza. El pelo cayó hasta el suelo, relumbró bajo el sol de la tarde y ondeó suavemente al viento, como una bandera negra.

Mientras tanto, Ramón Arnaud ordenaba que la tropa

interrumpiera la fajina para formarse en la plaza –el lugar ahora baldío que había sido huerta– con armas y uniformes completos. Pedro Carvajal, el corneta jovencito, tocó reunión y los hombres acudieron.

–Pelotón, ¡Armen... armas! –gritó Cardona. A su lado, Arnaud observaba.

Parados en ese peladero inhóspito y áspero estaban los diez hombres que constituían su guarnición. El que tenía guaraches no tenía camisa, el que tenía carabina no tenía sable, el que tenía cananas las llevaba sin cartuchos. Sólo les quedaban los despojos del huracán. Alrededor de ellos, paradas en semicírculo, las mujeres miraban, con los niños alzados. Eran el aporreado público del aporreado espectáculo.

–¡Presenten... armas!

Cantaron el himno nacional e izaron la bandera nueva, la bandera bordada por las monjas. Cuando se elevó en el aire, Arnaud la vio tan deshilachada y desteñida como la anterior. Se habían borrado el rojo y el verde, así que la franja blanca del medio se extendía hasta los extremos. Sin águila y sin serpiente, no era más que una sábana extendida al sol.

"Nos llevó la que nos trajo –pensó Ramón, contemplando a su gente–. Parecemos fantasmas, y encima pertenecemos a un ejército que ya no existe". ¿Con qué argumentos iba a convencerlos de que siguieran aguantando, de que no se rajaran? Más grave aún, ¿con qué argumentos iba a convencerse a sí mismo? Se concentró en la tortura de sus noches de prisión, en su arrepentimiento ante los muros negros de Tlatelolco, y a medida que revivía en su boca el sabor de la humillación, iba encontrando los argumentos que buscaba.

Empezó el discurso con timidez. De las derrotas de su ejército no les dijo mucho, por no desmoralizarlos, y de la guerra mundial no les dijo nada, por no aturdirlos. Ganó cadencia al hacerles el recuento histórico de las invasiones extranjeras y las resistencias nacionales, se entusiasmó y subió el tono cuando les informó de los sucesos de Veracruz, le vibraron las vocales al hablarles de la defensa de Clipperton, y cuando se dio cuenta, los tenía a todos rabiando de emoción y llorando de coraje.

—Como homenaje a los caídos en la lucha contra el invasor norteamericano –anunció en la apoteosis de la arenga– vamos a hacer la salva de veintiún descargas que quería el presidente Wilson. Pero que sea para saludar a nuestra propia bandera, carajo. ¡La bandera mexicana!

Cardona se le acercó y le habló al oído:

—Veintiún descargas es mucho, mano. Se nos agota el parque...

—Bueno, pues. Diez.

—¿Cinco?

—Van a ser sólo cinco descargas –gritó Arnaud–. ¡Pero que sean con cojones, para que se oigan hasta Washington!

—¡Y hasta París! –metió la cuña Cardona, que no se olvidaba de la bronca con los franceses.

Más o menos al unísono, los diez fusiles dispararon cinco veces. Tronaron los cincuenta tiros y se enrareció el cielo con el humero de la pólvora. Las narices picaban y los ojos ardían, y en parte por eso, en parte por sentimiento, todos –hasta las mujeres y los niños– terminaron llorando.

"Estos ya son míos", pensó Ramón. Les explicó las posibilidades e imposibilidades de sobrevivir en la isla, el significado militar y político de quedarse, las ventajas personales de irse, y les comunicó el ofrecimiento del capitán del *Cleveland* de llevarlos a todos, junto con sus familias, a Acapulco.

—El que quiera irse, tiene mi autorización para hacerlo —dijo para terminar—. En estas circunstancias confusas, yo no puedo disponer de sus vidas exigiéndoles que se queden.

Les dio un receso para pensarlo y discutirlo con sus mujeres. Se dispersaron. Cada quien se fue por su lado, con su familia. De vez en cuando alguno circulaba de corrillo en corrillo. Se oían cuchicheos, risas, llantos, discusiones. Algunos volvieron a la plaza antes de que sonara el toque de reunión. Cuando estuvieron formados, Arnaud los llamó a lista para que comunicaran, uno por uno, su decisión.

—Soldado Rodríguez, Silverio.

—Soldado Juárez, Dionisio.

—Soldado Pérez, Arnulfo.

—Soldado Mejía, Constancio.

—Soldado Almazán, Faustino.

—Soldado Carvajal, Pedro.

—Soldado Álvarez, Victoriano.

—Cabo Lara, Felipe.

—Sargento Irra, Agustín.

—Teniente Cardona, Secundino.

Uno por uno, los diez dieron un paso al frente, y dijeron su respuesta. Después de que habló el último, Arnaud llamó a romper filas.

A las cuatro y cincuenta de la tarde, cinco minutos antes de que se cumpliera el plazo acordado, el bote de remos hacía entrega de un mensaje en el *Cleveland*.

"Capitán Williams: En nombre del ejército mexicano, de mi guarnición y del mío propio, le agradezco la valiosa ayuda prestada. Estando, como estamos, en tiempos de guerra, su actitud es un digno ejemplo de caballerosidad entre combatientes. Rechazamos cordialmente su ofrecimiento de llevarnos a Acapulco. Mis hombres y yo, junto con nuestras esposas e hijos, permaneceremos aquí mientras no recibamos órdenes superiores de hacer lo contrario. Firmado, capitán Ramón Arnaud Vignon, gobernador de la Isla de Clipperton, territorio de la soberana República de México. Clipperton, 25 de junio de 1914."

En la isla, sentado sobre el tronco inclinado de una palmera, Arnaud seguía sin saber si lo correcto hubiera sido irse o quedarse. Pero ya no le importaba. Fuera lo que fuera acababa de vivir el mejor día de su vida, el que lo hacía un hombre digno y memorable, y su reino ya no era de este mundo.

Vio al *Cleveland* alejarse y compadeció al capitán Williams con su bienestar chiquito y artificial de agua de colonia, muebles de *velour* y copas de cognac. El capitán Williams, respaldado por la seguridad fácil de su barco poderoso. Ramón pensó que no lo envidiaba –o al menos que no lo envidiaba mucho– porque el verdadero príncipe, el dandi, el chingón, era él, Ramón Arnaud. Su decisión de quedarse lo hacía sentir satisfecho, pleno, grande, y la lealtad de su gente –de Alicia, de Cardona, de sus hombres– lo convertían en un gigante. No a todo el mundo le ofrecía la suerte la oportunidad de jugarse el todo por el todo en una prueba máxima, de someter a examen el temple de cada una de las fibras de su cuerpo, de colocar la vida sobre el filo de la navaja, por honor y por valor.

A él sí. Y esta vez él, Ramón Arnaud, había cumplido. Era un príncipe, era un guerrero, un dandi, un chingón. Su vieja culpa por la deserción estaba lavada, sus cuentas con el destino saldadas, y por fin había logrado ponerse al día con su propio orgullo. Aquel habano, el Flor de Lobeto, era lo único que le habría hecho falta en ese momento para tocar el cielo con la mano.

Cuando el *U.S.S. Cleveland* desapareció en el horizonte, Ramón Arnaud era un hombre en paz.

Clipperton, 1915.

Ramón Arnaud tuvo una pesadilla a la hora de la siesta: soñó que comía ratones.

Por ese entonces había poco que hacer en Clipperton, salvo sobrevivir, y eso dejaba tiempo de sobra para dormir. Había transcurrido casi un año desde la visita del *Cleveland*, el último barco que pasó por la isla, y la gente se había olvidado de todo, hasta de esperar. Asumieron su condición de náufragos con una resignación cristiana que fue tomando visos de hedonismo pagano a medida que descubrieron las ventajas del aislamiento, el encanto de la soledad y las mil posibilidades del ocio.

Una de ellas era el ensimismamiento profundo y placentero de una larga siesta sin sobresaltos. Después del rancho del mediodía, hombres, mujeres y niños se tendían en sus jergones o en sus hamacas, y era tal la quietud y el silencio durante esa primera mitad de la tarde, que más que hora de la siesta parecía una segunda noche. La iniciativa del corneta Carvajal de tocar diana a las cuatro de la tarde para despertar a la tropa, tal como se hacía al amanecer, ayudó al cambio cronológico en la mentalidad de todos. En el lapso de 24 horas vivían dos días cortos y dos noches largas, pasaban diez horas despiertos y catorce horas dormidos.

Ramón soñó que comía ratones y se despertó con náuseas y sabor a podrido en la boca. Se levantó, se paró frente al espejo roto que colgaba de la pared y se vio las encías negras.

—Me lleva la tristeza —dijo—. Me dio escorbuto.

Era una enfermedad mortal y maldita, como las bíblicas, y durante años Ramón había temido que llegara el día en que arrasara con Clipperton. Era el mal de los que pasan mucho tiempo sin comer frutas y verduras frescas, privándose de ácido ascórbico. Era el castigo de los marinos y de los náufragos, que morían masivamente cuando los atacaba. Por sus lecturas exhaustivas y obsesivas sobre el tema, Ramón sabía que sus consecuencias eran devastadoras. Vasco da Gama había salido de Portugal hacia la India con quinientos hombres y antes de dos años el escorbuto le había robado la mitad. Fernando de Magallanes también lo padeció cuando quedó aislado tres meses y veinte días comiendo sólo harina, aserrín y ratas. La armada británica, que contaba con mil setecientos hombres durante la revolución norteamericana, había perdido mil doscientos en acción, cuarenta y dos mil por deserción y dieciocho mil por cuenta del escorbuto.

Ramón llevaba siete años tratando de detectar la aparición de los síntomas en los demás, pero nunca sospechó que él mismo pudiera ser la primera víctima. Acercándose mucho al trozo de espejo, se examinó cuidadosamente la boca. Tenía las encías crecidas, magulladas, y en la inferior, del lado izquierdo, se descubrió un diminuto grano de pus.

—Ya empecé a podrirme —dijo, y se echó la bendición.

Justo ahora tenía que caerle la plaga. Justo ahora, cuando por fin estaba tranquilo. Contra toda evidencia, contra toda probabilidad, ese año, vivido en el abandono, había sido un buen año. Ahora se daba cuenta de ello. De sed no habían sufrido. Con frecuencia tenían periodos de lluvia y como el huracán no había destruido las cisternas, recogían agua en abundancia y la almacenaban para las épocas de sequía. Al contrario de lo que suele suceder con los náufragos, a los de Clipperton, si el agua los amenazaba, era por exceso y no por

defecto, cuando caían aguaceros torrenciales que los inunda-
ban, y, si se descuidaban, los barrían. Por falta de comida no
habían sufrido demasiado tampoco. Aprendieron a pescar y
a alimentarse casi exclusivamente del mar y administraron los
abastecimientos entregados por el capitán Williams con cuen-
tagotas, estirándolos a lo largo de los meses. Ramón se pudo
dedicar a cocinar, que siempre había sido uno de sus pasa-
tiempos favoritos. Perfeccionó hasta el refinamiento algunas
recetas, como cocido de cangreja y caracoles en leche de coco,
cebiche de camarones y guiso de tortuga en tinta de calamar.
Guardaba como un tesoro unas cuantas latas de aceite de
oliva, y para las ocasiones especiales lo batía con yemas de
huevo y hacía mayonesa para acompañar la langosta.

Cuando se terminó el querosene con que prendían las lámparas y el faro, el combustible les cayó del cielo –o del mar–
en el organismo de una ballena muerta que llegó arrastrada
por la marea, a descansar en paz a las playas de Clipperton.
Exploraron y desguazaron esa montaña marina y obtuvieron
cuero, carne y varios barriles de un aceite negro, espeso y
apestoso que daba una delicada y límpida llama dorada.

Fue incluso una época de revelaciones, en la que Ramón
Arnaud aprendió a ser padre. Descubrió a sus hijos: por primera vez en su vida tomó conciencia cabal de la existencia
de esas tres criaturas, que en medio de la adversidad crecían
espontáneamente y sin tropiezos, como un elemento más de
la naturaleza. Pasaba días enteros con ellos excursionando por
la isla, trepando por la roca del sur o enseñándoles a nadar.
Con maderas finas de la *Nokomis* y del *Kinkora* les fabricó
barcos en miniatura, a imagen y semejanza de los reales. Iban
a la laguna y se les hacía noche poniéndolos a navegar. Les

hablaba de la ubicación de las estrellas y del nombre de los vientos, y como ellos se aburrían rápido de oírlo, se quedaba callado mirándolos jugar.

Ramón, Alicia, Tirsa y Cardona se juntaban todos los días al anochecer, para no estar solos en el momento difícil en que la oscuridad se tragaba la isla de un solo bocado.

—Si al menos tuviera mi mandolina —se lamentaba Arnaud.

—Era lo único que nos faltaba —le contestaba Alicia.

—Canta, Secundino —pedía Tirsa.

—Ya no puedo. La sal me secó la voz.

Los cuatro se acompañaban sin verse las caras, repitiendo los mismos diálogos, y para no dejarse abrumar por la extensa negrura estrechaban un poco más el círculo de una amistad templada a prueba de todo, desde las molestias mezquinas de la cotidianidad hasta los grandes trastornos de las catástrofes.

Echaban de menos a México y a sus familias, pero con una nostalgia cada vez más abstracta y difusa. Llegaba el día en que hasta los recuerdos más tenaces se caían de maduros y desaparecían. Ramón pasó por una época en que no hablaba sino de las virtudes de su madre. Los postres que le horneaba, las historias que le contaba, los masajes que le daba para distensionarle los músculos de la espalda. Cuando notó que fatigaba a los demás con el tema, pasó por un período de leer y releer sus cartas. Después escribió poemas sobre su amor filial, como este soneto recopilado por el general Urquizo en su biografía de los Arnaud:

Es una anciana cuya mirada
es mi delirio, mi sugestión.
Ella es la virgen inmaculada
a quien adora mi corazón.

Su obsesión llegó tan lejos, que Alicia dejó de llamarlo por su nombre. "Esto es para el hijo de doña Carlota", decía, "Ahí viene el hijo de doña Carlota". Hasta que una noche, estando acostados, oyeron ruidos y Ramón se levantó a inspeccionar la casa vacía. Al rato volvió a la cama.

–Era mamá –anunció–. Estaba en la cocina.

–¿Cómo?

–Que era mamá, te digo.

–Ramón, tú estás loco...

–No, no es que yo esté loco, es que ella está muerta. Ayer murió, y vino a decírmelo.

Después de eso nunca más se la oyeron mencionar.

Así había transcurrido el último año, sin grandes penas ni glorias. En medio de sus incontables carencias, Ramón y Alicia se encontraban casi bien, se sentían casi felices.

Hasta que llegó el escorbuto. En el pasado, la hipocondría de Ramón lo había hecho pensar infinidad de veces en su propia muerte. Era dado a mortificarse con ella por anticipado y a imaginarla en sus variantes más atroces. Disimulaba mal cierta fobia al fuego y al agua, que le nacía del vago presentimiento de que acabaría quemado o ahogado. Pero nunca, ni en los peores momentos de autocompasión, llegó a creer que moriría por falta de un limón. "Mi reino por un limón" –pensó.

Su organismo había resentido la falta de vegetales. Jugo de limón era todo lo que necesitaba ahora para curarse; unas cuantas gotas amargas, cáusticas, purificadoras, que entraran en su cuerpo y quemaran la podredumbre que ya estaba dentro y que no tardaría en asomarse por los poros. Ramón se desplomó en la cama y empezó a murmurar, primero en voz baja, como una letanía, y cada vez más fuerte:

—Limones, naranjas, toronjas, pomelos. ¡Limones, naranjas, toronjas, pomelos! Limones, naranjas, coles de Bruselas, berros, pimientos verdes, moras. ¡Rábanos y perejil! ¡Muchos rábanos y mucho perejil! Remolachas, setas, ciruelas, tomates, cocos... ¡Coco, coco, coco, coco!

Coco si tenían. Era el único alimento vegetal que producía la isla desde que se erosionó la tierra de la huerta. Los cocos serían su salvación, la fuente de ácido ascórbico indispensable para impedir su muerte. Posiblemente para impedir la muerte de todos los habitantes de la isla.

Se vistió con unos pantalones raídos y un poncho confeccionado por las mujeres con restos de vela de barco. Se subió a un planchón y atravesó la laguna, remando en línea recta. Llegó al lugar donde estaban las trece palmeras. Hasta ese momento, cada vez que alguien se antojaba de coco, iba por uno. Simplemente estaban ahí, como el pescado o los cangrejos, y no era sino estirar la mano y agarrarlos.

Ramón recogió los que estaban en el suelo y los subió al planchón. Hizo cuentas: en el estado de raquitismo en que se encontraban, las palmeras podían producir unos cinco cocos semanales, que serían milimétricamente repartidos entre los veintiún adultos y los nueve niños. Buscó al sargento Irra y le dio una orden perentoria, que lo dejó sorprendido.

—Sargento, usted queda responsable de estas palmeras. Haga que les monten guardia las veinticuatro horas. Que nadie toque los cocos. Si algún coco llega a faltar, la responsabilidad es suya.

Se alejó, se sentó en una roca, abrió uno con un machete y se bebió el agua. Durante los dos días siguientes trató de controlar la hinchazón de sus encías con frecuentes aplicaciones de yodo. Sin embargo le crecieron más, impidiéndole comer. No había querido confesarle su problema a nadie, pero Alicia lo descubrió.

—Qué andas comiendo, que el aliento te huele a pantano —le preguntó.

Él tuvo que confesarle la verdad. Acordaron guardar el secreto, para no alarmar a la gente. Se aislaron de los demás y se dedicaron a intentar una curación. Limpiaban las pústulas que le aparecían en la boca con los desinfectantes que habían quedado de la farmacia —azul de metileno, violeta de genciana, yodo, agua oxigenada— a veces uno por uno, a veces mezclándolos todos en una sustancia viscosa y vomitiva. Como Ramón no podía mascar, Alicia le preparaba el pescado en papilla y le maceraba pulpa de coco. Al cabo de una semana los adelantos eran visibles.

—Yo creí que de esta enfermedad no se curaba nadie, pero parece que sí —decía Ramón, sin atreverse todavía a admitir el milagro.

—Dios te oiga.

O Dios lo oyó, o el coco surtió efecto y Ramón se recuperó. Reiniciaron su escueta rutina como si nada hubiera ocurrido, pero mantuvieron el control sobre los cocos y almacenaron varias docenas bajo llave. Volvieron a juntarse con Tirsa y Cardona al anochecer.

—El negro Victoriano está otra vez rebelde —se oyó, en la oscuridad, la voz del teniente.

—¿Otra vez alborotando a la gente?

—No, ahora le dio por no hacer nada. Ni siquiera quiere prender el faro. Tuve que decirle a Pedrito Carvajal que se encargara, porque al negro no hay quien lo mueva de la hamaca. No valen amenazas. Dice que lo fusilemos si queremos, pero que sea ahí tendido, que no lo hagamos parar.

—¿No estará enfermo? –preguntó Alicia.

—No se le ve nada raro. Parece pura pereza.

Los dos hombres caminaron hasta la guarida del faro para ver a Victoriano. Tan pronto Arnaud franqueó la puerta reconoció el olor: era el mismo que hacía unos días despedía su propio cuerpo. El interior estaba oscuro como boca de lobo. Arnaud tanteó las paredes para orientarse, y las encontró húmedas. Rezumaban el vaho malsano de la enfermedad.

—¿Victoriano?

—Mande.

—Soy yo, Arnaud.

—Mande, capitán.

Sus rodillas tropezaron contra la hamaca que pendía en diagonal, de una esquina a otra. Tirado en ella, encontró al hombre.

—Me duele todo el cuerpo –le oyeron decir–. Yo creo que me dio el reumatismo. Hasta en los dientes me dio el reumatismo, porque se me están cayendo.

Ramón no necesitó verlo. Oyó la respiración exhausta y pudo imaginar los cardenales en la piel y las pústulas en la boca. A la madrugada volvió, le hizo las curaciones, le embutió una papilla de coco y le encomendó a la mujer del sargento Irra que lo cuidara.

Victoriano Álvarez se quejó todo el día, a la noche dio alaridos y amaneció transformado en un Cristo. Tenía la piel azul y cubierta de llagas como si lo hubieran destrozado a golpes, le sangraban las encías y la boca le hervía de pus. El chisme se regó por la isla. La gente acudió al faro a mirarlo y se agolpó en la puerta de la cabaña, sin quitarle los ojos de encima. Los niños se colaron y formaron un círculo alrededor de su hamaca.

Días después, Ramón los convocó a todos frente al cuarto que había sido farmacia y les ordenó hacer fila en calzoncillos, para revisarlos. Encontró los signos en una mujer. Era la compañera de Irra, que había estado cuidando a Victoriano.

De boca en boca circuló el rumor de que era una peste contagiosa y que Victoriano Álvarez se la prendía a los que se le acercaban. Arnaud hizo lo posible por aclarar las cosas. Citó a reuniones colectivas y explicó las características de la enfermedad, sus síntomas y sus causas. Dijo hasta el cansancio que no se transmitía y trató de persuadirlos dibujando en el suelo, con un palo, chuecos croquis del organismo humano, para explicar sus funciones y sus fallas. Pese a sus esfuerzos no convenció a ninguno. No quisieron grabarse el nombre "escorbuto", sino que hablaban de "la peste". La Peste, decían, y pronunciaban la palabra con un fatalismo más fuerte que cualquier expectativa de curación. Tampoco creyeron el cuento de los cítricos: el mal se contagiaba, y esa era la única verdad que estaban dispuestos a aceptar. Además, necesitaban un culpable más tangible que un limón o una naranja, cosas demasiado inocentes para absorber la responsabilidad.

En su trayectoria secreta, antes de hacerse evidente, la enfermedad alteraba los humores del cuerpo –fermentaba la sangre, agriaba la bilis y envenenaba la flema– sacando a flote pasiones oscuras. La primera que afloró fue el racismo, y Victoriano Álvarez fue el chivo expiatorio. Lo odiaron desde el fondo de sus entrañas, lo maldijeron por negro, lo proscribieron por contagioso y exigieron que fuera encerrado en cua-

rentena. Nadie lo quiso cuidar. Ni asomarse por la roca, siquiera a encender el faro. Ramón accedió a aislarlo, en parte
para no exacerbar los ánimos más de lo que estaban, en parte
por temor a que acabaran linchando a la víctima escogida.

En los días que siguieron, muchos se pusieron amarillos
como japoneses y se vieron atacados por una pereza insolente
y malhumorada que hacía imposible manejarlos o someterlos
a la disciplina. Ramón supo cómo interpretarlo: eran las primeras señales de la enfermedad, que se extendía colectivamente.
Se dedicó, con Cardona, a levantar de nuevo la farmacia. Hizo
un inventario de las escasas medicinas que quedaban, puso a
las mujeres a lavar trapos y a hervirlos, y en el depósito que
una vez había sido saqueado por La Mano que Aprieta siguió
acumulando cocos, tras reforzar las trancas y los candados.
Hizo que todos, sin excepción, recibieran una ración de coco
con la comida.

El escorbuto se propagó con una velocidad implacable y
proliferaron las ronchas, las pústulas, las manchas y los
hematomas. Las mujeres y los niños eran los menos afectados;
la enfermedad se encarnizaba con particular virulencia contra
los hombres.

Los enclenques cocoteros no daban más de sí y las porcio-
nes de coco se redujeron a un tamaño risible. Ramón hizo que
se rayara la pulpa y se mezclara con pescado, y que se rindiera
la leche con agua de lluvia. Pero aún así, el remedio no alcanzaba. En la desesperación, a Tirsa Rendón se le ocurrió utili-
zar también las cáscaras. Hicieron el ensayo de hervirlas en
una olla grande y prepararon una infusión, que de ahí en
adelante repartieron, con cucharón, en los tazones de peltre.
Como el sabor era repulsivo, la gente se negaba a tomárselo

y Ramón declaró su ingestión obligatoria bajo amenaza de castigo.

Los soldados creyeron que se había vuelto loco.

—Mi capitán Arnaud le echa la culpa de todo a las naranjas y quiere curarnos la moridera con agüita de coco.

Como nadie quiso ocuparse de Victoriano, que agonizaba, Alicia, que seguía sana, se ofreció de voluntaria y se responsabilizó de él. El negro era un despojo humano. Apestaba, supuraba y no podía levantarse de la hamaca ni para aliviar sus necesidades. Haciendo de tripas corazón y conteniendo las náuseas, ella lo alimentaba y procuraba mitigarle el sufrimiento en lo poco que podía. Una vez, durante el aseo, levantó el sarape sucio que lo cubría. El cuerpo del hombre estaba desnudo, devastado y cadavérico, pero entre sus piernas, en plena erección y gozando de buena salud, Alicia vio un miembro viril de gran tamaño. La sorpresa la fulminó. Soltó el sarape y buscó la cara de Victoriano, como esperando una explicación. Lo que encontró fue unos ojos que la miraron sin vergüenza, más bien divertidos. Se quedó paralizada un instante y después dio un paso atrás. Victoriano la agarró de una mano y trató de retenerla pero ella se zafó y salió en estampida, como si la hubiera tocado Lucifer en persona. No paró de correr hasta que encontró a Ramón, en la enfermería, al otro lado de la isla.

—Yo no cuido más a Victoriano —le dijo, ahogada por el susto y la carrera—. Que lo haga un hombre.

—¿Por qué?

Ella no se atrevió a decir la verdad.

—Porque pesa mucho y no puedo moverlo.

Alicia jamás volvió a la guarida del faro, y en medio de

los muchos enfermos que tenía que atender, Ramón no se acordó más de Victoriano Álvarez. El negro quedó abandonado en su choza, rumiando venganzas y viendo cómo el cuerpo se le corrompía, pedazo a pedazo.

El escorbuto avanzaba. Los granos y las pústulas reventaron en llagas que crecieron, se infectaron y en los peores casos se plagaron de gusanos. Los desinfectantes se terminaron y en su ausencia Ramón recurrió a un viejo método para cauterizar. Tomó como ayudante a Tirsa Cardona, la mujer de la sangre fría, y entre los dos repletaban las heridas de pólvora, les introducían una mecha y las hacían quemar.

La época de lluvias se precipitó de un solo golpe y el agua cayó a baldados, como queriendo lavar los miasmas de la peste. Las inundaciones forzaron a la gente a dispersarse y cada enfermo quedó aislado, librado a su propio horror.

Una madrugada de tormenta golpearon en la casa de los Arnaud. Alicia se levantó a abrir y se topó de frente con un monstruo. Le tomó un instante comprender que lo que tenía delante era la mujer de Irra. Se le habían caído los dientes y la cara amoratada ya no tenía facciones. Las encías le habían crecido hasta alcanzar dimensiones inverosímiles. De la cueva absurda que era su boca salía un aire rancio que Alicia reconoció: era el hedor de la muerte.

—Vengo a preguntar dónde puedo sepultar a mis dos hijos —farfulló—. Se murieron anoche.

El entierro se haría por la tarde, al lado de la tumba de Jesús Neri, el primer muerto de Clipperton, el soldado viejo comido por los tiburones. Pero antes de la hora señalada la mujer de Irra también murió. Guardaron su cuerpo en una sola caja con los de sus hijos, y una procesión triste y andrajosa se arrastró bajo el diluvio, con los tres muertos a cuestas, hacia el cementerio, al lado de la roca del sur. Llevaban los ojos clavados en el piso. No se miraban a las caras: era duro ver el desastre propio reflejado en los demás. No hubo ceremonia, ni militar ni religiosa, porque no les dieron las fuerzas. Los enfermos las agotaban sólo con tenerse en pie, y los sanos cavando en la piedra con el agua azotándoles la espalda.

A los muertos se los tragó el hoyo y los vivos desaparecieron bajo la lluvia. Sólo un grupo pequeño de hombres permaneció al lado de la tumba acompañando al sargento Irra, que acababa de enterrar a toda su familia. Sin hablar se pusieron de acuerdo. Caminaron despacio hasta la guarida del faro, con una sola decisión y una sola voluntad. Encontraron a Victoriano Álvarez tirado en la hamaca, todavía vivo, y lo golpearon hasta que lo sintieron muerto. "Se hizo justicia", escribieron después sobre el piso de tierra de la cabaña.

Desde que enviudó, doña Juana la partera, la mujer de Jesús Neri, se había convertido en una vieja huraña y ermitaña, en una gitana enloquecida y prehistórica. No tenía dónde vivir –nadie recordaba si su casa se había desplomado sola, si la había soplado el huracán o se la habían llevado las inundaciones– y deambulaba de acá para allá con sus corotos a cuestas. La vida a la intemperie la encogió, la arrugó y la ennegreció, como una uva pasa. De día hablaba sola y de noche se arrullaba a sí misma, como si fuera su propia criatura. Los demás se olvidaron de ella y sólo le decían, cuando le pasaban por el lado, "buenas, doña Juana", o "muy buenas, doña Juana".

–Cuáles buenas ni cuáles buenas –contestaba sin que la escucharan–. No hay sino malas y pésimas.

Cuando el escorbuto estaba a punto de liquidarlos, se acordaron de ella.

–¡La partera nos puede curar!

Fueron a buscarla al pie de la laguna, al nicho de escombros y basuras que le servía de refugio, y ella se asomó cubierta de harapos. Se paró en un montículo de piedras, y habló del demonio. Clipperton vivía en el pecado, como Sodoma y Gomorra –dijo– y la peste era el castigo de Dios. Hombres y mujeres convivían sin vínculo sagrado y los niños crecían sin bautizar. Ella los curaría –les prometió– si antes se ponían en paz con sus conciencias. Le quedó fácil convencerlos. Ella misma ofició ceremonias de matrimonio, bendiciendo patéticas parejas de novios devorados por la enfermedad. Celebró bautismos colectivos, haciendo que los catecúmenos se metieran hasta las rodillas entre la laguna y rociándoles la cabeza con el agua podrida. Su indumentaria de sacerdotisa se hizo imponente. A los trapos que colgaban les añadió pieles de animales muertos y se coronó la cabeza con una vieja pantalla de seda, con borlas alrededor. A la punta de un palo largo ató una muñeca de porcelana y lo utilizó como báculo.

Como a pesar del arrepentimiento, de los sacramentos y de los rezos sus fieles se retorcían de dolor, la partera complementó la mística con la medicina. Preparó brebajes con plumas de guajolote, caparazones de erizo, orines de murciélago y leche de escuerzos, y aplicó sanguijuelas, ventosas y cataplasmas de guano. Los enfermos dejaron de ir a la farmacia a recibir su diaria ración de coco, y se establecieron definitivamente a orillas de la laguna, en torno a la choza de la partera, donde pasaban el día y la noche entre lamentos y agonías, plegarias y procesiones.

El número de muertos aumentó y como los vivos se impacientaban porque el milagro de la curación tardaba, la partera renovó el repertorio de sus evangelios. Les dijo que el aire estaba envenenado y les ordenó encender hogueras para limpiarlo, y mantenerlas vivas con las pertenencias de los muertos. En el fuego purificador se quemaron escapularios, peinetas, enaguas, camisas, cartas de amor y juguetes: los últimos recuerdos de las familias, los pocos objetos amables que aún perduraban, los mínimos rastros de un mundo anterior.

Pero nadie se curaba; todos empeoraban. La piel se les caía en escamas y quedaban en carne viva. Se debilitaban sus defensas y los atacaban las demás enfermedades: la anemia, la fiebre reumática, la bronquitis, la leucemia, la diarrea y la depresión moral.

Los fieles perdían la paciencia.

–Vieja embustera, si no nos curas, te ahogamos en la laguna –le gritaron un día, en medio de una de sus ceremonias.

Entonces ella pidió sacrificios. Dijo que las culpas eran tan grandes, que sólo podían ser lavadas con sangre. Le obedecieron y echaron a la hoguera las crías de una cerda recién parida, y se formó una cofradía de flagelantes que recorrieron la isla fustigándose los hombros.

Los flagelantes, encabezados por el sargento Irra, se castigaban a sí mismos y castigaban lo que había a su alrededor. Débiles y dolientes como estaban, formaban una lastimosa horda de vándalos y depredadores. Su estandarte fue un manojo de cabelleras arrancadas a los cadáveres, su lema, Viva la Muerte, y su himno, el Salve Regina, Emperatriz del Cielo. Con los mismos fuetes y garrotes con que se rompían la carne, acabaron con los animales y las construcciones, destruyeron los tanques de agua y saquearon el exiguo depósito de comida. Hubieran macheteado las palmeras, si Ramón y Cardona no los alejan a tiros de carabina.

Mientras Arnaud mantuvo el control, los entierros se hicieron en el cementerio. Pero cuando Clipperton se volvió tierra de nadie, cada quien le cavó el hueco a los suyos donde buenamente pudo. La isla quedó sembrada de tumbas. A veces –las menos– una cruz de palo, o un montón de piedras, anunciaba su presencia. Al final, cuando los vivos fueron menos que los muertos y no dieron abasto, arrojaron los cadáveres a la laguna o al mar.

La autoridad de Arnaud se había desplomado. Frente a la influencia mágica y mística de doña Juana, nada podía él, con sus voces de mando y sus agüitas de coco. En un último intento de poner orden al delirio, caminó hasta la laguna, decidido a encarar a la vieja.

–No eres ni sacerdote, ni médico, ni nada –le gritó, en presencia de sus seguidores–. No eres más que una vieja loca, y te prohíbo que sigas enloqueciendo a los demás.

–Tú ya no mandas, Arnaud –respondió ella–. Y yo tampoco. Aquí manda la muerte. Vete a morir en paz, y deja que cada quien muera como quiera.

Ramón se alejó del lugar sin decir una palabra más y se resignó a replegarse en su casa con su familia, con Altagracia, Tirsa, Cardona, tres viudas con sus hijos y un huérfano de padre y madre. La isla se dividió en dos dominios –la colonia de la partera, y la casa de los Arnaud– que cada vez tuvieron menos que ver entre sí hasta que llegaron a ignorarse, como si los separara el océano.

Los de la casa montaban guardia día y noche para evitar los ataques de los flagelantes, y contra toda esperanza seguían comiendo coco y tomando té de cáscaras. Ya ni el propio Ramón lo hacía por convicción, sino como expresión irracional del último gramo de voluntad de vivir.

Por entre las cortinas de agua que no cesaban de caer, llegaban hasta la casa señales del otro lado. Lamentos de los moribundos, humos de las hogueras, himnos de los flagelantes. Cada noche se oían un poco más débiles, un poco más irreales, como voces de ultratumba que se alejan. Como ecos de una pesadilla cuando se está a punto de despertar.

Las lluvias pararon de golpe. El cielo cambió su piel, como las serpientes, por una nueva. Limpia, inocente y azul. Los Arnaud y sus tres hijos, los Cardona y demás habitantes de la casa estaban vivos. Además, estaban sanos. Eran los únicos sobrevivientes de la isla de Clipperton.

—Santo coco bendito —dijo Ramón, y salió con sus hijos a la playa, a recibir el sol en la cara.

Clipperton, 1915.

—Secundino... ¡ahí va un barco! –dijo una mañana, gris y tranquila, Ramón Arnaud.

Todo estaba en paz, salvo el mar. En medio de la quietud perezosa del cielo y de la tierra, el agua convulsionaba en olas febriles que reventaban contra los arrecifes.

Ramón Arnaud y Secundino Cardona llevaban horas sentados en la playa, matando el tiempo. El hedor de la muerte, que no se dispersaba del todo, les llegaba de tanto en tanto, sin que ellos lo percibieran. Se habían habituado a sentir en las narices su cosquilleo pútrido y dulzón, y no recordaban a qué olía el aire puro. Unas semanas atrás, cuando pararon las lluvias, habían ido hasta la colina de la partera, y no encontraron sino cadáveres. Entre ambos los amontonaron en una pira y les prendieron fuego. Sacrificaron unos cerdos que merodeaban cometiendo antropofagias, y también los quemaron, porque no querían comer animal que hubiera probado carne humana. Después se alejaron de allí, y no volvieron nunca más.

La muerte había convertido la isla en un lugar contaminado y profano y los sobrevivientes se limitaban a habitar los alrededores de la casa de Arnaud, el único punto impoluto. Hasta del faro se olvidaron por no ir hasta allá, y sólo se alejaban una vez al día, para recoger los cocos. Lo poco que tenían, lo tenían a mano, y conservaban el reflejo de andar juntos, en un grupo compacto como si el que se apartara corriera más riesgos que los demás. Como si aún rondara el espíritu de la peste, o de la desgracia. Estaban vivos, pero la muerte les había pasado demasiado cerca, marcándolos. Se volvieron miedosos y supersticiosos, y en sus mentes volvió a crecer el dios de otros tiempos. El dios único, todopoderoso, magnífico, principio y fin de todas las cosas: el barco que los iba a rescatar.

Tirados en la playa, frente a la casa, los dos hombres apostaban al pan y quesito: cuando se retiraban las olas, a tal velocidad que por un instante dejaban el agua lisa como una tela templada, le arrojaban piedras al sesgo, para hacerlas rebotar varias veces sobre la superficie. Cardona siempre ganaba. Sus piedras rebotaban cuatro y cinco veces; las de Arnaud, dos o tres.

—¡Barco, barco! –gritó, de repente, Ramón.

—Cómo así –se sobresaltó Cardona– ¿Cuál barco?

—Ya no lo veo, pero te juro que lo vi.

Los dos se pararon y observaron, con la mano de visera, contra el resplandor del sol.

—¡Ahí va otra vez! –dijo de repente Arnaud–. ¡Es bien grande! Míralo, ¡cómo no lo ves! Navega de oriente a occidente…

—Pues yo no veo ni madres… ¿Y viene para acá?

—Creo que no… ¡Se aleja el maldito! –Arnaud sonaba fuera de sí–. ¡Prendamos una hoguera, Cardona! Hagámosle señales de humo.

—Bueno, pero yo no veo barco –dijo Cardona, y fue a prender fuego, Alicia, Tirsa y las otras mujeres llegaron, atraídas por el escándalo.

—Traigan trapos, tablas, lo que haya para quemar –les pidió Cardona–. Vamos a hacerle señales a un barco.

—¿A cuál barco?

—A uno que ve Ramón.

Arnaud, que se había alejado, volvió corriendo. El corazón se le salía por las venas y tartamudeaba de excitación.

—¡Ahora si estoy seguro! –gritó–. Ahí pasa un barco, como saber que hay Dios.

—Habla en serio, Ramón, no seas payaso –dijo Cardona.

—Vamos, Cardona, no perdamos tiempo con hogueras, vamos a seguirlo en el planchón.

—¿En el planchón? –ahora el que gritaba era el teniente–. ¿En esas cuatro tablas amarradas? En eso no podríamos seguir un barco, ni aunque existiera.

—Todavía está lejos. Si le salimos en línea recta, le cortamos el paso. ¡Vamos, que lo perdemos! ¡Es ahora o nunca!

—Mejor sigamos con la hoguera, Ramón...

—¿Estás loco? ¡Se va a ir un barco, nuestra única esperanza de vida, y tú quieres quemar trapos!

—Es que no veo barco... y meterse en ese mar está cabrón.

—¡Ya!

—Espera, mano, que nos vamos a morir...

—Nadie se va a morir, y menos ahora. ¡Si nos ve, estamos salvados!

—Con perdón, ¿no estarás viendo el barco fantasma del Holandés Errante?

—La putísima madre que te parió, Cardona. ¡Eres más terco que una mula, más bruto que un indio chamula!

—Sin insultar, que no será para tanto.

—Retiro lo dicho, pero ¡trae los remos, por lo que más quieras!

El teniente Cardona trajo los remos.

—Aquí están, pero yo francamente no veo ningún barco. Yo no sé, Ramón, les pregunté a Alicia y a Tirsa y ellas dicen que no lo ven tampoco.

—No les hagas caso. Las mujeres ven bien de cerca pero mal de lejos.

—Y tú estás viendo con los ojos de la fe...

–No me vengas con sermones. Nos van a ver y nos van a rescatar. Nos salvamos, Secundino. ¡Vamos ya!

–Pero es que el mar está bravísimo, hermano...

–No le hace. ¡Vamos!

–Pero es que mira el mar, ¡está asesino!

–No se hable más –dijo el capitán Arnaud, ya calmado y en tono definitivo–. Nos vamos en el planchón, y eso es una orden. ¿Qué pasó con las mujeres? ¿Dónde está la hoguera? –volvió a elevar la voz–. ¿Qué se creyeron todos, que era para mañana?

Las mujeres traían basura para prender el fuego y miraban el horizonte. Se movían sin convicción, como autómatas.

–¿No me cree nadie, no? –preguntó Arnaud–. Ya van a ver. ¡Vamos, Cardona!

Los dos hombres reforzaron apresuradamente las ataduras del planchón.

–Está listo –anunció Arnaud.

–Ay, Jesucristo. Ahora si te chiflaste, Ramón. Está bien, voy contigo, pero conste que no veo barco. Todo sea por aquello de los dos vivos, o los dos...

–Los dos vivos o los dos vivos –lo interrumpió Arnaud–. Todos vivos, hermanito... Se acabó la pena negra.

Ramón se acercó a su mujer.

–Ya vuelvo –le dijo–. Prepara a los niños, porque hoy nos vamos. ¿Me oyes, Alicia? Hoy sí. Vamos a buscar a tu padre, a poner a los niños en una escuela. Tú vas a vivir la vida que te mereces.

–No entiendo –dijo ella, con la voz estrangulada.

–Es fácil de entender. Una vez quise quedarme y lo hice por México. Pero ahora quiero irme. Quiero irme por ti.

—Pero en qué...

—Pues en ese barco, ¡míralo!

Ramón hablaba con convicción, poniendo fervor en sus palabras, y Alicia, que no había visto el barco, pudo verlo por fin. Metálico, contundente y cercano. En el fondo de las pupilas de su marido.

Él le dio un beso rápido en la frente y se fue hacia el mar, arrastrando el planchón. Alicia permaneció rígida y callada, cataléptica por la angustia.

Mientras rengueaba por la playa tratando de alcanzar a Arnaud, Secundino Ángel Cardona se volvió a mirar a Tirsa.

—¡Adiós, chula —le gritó—. ¡Hasta siempre!

El último hombre

Colima, hoy.

Colima es una ciudad pequeña, blanca, tranquila, con palmeras, con el mismo aire, ritmo y aspecto de tantas ciudades que dan al mar. Pero Colima está lejos del mar: a dos horas, tierra adentro, del puerto de Manzanillo, sobre el Pacífico. Me encuentro en las afueras, en la estación de autobuses. Hace mucho calor y no tengo una dirección precisa a dónde dirigirme. Vine a buscar el pasado de Victoriano Álvarez, el negro, y los datos que conozco de su vida fuera de Clipperton son pobres: que nació aquí, que se fue joven para no volver nunca y que no dejó hijos. Nada más. Tomo un taxi y le pido que me lleve al zócalo, porque en el centro de las ciudades se conservan, como en formol, las historias viejas. Camino por las calles que bordean la plaza, que ha cambiado poco desde principios de siglo. El calor zumba y pienso que sería más fácil encontrar una aguja en un pajar. Setenta y un años después de su muerte, ¿quién va a saber algo del soldado desconocido? ¿Quién va a recordar al menos memorable de los mexicanos?

En el Portal Medellín hay un lugar que tiene cara de haber visto pasar varias generaciones de colimenses. Es una tienda con un enorme y curtido mostrador de madera oscura. Afuera tiene una placa que dice, "Aquí es la vieja, acreditada y prestigiada Casa Ceballos, 1893". Adentro se vende de todo, desde herramientas hasta ropa interior. El dueño, don Carlos Ceballos, heredó el negocio hace más de cincuenta años. Es un caballero culto y gentil, de los de tiempos mejores. Le cuento lo que busco y le pido ayuda, y me dice que regrese por la tarde, que va a citar un grupo de personas que pueden tener información.

Horas después, don Carlos ha reunido en el Hotel Ceballos –contiguo a la tienda– a varios amigos y contemporáneos suyos. Son notables, historiadores y periodistas de la ciudad.

–¿De apellido Álvarez, de Colima, de raza negra? –me preguntan–. Sólo hay una familia con esas características: la descendencia ilegítima de nuestro prócer, el general Manuel Álvarez, primer gobernador del Estado.

–Pero los Álvarez de Colima –me aclaran– no son negros puros, son mulatos.

En el centro de la plaza de Villa Álvarez, está el abuelo paterno del soldado Victoriano Álvarez; el general Manuel Álvarez, esculpido en bronce, amo y señor de la villa, parado en su pedestal. En el salón de sesiones del Ayuntamiento de Colima está otra vez, en un cuadro al óleo, con su nombre escrito en letras de oro. Es un hombre corpulento, de facciones afiladas. Es blanco como la leche.

En la esquina de las calles 5 de Mayo y Venustiano Carranza quedan los restos de la que fue su casa, una construcción colonial de un solo piso. La fachada se mantiene en pie pero el interior se fue derrumbando, por partes, con los temblores que sacudieron a Colima. La base de las paredes subsiste y permite ver, como en un plano, lo que fueron los patios, la cocina, las habitaciones y los salones. En toda la parte de adelante, sobre la calle, vivía la familia: el general con sus sucesivas esposas –enviudó tres veces y se casó cuatro– y sus muchos hijos.

En la parte de atrás, alrededor del último patio, vivía la servidumbre: peones, mucamas, cocineras, palafreneros. El general, gran patriarca y semental, dejaba hijos por donde pasaba. Por las buenas o por las malas, ninguna hembra se le escapaba. Al patio de atrás se colaba por las noches, a escondidas y a la carrera, para revolcar a las jóvenes, meterle mano a las viejas y hacerle el amor a una criada negra, llamada Aleja, que le fue fiel toda la vida.

Sus esposas fueron pasajeras, tres de ellas por muerte durante el parto. Pero Aleja no. Aleja permanecía, no moría en los partos y tuvo incontables hijos. A algunos el general los reconoció y les dio su apellido, y constituyeron su descendencia ilegítima y mulata. Entre ellos Victoriano Álvarez, padre de Victoriano, el de Clipperton.

Al general Álvarez lo nombraron gobernador el 15 de julio de 1857, y un mes y una semana más tarde, mientras dormía la siesta, sus enemigos políticos se amotinaron en la plaza vociferando "religión y fueros". El general se despertó malhumorado, se encabronó todavía más cuando le comunicaron la noticia, se calzó las pistolas, se montó al caballo y sin esperar a sus seguidores se fue a la plaza volando del coraje, a sofocar, él solo, la revuelta. No acabó de cruzar la esquina cuando lo recibieron a plomo y le encajaron un tiro en pleno corazón. La familia fue a la iglesia, a pedir que como a todo cristiano que moría violentamente y sin auxilios espirituales, se los dieran *post mortem*, le impartieran la absolución y lo sepultaran en camposanto. El cura párroco se negó a hacerlo, porque el general –un liberal de hueso colorado– había sido excomulgado por jurar la Constitución Federal. Finalmente el señor cura accedió, a cambio de dos mil pesos y de que le dejaran azotar el cadáver hasta sacarle los demonios. Después del balazo que le causó la muerte, el general Álvarez tuvo que aguantar una fuetera, y entonces sí pudo bajar, tranquilo, al sepulcro.

Su cuarta mujer, Panchita Córdoba, quedó viuda joven y contrajo matrimonio de nuevo con Filomeno Bravo. El bello Filomeno, el hombre con fama de ser el mejor parecido de México, mantuvo en la casona la tradición de macho y padrote del general difunto. Sus ojos azules y sus barbas doradas eran sólo comparables a las del propio Emperador Maximiliano, lo cual le sirvió de pasaporte para llegar hasta la cama de la propia Emperatriz Carlota. De ahí para abajo, no hubo mujer que no fuera suya. Era mañoso y recursivo para enamorarlas y engañarlas a todas. Una tarde recogió a una linda desconocida, vestida de rojo, la llevó en la grupa de su caballo a las afueras del pueblo y la amó en el campo abierto. Lo vieron los vecinos que pasaron por ahí. Antes de que le llegara el cuento a Panchita, su mujer, Filomeno corrió a su casa, le ordenó que se pusiera un vestido rojo, la llevó en la grupa de su caballo a las afueras del pueblo, y la amó en el campo abierto. Así, cuando le vinieran a contar ella pensaría, inocente y feliz, "la linda desconocida del vestido rojo era yo".

Una vez, siendo presidente, llegó a Colima el gran Benito —el indio—, y estuvo a punto de ser fusilado por un pelotón comandado por el bello Filomeno —el rubio—. Este le perdonó la vida y Benito Juárez, agradecido, le entregó una tarjeta en la que escribió: "Reciprocidad en la vida". Otro día fue Filomeno el que cayó preso, en Zacatecas. Cuando lo iban a fusilar, mostró la tarjeta, "Reciprocidad en la vida", y lo dejaron ir. Años después lo mataron, también de un tiro en el corazón como al general Álvarez, y los de Colima le inventaron un epitafio: "La paz de Filomeno es el respeto del culo ajeno."

Un nieto del general Manuel Álvarez, Miguel Álvarez García, también fue gobernador, y una bisnieta, Griselda Álvarez Ponce de León, fue gobernadora. La riqueza y la pompa acompañaron a los Álvarez por varias generaciones. Al menos a los Álvarez blancos y legítimos, los de la parte de adelante de la casa.

A Victoriano el mulato, nieto de la negra Aleja y del general, le tocó la suerte de los que se criaron en el patio trasero. Aprendió la historia familiar por los chismes de las sirvientas. Fue testigo invisible y mudo de los éxitos económicos, las contiendas políticas y las aventuras militares de su abuelo, sus tíos, sus primos y sus hermanos blancos. Y espió, por entre las rendijas, sus conquistas y sus atropellos amorosos. Hasta que se aburrió de comerse con los ojos a las mujeres que ellos poseían, se hastió de las hazañas que ellos protagonizaban, se cansó de admirar y envidiar las vidas que ellos llevaban. Quiso vivir la propia, se enlistó como soldado en el ejército y fue a parar a la isla de Clipperton.

Clipperton, 1915.

El planchón que llevaba a Arnaud y a Cardona se deslizó hacia una zona de neblina verde y se hizo irreal, como un recuerdo. Desde la playa las mujeres y los niños lo seguían con los ojos. Veían cómo se alejaba con dificultad hacia los arrecifes, cómo iba y venía, frágil y vacilante, sobre un mar contradictorio y traicionero. El esfuerzo de los dos hombres que remaban lo hacía avanzar, y las olas lo obligaban a retroceder. Se alejaba, se empequeñecía, se oscurecía, volvía a acercarse, se aclaraba, se perdía otra vez. Desde la playa las mujeres lo mantenían a flote con la fuerza de sus ojos, lo salvaban con sus ruegos a la Santa de Cabora, lo atraían hacia la orilla con el poder del pensamiento. Cuando la imagen se hizo más borrosa, ellas se metieron entre el agua hasta las rodillas, para acercársele, para retenerlo, para rescatarlo.

–¿Alcanzarán el barco? –le preguntó Alicia a Tirsa. Las enaguas empapadas se les enredaban en las piernas y tenían que agarrarse de los brazos de la otra para mantenerse de pie contra las olas y el viento–. Di que sí, por favor, di que sí.

–Yo no veo barco.

–Pero Rosalía lo ve. Y Ramón estaba seguro...

–No hay barco, Alicia. Gritémosles que vuelvan.

–Tal vez esté detrás de la niebla, tal vez lo alcancen. Tirsa...

–No hay nada y tú lo sabes. Ayúdame a gritar.

Gritaron juntas, gritaron todas, gritaron los niños, y el ruido del mar se tragó las voces.

El planchón se acercaba al arrecife y se sacudía con violencia. Se montaba en la cresta de las olas, subía muy alto, luego caía y las mujeres no podían verlo, hasta que aparecía de nuevo, flotando en los vapores verdes o jineteando las moles de agua. Una gran ola negra lo arrastró hacia atrás, hacia la playa.

–¡Vuelven! ¡Nos oyeron y van a volver!

–Sí, vienen hacia acá.

Las mujeres gritaban hasta que el ardor les cerraba la garganta, espesándoles la voz. Hablaban todas a la vez, maldecían, rezaban, se contradecían. Otra ola agarró al planchón y lo tiró contra las rocas.

Alicia se tapó los ojos con las manos:

–Dime si pasaron el arrecife –suplicó.

–No los veo. ¡Sí los veo! Ahí están...

–¿Los ves?

–Sí, allá.

–Bendito sea el cielo... ¿Están bien?

–Creo que sí. Pero mira eso... mira esa mancha que sale del agua...

–Una mancha negra...

–Es una mantarraya. ¡Los ataca una mantarraya!

–Cállate, Rosalía, son sólo rocas. Tirsa, ¿los ves?

–Sólo veo sombras.

–Padre nuestro que estás en los cielos, santificado sea...

–Deja de rezar, Alta, y ocúpate de los niños.

Los siete niños se habían olvidado del planchón, y chapoteaban, tranquilos, entre el agua.

–Les digo que es una mantarraya. ¡Los volcó una mantarraya!

–Abre los ojos, Alicia, ayúdame a mirar.

—No, los veo. ¡Se hundieron! ¿Alguien los ve?

—¡Allá van, allá van, yo veo a mi papá!

—¡Cállense, niños!

—Mi papá está luchando contra una mantarraya.

—¡Que se callen! ¿No se dan cuenta? Altagracia, te digo que saques a los niños del agua. Tirsa ¿tú los ves?

—No, Alicia, no los veo.

—Altagracia, ¿tú los ves?

—No, señora.

—Rosalía, alguien, cómo es posible que nadie vea nada...

—¡Santo Cristo! Se los tragó el mar.

—¡Cállate tú también! Ven, Tirsa, acompáñame —Alicia se metió más en el agua. Ramoncito se le prendió al cuello.

—Vete, niño, salte a la playa.

—No.

—Vete niño, que te ahogas y que me ahogas a mí. ¡Alguien que se lleve a este niño!

Altagracia arrancó a Ramoncito, que daba alaridos, y lo jaló hacia afuera. El resto del grupo se alejó también. Se quedaron solas Alicia y Tirsa y avanzaron mar adentro, hasta que sus pies no tocaron fondo. Se quedaron flotando, tragando agua cada vez que las olas les pasaban sobre la cabeza.

—Tirsa, ¿los ves?

—No, hace rato no los veo. Veo aletas de tiburones.

—¿Tiburones? ¡Se los tragaron los tiburones!

—Espera. Mejor vamos a buscarlos por la playa, tal vez regresaron por otro lado.

Se salieron del agua. Los niños corrían, empapados, entre-chocando los dientes de frío.

—Alta, tú te quedas con los niños. Quítales la ropa, para

que se sequen. Las demás, vamos a buscar a Ramón y a Cardona. Rosalía y Francisca, vayan por ese lado. Tirsa y yo vamos por este.

El resto de la mañana caminaron por entre el coral molido, bordeando la orilla. A veces alguna veía algo, se metían al agua, llamaban a voces y luego salían, para seguir caminando. A media tarde los pies les sangraban, heridos por el coral. A veces se cruzaban con las otras:

—¿Los vieron?

—Nada.

—Sigan buscando. Busquen hasta que los encuentren.

Se cruzaban con Altagracia y los niños. Ramoncito corría detrás de su mamá y se le prendía a las piernas.

—Ahora no, niño.

Ramoncito lloraba, no se quería soltar.

—Alta, llévate este niño. Dales algo de comer, que deben tener hambre.

—¿Qué les doy?

—Lo que encuentres.

—No hay pescado.

—Dales huevos. Dales agua, que tienen sed. Vístelos, que tienen frío.

—Toda la ropa está mojada.

—Entonces prende fuego. Suéltame, Ramón, ayuda a Alta a prender el fuego.

—¿Y papá? Yo sé dónde está papá.

—¿Dónde?

—En la casa. Ya llegó.

—¿Cómo sabes?

—Yo sé.

Alicia corrió hacia la casa. El niño corrió detrás de ella, y Altagracia detrás del niño. Cuando llegaron, encontraron el lugar vacío.

—¿La señora no tenía un lente para mirar de lejos? —preguntó Altagracia.

—Ramón se lo dio a los holandeses.

—Si ellos pudieron llegar a Acapulco, a lo mejor el señor también puede.

—¿En esas tablas? No digas tonterías. Toma este niñito, Alta. Juega con él, duérmelo, dale de comer, haz algo, pero sácamelo de encima, que tengo que encontrar a Ramón.

Alicia y Tirsa corrieron hacia la roca del sur. Viéndolas alejarse, Ramoncito gritaba, se ahogaba en llantos y en hipos, mientras los otros niños jugaban a la gallina ciega. Las dos mujeres ascendieron hasta el faro y miraron en todas direcciones, hasta que les dolieron los ojos. La neblina se había tupido y era un velo impenetrable que rasgaban, de vez en cuando, las aletas filosas de los tiburones. Cuando oscureció las dos mujeres aún estaban arriba, en medio de un remolino helado de vientos, y al amanecer seguían ahí, con los ojos prendidos del horizonte. El sol nacía con fuerza, despejando la niebla fantasmal, y el mar se despertaba amarillo, rosa y naranja, sin un solo punto oscuro que opacara su brillo limpio.

Los días que siguieron fueron iguales. Alicia se envolvió los pies lastimados en trapos para defenderlos de los corales y vagó por las playas, sin parar, en una agitación agónica y sin sentido. De vez en cuando decía, al pasar:

—Alta, los niños tienen hambre. Dales de comer.

—¿Qué les doy, señora?

—Lo que puedas.

O:

—Alta, está muy tarde. Duerme a esos niñitos.

—No se dejan, señora.

—Entonces déjalos un rato más.

Ella misma no se acostaba a ninguna hora. Vagaba por la isla, como un alma en pena, mirando hacia el mar. Ramoncito trotaba detrás, lloriqueando y moqueando.

—Mamá, yo sé dónde está papá.

—No inventes cosas, niño.

Al tercer día, con los pies ampollados, Alicia se sentó en un rincón de la cocina y no se pudo mover más. Se quedó ahí, callada, ausente, hipnotizada, hasta que Rosalía llegó anunciando que había visto el planchón, enterrado en la arena, hacia el norte. Olvidándose de sus pies Alicia voló hasta allá, siempre con su hijo detrás. El planchón estaba, pero los hombres no. Ni señales de ellos.

—Tirsa, ¿tú crees que están muertos?

—Sí.

Alicia Arnaud se tendió en la playa, como si hubiera decidido quedarse a vivir ahí para siempre. Más que tristeza de viuda, sentía despecho de novia abandonada. Se consumía en rabietas doloridas y se desgarraba en ataques de celos. La suya era una pena rencorosa, como la de una mujer a quien el amante deja por otra, como la de un hombre traicionado por sus amigos, y era una pena ansiosa, que no daba descanso, como la de una mujer que quiere que el amante regrese, como la de un hombre que espera que le pidan perdón. Irse y dejarla era eso, una traición de Ramón. Si volvía se lo echaría en cara:

¿a quién se le ocurre morirse de esa manera, tan absurda, tan gratuita, y dejarla sola? Si volvía, le diría: ¿no pensaste en tus hijos, cuando te arriesgaste así? Si volvía... si volvía lo perdonaría. Lo abrazaría, lo adoraría, le secaría los pies con el pelo. Si volvía... Tal vez volviera, seguro volvería: Alicia levantaba la cabeza para mirar al mar.

El resto del mundo no existía para ella. No veía, no oía, no entendía, no tocaba la comida que le llevaban. No se percataba de la presencia de Ramoncito, que se le encaramaba en los hombros, la jalaba de los brazos, le revoloteaba alrededor, sin parar nunca de hablarle.

–Mamá, mira este caracol, mamá, me duele aquí. ¿Mamá? ¿Te cuento un cuento? Mamá, hace un rato vi a papá. ¿Te hago un collar con este caracol?

Alicia no decía nada, como si estuviera muy lejos y no quisiera regresar. El niño atrapó un cangrejo y se puso a jugar con él. Tenía los ojitos fieros, saltones, el carapacho rojo con puntos blancos. Abría y cerraba las tenazas, tenía pelos en las patas y antenas en la cabeza. Se quería escapar, corría hacia atrás, hacia los lados. Con un tronco, Ramoncito le bloqueaba el camino. Con un palito lo chuzaba, lo hostigaba con un pie.

–¿Mamá? Mira este monstruo marino, mamá.

El animal sufría, se enfurecía, se enloquecía, era fascinante en su desesperación. El niño acercó mucho la cara para observarlo.

El alarido y la carita ensangrentada arrancaron a Alicia del hueco sin fondo de su soledad. El cangrejo había mordido a Ramón en el labio, abriéndoselo en dos. Ella alzó al niño y corrió con él en brazos hacia la casa.

–¿Viste, mamá? El monstruo marino era furioso.

Ella lo apretaba, le besaba el pelo, los ojos, le pedía perdón.

–Perdón, hijo, perdón, perdón, fue culpa mía, fue por mi culpa, por mi culpa, por mi grandísima culpa...

Una vez en la casa Alicia lavó la herida, sacó un costurero del baúl de sus pertenencias queridas y enhebró una aguja con el último trozo de hilo que le quedaba. Una hebra resistente, larga, azul.

–¿Dónde está Tirsa? –le preguntó a Altagracia.

–Está lejos, señora. ¿Se la llamo?

–No hay tiempo. Alta, sujeta al niño.

Alicia respiró hondo, dominó el temblor de la mano, sacó valor de donde no tenía y cosió la herida, puntada a puntada, con la aguja y el hilo azul. Cuando terminó, acostó a su hijo y le acarició la cabeza mucho rato, hasta que lo dejó dormido. Después llamó a las demás mujeres. Llegaron las cinco: Tirsa, Altagracia, Benita Pérez, viuda del soldado Arnulfo Pérez, Francisca, la que era novia de Pedrito Carvajal, y Rosalía, mujer de todos y de ninguno. Alicia las miró –estaban desgreñadas, flacas, con la ropa hecha andrajos– y pensó que habían envejecido un decenio. "Así debo estar yo también –pensó–. Como una bruja. Si Ramón volviera, lo mataría del susto." Las hizo sentar y les habló.

–Aquí se murieron los hombres –dijo–. Pero nosotras seguimos vivas. Están vivos los niños, y hay que alimentarlos. No va a ser fácil. Hay que trabajar duro, así que se acabó el duelo. Basta de llorar por los maridos, porque tenemos que cuidar a los hijos.

En esa misma reunión, que fue la primera que Alicia encabezó, quedó prohibido el uso de las faldas.

–Nada de trapos que estorben –dijo–. Hay que aprender a pescar.

Repartió los pantalones que quedaban de recuerdo de los hombres. Los cortaron por encima de la rodilla y se los ajustaron a la cintura con trozos de cabuya. Llevaban siete años viviendo en una isla y no sabían pescar: conseguir la comida había sido tarea masculina. A partir de ese día, trabajaron en el mar desde el amanecer. Colocaban trampas entre los corales, se esforzaban con redes, cañas y anzuelos, arrojaban palos puntudos contra todo lo que se movía bajo el agua. Horas después se tiraban en la playa, insoladas, derrengadas de cansancio y desmoralizadas por tanto esfuerzo inútil. La primera semana pasaron hambre; sólo consiguieron un par de anguilas, un pulpo y una raya pequeña.

Fueron los niños los que descubrieron la forma fácil de pescar. Un día, cuando las mujeres volvieron del mar con las manos vacías, encontraron a los niños sentados alrededor de media docena de sardinas que coleaban, vivitas.

–¿Quién les dio eso?

–Nadie. Se lo quitamos a los pájaros.

Vieron a los niños, dorados y elásticos, dispararse en desbandada por la playa. Cuando un pájaro bobo se clavaba de pico en el agua y sacaba un pez, lo correteaban, zigzagueando, haciendo gambetas, se lanzaban, lo atrapaban y lo sacudían de las patas, hasta que soltaba la presa. Luego regresaban, radiantes, con el pescado brillando en la mano. Ellas se reían –era lindo verlos correr y era cómico verlos zarandear a los pajarracos– y lo intentaban también, pero no podían. No tenían la agilidad de sus hijos. Alicia y Francisca salieron detrás del mismo pájaro, se enredaron la una en la otra y rodaron por el suelo. El ave levantó vuelo, Alicia se alcanzó a parar, se le tiró encima, se quedó con unas plumas en la mano y cayó otra vez. Ahí tendida, con los niños gritando y aplaudiendo alrededor, comprendió lo que un minuto antes le habría parecido inconcebible. Se dio cuenta de que todavía, a pesar de todo, podía estar feliz. Le dio vergüenza con Ramón, se levantó enseguida y se sacudió la arena del pelo. Esa noche prendieron una hoguera a la orilla del mar, y tostaron más pescado del que pudieron comer.

Con el tiempo perfeccionaron otros métodos prácticos de pescar. El mejor era tenderse boca abajo en el muelle, con el palo puntiagudo en ristre, y esperar que un pez grande viniera a refugiarse debajo. Por entre las tablas rotas es fácil sorprenderlo y arponearlo. Así consiguieron sierra, róbalo, pez tigre y pez tortilla. Alicia volvió a desempeñar su papel de maestra de escuela, y los niños y las demás mujeres tuvieron que asistir diariamente a sus clases. En vez de lápiz y papel, escribían y sumaban con palitos sobre la arena. Como todos los libros se habían perdido, los textos de lectura eran los cuadernos de contabilidad de la compañía de guano y unos viejos recortes de periódico que hablaban de la invasión a Veracruz. Conjugaban verbos en inglés y en francés, aprendían religión, modales y urbanidad.

Hacía mucho, Ramón había suplido la falta de calendario con rayas hechas con cuchillos sobre la baranda de su casa. Tras su muerte, Alicia se olvidó por completo de marcar los días. Ahora quiso retomar la cuenta, pero no tenía una noción precisa del tiempo transcurrido. Ella opinaba que era un mes, y Tirsa creía que veinticinco días. Se transaron por la mitad, y marcaron 28 rayas.

–No sé qué será en el resto del mundo –sentenció Alicia–
pero aquí es martes, 24 de junio de 1915.

Entre la escuela, el cuidado de los niños y el intenso ejercicio físico para mantenerse vivas, iban sorteando los días, uno
a uno, sin tiempo para pensar en el que quedaba atrás ni en
el que venía después. Así, sin darse cuenta, iban domando la
pesadilla en que estaban metidas, y haciéndola llevadera.

Eso era durante el día. Pero las noches caían abrumadoras,
aplastándolas con el regreso de todos los temores y las penas.
Bajo la luz fría de las estrellas la conversación se estiraba,
triste, hasta el amanecer. Los niños, ateridos de miedo, se
prendían a las mujeres y no se dormían si no era sobre su regazo. A pesar del cansancio, tampoco ellas conciliaban el sueño.
En la oscuridad los recuerdos pesaban tanto que el pasado se
hacía presente, y los muertos iban volviendo, primero uno y
después otro, hasta que llenaban la casa y los vivos tenían que
acurrucarse en los rincones para dejarles espacio.

Volvían a sonar los quejidos de los flagelantes y el llanto
de los hermanitos Irra, fulminados por el escorbuto. Aparecían Jesús Neri, mordido por tiburones, y Juana, su mujer,
despidiendo malos olores. Había visitas gratas, como la de
Ramón y Cardona, que conversaban sobre su propia muerte.
Sus voces salían de la negrura, como en las épocas felices en
que se acompañaban al anochecer:

–Ramón, te digo que no hay barco.

–No lo ves, Secundino, pero ahí está, plateado, iluminado,
esperándonos.

–No es un barco, Ramón, es la mantarraya que nos mató.

–No fue mantarraya, Secundino, sino tiburones.

Alicia, que durante el día tenía clara y asumida la muerte

de Ramón, de noche se dejaba confundir por estas apariciones y con frecuencia se sentaba bajo la luna, a mirar al mar y a esperar su regreso. Ni siquiera Tirsa –la dura, la que no sabía de poesías ni creía en el más allá– se escapaba de ese ensueño colectivo, donde los vivos cohabitaban con los muertos.

–Anoche vino Secundino a consolarme –le dijo una vez a Alicia.

–¿Qué te dijo?

–Que no hay mal que dure cien años ni cuerpo que lo resista.

–Tiene razón.

Las almas de Pedrito Carvajal, Arnulfo Pérez, Faustino Almazán y los otros soldados entraban a la medianoche por los agujeros del techo, extendían en el suelo un sarape gris, echaban albures, tomaban sotol y llenaban la casa de gritos.

–Aflojen el dinero, que tengo el rey y la sota.

–Pues te los metes por el cuatro letras, porque aquí viene el as de copas.

Además de los muertos, estaban los espantos. Cada quien aportaba los suyos, los de su pueblo natal y los que había recibido en herencia de sus seres queridos. Las mujeres empezaban hablando de ellos por matar el rato, por recordar miedos perdidos de la niñez. Pero la desolación de las noches de Clipperton era caldo de cultivo para que todo espectro se corporizara. Alicia hizo aparecer unos enanos muertos llamados chaneques, una Señora de los Dolores, atravesada por siete puñales, y una pobre desgraciada, la Monja Alférez, a quien la muerte ya no se llevaba en un coche tirado por caballos, como en Orizaba, sino en el barco del Holandés Errante. Tirsa cargaba con todos los que le había dejado Cardona, traídos a Clipperton desde la tierra de los chamulas. El que más llegó a aterrarles fue el Yalambequet, esqueleto volador que se colaba a las casas a robarse las almas, y que anunciaba su presencia con los truenos, que eran el golpeteo de sus huesos en el aire.

–Ahí va el Yalambequet. Dios tenga piedad de nosotros –aprendieron a decir las mujeres y los niños cuando había tempestad, y cuando no también, por si acaso llegaba sin avisar.

Veían a la Llorona –hermosa y fosforescente, cargada de lirios y con el cuerpo desnudo cubierto con un rebozo– que pasaba aullando por la pérdida de sus hijos, y les rozaba la cara con su cabellera larga. Veían a doña Carlota, la madre de Ramón, que se aparecía con un largo camisón blanco y con su gorro de plumas negras, a quejarse de lo descuidados y desnutridos que estaban sus nietos. También veían con frecuencia a una dama de marrón, silenciosa y amable, a quien ninguna había conocido antes. La misma Clipperton tenía sus fantasmas propios, como Fernando de Magallanes, el navegante que le puso el nombre de Isla de la Pasión por los muchos sufrimientos y enfermedades que padeció su tripulación cuando le pasó cerca. O como el pirata John Clipperton, que volvió a refugiarse en su guarida favorita para revivir antiguas orgías, y que desvelaba a las mujeres con ruidos de copas que caían al suelo, risas de putas y choque de sables.

Las aguas del mar se llenaron de barcos fantasmas. Al del Holandés Errante se sumaron uno negro con las velas en cruz y otro que vagaba envuelto en llamas, y se extendió la creencia de que el que había engañado a Arnaud y a Cardona era el *Mary Celeste*, el barco de las calamidades, que atraía la muerte y la mala suerte como el imán al hierro.

Las apariciones sobrenaturales fueron aumentando en cantidad y en calidad, y dejaron de ser individuales para volverse colectivas. Noche tras noche se producía una disminución de la temperatura, durante la cual una muchedumbre de espíritus partía de la roca del sur y emprendía una peregrinación circunvalar por la isla llevando antorchas encendidas, rezando, arrastrando cadenas y dejando tras sí cartas y mensajes para los vivos. Eran las almas de todos los que habían muerto en Clipperton, desde los condenados que los piratas sometieron a la ley del *maroon*, hasta el marino holandés ahogado camino a Acapulco. Las primeras veces las mujeres corrían a encerrarse en la casa y se cubrían la cabeza con los brazos, para no ver el río de luces ni oír el tum-tum de las pisadas. Después se animaron a salir al balcón y esperaron de rodillas a que la marcha de antorchas pasara por delante. Al día siguiente madrugaban a recoger los mensajes del más allá, y si contenían órdenes, o deseos, los cumplían al pie de la letra. No tardó en llegar el día en que las vivas se sumaron al deambular nocturno de las ánimas. Contra la voluntad de Alicia y de Tirsa, que se oponían, Francisca, Benita y Rosalía, y a veces Altagracia, marchaban toda la noche detrás de sus muertos y amanecían demacradas, con aspecto de ánimas ellas mismas y sin arrestos para emprender el trabajo cotidiano.

Los espíritus se volvieron caprichosos y exigentes y el cumplimiento de sus órdenes ocupó el tiempo de los vivos. Pidieron altares de piedra, ceremonias, ofrendas de comida y hasta bienes imposibles de conseguir en la isla, como cigarrillos y ramos de cempaxuchitl, la flor color fuego que alimenta el hambre insaciable que los atormenta en la tumba. La isla cobró el aspecto de un santuario primitivo. Por todos lados se veían altares de piedra con platos de comida, amarillentas fotografías de los difuntos y restos de sus pertenencias: un sombrero de paja, un guarache, una navaja de afeitar, un pañuelo, una estampa de la Virgen.

Una noche Tirsa y Alicia se quedaron solas en la casa con todos los niños, mientras las demás marchaban en la procesión. Tirsa le contó a Alicia que había descubierto que Benita y Francisca se flagelaban y se ponían cilicios, apretándose los muslos con viejos cabos de soga.

—Esto no puede seguir así —dijo Alicia—, lo único que nos falta es enterrarnos vivas las unas a las otras.

Acordaron ser drásticas —con ellas mismas y con las demás—, y cortar el delirio por lo sano como única medida de salvación. Se despidieron para siempre de las almas de Ramón y de Secundino, explicándoles la situación, y redactaron cinco mandamientos. Juraron hacerlos respetar hasta que volviera la normalidad y la cordura, así tuvieran que aplicar penas y sanciones a las que se resistieran a obedecer. Los grabaron con cuchillo, con grandes letras, sobre la pared de la casa, y cuando las otras regresaron, de madrugada, se sorprendieron al leer este pentálogo:

Primero: Queda terminantemente prohibido rezar, levantar altares y hacer sacrificios.

Segundo: Sólo existen las cosas que vemos y las personas que podemos tocar. Las demás serán desterradas de Clipperton para siempre. Queda prohibido el trato con los muertos.

Tercero: Nadie sale de la casa por la noche, a menos que sea para una tarea corta y tenga permiso. Las horas de la noche son para descansar y para acompañar y proteger a los niños.

Cuarto: Nadie puede asustar a un niño, ni meterle en la cabeza cosas que no son.

Quinto: La que viole cualquiera de estas leyes, de palabra o de obra, será expulsada de la casa, separada de sus hijos y condenada a vivir en aislamiento.

Alicia y Tirsa recorrieron la isla derrumbando altares y quemando ídolos y fetiches. La autoridad moral de Alicia y su personalidad impositiva, la fuerza física y el valor de Tirsa, y la alianza indestructible entre ellas dos, fueron la garantía para dejar atrás esa época lúgubre en que los muertos invadieron Clipperton y convirtieron a los vivos en sus esclavos.

A pesar de ser la cabeza de la lucha contra la amenaza de lo incorpóreo, Alicia empezó a experimentar cosas extrañas, presencias inexplicables. Sentía que se debilitaba, y que era algo, dentro de ella, lo que le robaba las fuerzas; algo que acaparaba el alimento que ella comía, que chupaba el líquido cuando saciaba su sed. Alguien que ahogaba el aire que ella respiraba y se robaba la sangre de su corazón. Le parecía que tenía una fuerza adentro, más pequeña pero más poderosa, que vivía y crecía a expensas de su energía, que se robustecía a medida que agotaba su organismo, de por sí mermado por la desnutrición y la fatiga.

A los dos meses de que a su marido se lo tragara el mar, Alicia comprendió lo que le pasaba. Era obvio y sencillo y si no lo había entendido antes, era por el miedo pánico de aceptarlo. Llamó a Tirsa.

—Estoy embarazada –le dijo.

—Es increíble –contestó Tirsa–. No había querido decírtelo porque no estaba segura, pero creo que yo también.

Esa noche, escondida en la cocina, Alicia lloró lo que no había podido llorar con la muerte de Ramón, y violando su propia ley volvió a hablar con él, después de largo rato de no hacerlo.

—Muchas veces te pedí que regresaras —le dijo—, pero no así. Necesitaba tu compañía y tu protección, y mira lo que me mandas en reemplazo tuyo: un hijo más.

Altagracia se dio cuenta de lo que le sucedía y se le acercó para consolarla.

—No se preocupe, señora, que a mí me van a recoger pronto, y yo me la llevo a usted, y a todas —le dijo.

—¿Y a ti quién te va a recoger?

—Es un secreto.

—No me vengas con cuentos de muertos, porque está prohibido.

—No es un muerto, es un vivo.

—¡Un vivo! Dime quién es.

—El alemán.

—¿Schultz?

—Él. Me prometió que venía por mí.

—Deja de soñar, niña. Estás peor que las que creen en fantasmas.

—Él va a venir, porque me lo prometió.

—Te lo prometió porque estaba loco.

—Loco no estaba, estaba solo, y yo lo curé.

—Ya basta, sólo te falta hacerle un altar a tu santo huero y rezarle para que te haga el milagro.

—No es milagro, señora, es sólo que me quiere.

—Hace más de un año se fue, y no ha venido.

—Pero me anda buscando, yo sé.

—Lo debieron encerrar en un manicomio.

—Pues entonces se va a escapar para venir por mí.

—Está bien, piensa lo que quieras. Tal vez tengas razón. Mejor sigue creyendo en el amor de tu alemán, ya que tienes la suerte de que está vivo. Agárrate de su recuerdo para que la tristeza no te enteque, como a nosotras.

Ciudad de México, hoy.

Hay varias circunstancias confusas en torno a la muerte del capitán Ramón Arnaud y del teniente Secundino Ángel Cardona.

La primera es la fecha exacta: el día, el mes y el año en que sucedió.

La segunda tiene que ver con el tipo de pez que volteó su planchón, o que los remató cuando cayeron al agua: ¿Existió, realmente? Si existió, ¿fue una mantarraya o fueron tiburones?

La tercera, más compleja, se relaciona con la embarcación que apareció ese día en el horizonte, detrás de la cual partieron los dos hombres. ¿Era un barco real? ¿Era, por el contrario, una ficción producida por la angustia de un hombre, o nacida del deseo colectivo de los sobrevivientes de Clipperton?

Los cuatro testimonios directos que he encontrado sobre el episodio son contradictorios, y no despejan los interrogantes. Al contrario.

Primero: Carta de la enfermera María Noriega, esposa legítima del teniente Cardona, fechada en julio de 1940, en la que reclama su pensión de viuda al gobierno mexicano:

> Sr. General de División
> Lázaro Cárdenas
> Palacio Nacional
> Presente
> Soy viuda del Teniente de Infantería Secundino Ángel Cardo-
> na, quien por orden de la Secretaría de Guerra y Marina salió
> del puerto de Acapulco con un destacamento del 13 Batallón de

Infantería a las órdenes del capitán Ramón Arnaud, a bordo del vapor nacional *Corrigan II*.

Mi extinto esposo antes de salir del puerto, me informó que su estancia en la isla de Clipperton, a la cual se dirigían, sólo duraría un año; pero ese término se cumplió y mi esposo jamás volvió a verme, quedando abandonada con mis hijos y sin recursos, y esperando inquieta y aprisionando en mi corazón la alegría de volverlo a ver.

Pero la desgracia o el destino así lo quiso de tenernos alejados para siempre. Al amanecer del *día 4 de mayo del año 1915* avistaron un barco de vela que navegaba de oriente a occidente y al noreste de la isla, por lo que el capitán Arnaud y mi esposo, con la esperanza de salvarse, se hicieron a la mar en una barca de remos que improvisaron para seguir al barco sin lograr su intento, y hundiéndose en el mar.

Las personas que habían quedado en la isla, seguían febrilmente con la vista la marcha del barco fugitivo, que se alejaba más y más, y observaban con ansiedad y desaliento los desesperados esfuerzos del minúsculo botecillo, que se iba quedando atrás, sin lograr ser advertido. La embarcación al fin se perdió en el horizonte; sólo se veía el bote que bogaba difícilmente, perdiéndose en un jirón de nubes. Al disiparse estas pudo verse que el bote había desaparecido, se lo había tragado el mar (...).

Su atenta y segura servidora, María Noriega Vda. de Cardona.

Segundo: Bitácora del capitán norteamericano H. P. Perril, del cañonero *U. S. S. Yorktown*. Está fechada el miércoles 17 de julio de 1917, y el capitán Perril había oído ese mismo día el relato de los hechos de boca de un testigo presencial.

La mente del capitán Arnaud se desequilibró de tanto elucubrar sobre la situación desesperada de todos ellos, pues se consideraba el responsable de que las cosas estuvieran así.

Un día, *imaginando* que veía un barco a corta distancia de la orilla, obligó a sus hombres a abordar una lancha con el propósito de que remaran y lo llevaran hasta él, para pedir ayuda. *Los hombres se negaban a ceder ante el capricho del capitán, sabiendo bien que el barco existía sólo en su imaginación.* Finalmente obedecieron y se arrojaron en el bote a la pesada marejada.

Muy poco después, a través de sus binóculos, la señora de Arnaud vio que el bote se volteaba, y los vio desaparecer en el mar, que estaba repleto de tiburones.

Tercero: Relato hecho en 1982 por Ramón Arnaud Rovira, el hijo mayor del capitán Arnaud, quien debía tener seis o siete años en el momento de la muerte de su padre:

Un día de *finales de mayo de 1915*, (...)mi hermanita Alicia entró corriendo y dirigiéndose a mi padre decía: ¡Papá, un barco! (...). *En efecto, una pequeña figura se divisaba* por el noroeste. (...) La figura se hacía cada vez más clara, su ruta era de noroeste hacia sureste. Todos corrimos al muelle (...) Había pasado una hora más o menos desde que lo vimos y ya estaba frente a nosotros, sus destellos grises como el acero nos indicaban su posición, el sol lo iluminaba completamente.

A pesar de todos nuestros alborotos, el navío parecía no detenerse, seguía tranquilamente su ruta, ignorándonos. (...)

—¡El barco se marcha! ¿Por qué? No es posible, Señor, ¡Ten

piedad! ¡No nos abandones! –gritaba mi madre desconsolada. (…)

La marea empezaba a subir amenazadora. A esa hora ya era muy peligroso el mar y nuestra lancha no estaba en perfectas condiciones. El viento ya era fuerte. La barca luchaba contra la fuerza de las olas. Mientras, el buque seguía su camino. (…)

De pronto, una mole enorme los volteó, ¡era un gigantesco animal marino, *supongo que una mantarraya* que volcó la canoa![1]".

Cuarto: Versión del general Francisco Urquizo, escrita en 1954 y documentada en los anales y archivos del ejército mexicano:

El capitán Arnaud está tocando ya los límites de la locura…
Era el día 5 de octubre de aquel año de 1916.

Amanecía un día claro, apacible, con un sol deslumbrante (…). El vigía del faro dio el aviso de que en el horizonte parecía distinguirse la silueta de un navío.

Todo el mundo subió a la torre con la ávida esperanza de confirmar el aviso.

Era cierto. No era una cosa de espejismo ni de ilusión. Un barco se dibujaba muy lejano. Podría llevar el rumbo de la isla o pasar de largo frente a ella, pero ahí estaba.

Arnaud creyó perder el juicio; aquella era la oportunidad, la única oportunidad de liberar a su gente, y ante el temor de que

[1]   En: María Teresa Arnaud de Guzmán. *La tragedia de Clipperton.*

el barco siguiera su ruta sin pasar por la isla, se dispuso a salir a su encuentro, cortando el camino que se adivinaba iba a seguir.

Abordaron la única lancha que había y se lanzaron al mar bogando con toda la fuerza de su ánimo. Llevaba una larga vara con un trapo blanco para hacer señales.

La nerviosidad, la desesperación, la esperanza, les daban fuerzas a los hombres para remar sin desmayo.

Desde la torre del farallón, Alicia, sus hijos y las mujeres que quedaban, veían alejarse a la lancha y mentalmente oraban por el buen éxito de la empresa.

¡Que los vieran, Señor! ¡Que los vieran! (...)

Imposible.

Estaba escrito.

Aquel día 5 de octubre de 1916 fue fatal. (...)

Vieron con ansia, con desesperación, los que observaban, que de pronto la lancha inesperadamente se detenía y que había lucha a bordo de ella.

Una gran mancha negruzca aprisionaba a la débil embarcación y los remos de los hombres golpeaban furiosamente contra ella.

¡Era una mantarraya!

Fue cosa de instantes. Pudo más el monstruo marino que los débiles hombres y su barquichuelo. Viró la navecilla con rapidez y se hundió. Los hombres no aparecieron más. (...)

El mar estaba tranquilo como si nada hubiera pasado. La silueta del barco, indiferente, siguió su camino[2].

[2] Francisco Urquizo. *El capitán Arnaud.*

Acapulco, hoy.

Vengo a Acapulco a averiguar lo que pasó con Gustavo Schultz a partir del momento en que abandonó Clipperton, en el cañonero *Cleveland* de la armada norteamericana. En un diario de 1935 encuentro el primer dato, la punta del ovillo para desenredar la historia: El alemán nunca regresó a su tierra natal.

Después de que el capitán Ramón Arnaud lo echó de la isla, Schultz se quedó a vivir por el resto de sus días, que fueron largos, en el puerto mexicano de Acapulco. ¿Qué lo ató a un país que no sólo no era suyo, sino que además se descoyuntaba en la barbarie de una revolución? Una sola cosa: un compromiso de sangre. Un juramento hecho a gritos desde la costa de Clipperton, minutos antes de zarpar, a la mujer que amaba y que contra su voluntad dejaba atrás. Con las greñas rubias alborotadas por el viento y una expresión borrascosa en sus ojos de loco, le había prometido a Altagracia Quiroz que no descansaría hasta rescatarla, que se casaría con ella y que la haría feliz. Y si se quedó en México, fue para acometer la tarea imposible de cumplirle la promesa.

He averiguado la dirección de una de las casas donde vivió, aquí en Acapulco. Es un solar amplio, con una construcción de bahareque, en el barrio tradicional de La Pocita. Converso con los vecinos viejos del lugar, los que oyeron hablar de él y recuerdan su nombre. Les pregunto si llegó loco, si alguna vez estuvo enfermo de la cabeza.

—Loco no, nunca —me contestan—. El señor Schultz fue un prohombre aquí, en Acapulco. Una persona querida y respetada, porque él fue quien trajo el agua potable al puerto. El primer acueducto se le debió a él. ¿Ya visitó la Casa del Agua? Hoy es un lugar turístico, pero fue su hogar durante años. Primero vivió en esta colonia, en esta casa, y después, cuando trajo el agua, se fue para allá.

En la Casa del Agua aún se conservan los tanques, las bombas y los equipos hidráulicos que trajo Gustavo Schultz y que él mismo instaló y puso a funcionar, seguramente con la misma meticulosidad acuciosa con que se ocupó de la vía *decauville*, en Clipperton.

Unos años después se nacionalizó mexicano y aceptó un cargo público, que desempeñó con honradez y con tenacidad teutónica: la capitanía del puerto.

–¿Tuvo hijos? –le pregunto a la gente.

Me contestan que no, pero que en un orfanato adoptó a un niño mexicano, recién nacido, a quien dio su nombre y apellido.

Busco ahora a Gustavo Schultz, ese hijo adoptivo, donde me dicen que trabaja. Es dueño de un expendio de pollos en el Mercado Central de Alimentos de Acapulco. Los pasadizos están recién lavados a baldados de agua con desinfectante. Me pierdo por entre laberintos donde se apiñan todos los colores y todos los olores. Paso por las piñatas rechinantes, en forma de estrella, de barco, de toro. Paso por los mangos y las chirimoyas, las cincuenta y ocho especies de chiles, los Niños Dioses con coronas, mantos y tronos, los puestos de las costureras remendonas que esperan clientes frente a máquinas de coser antediluvianas. Circulo por entre elotes, camotes y nopales, por entre las mesas con butacos para sentarse a comer tacos, las flautas y las burritas que fríen cocineras veloces y sudorosas. Veo el huitlacoche y la variedad inverosímil de setas y hongos, me ofrecen sarapes a rayas, paliacates para el cuello y huipiles bordados a mano. Quieren que compre papel picado, calaveras de caramelo y flores de cempaxuchitl para los muertos. Flores de calabaza para la sopa y flores de Jamaica para el agua fresca. Atravieso los puestos de carne, empujando con el hombro piernas de res y cabezas de carnero. Llego por fin a los pollos.

Cuelgan de las patas en hilera, apretujados unos contra otros, feos y desplumados, y sus ojos muertos miran con hostilidad. Hay miles de pollos en más de 200 expendios, y por lo menos un vendedor en cada expendio. Voy de puesto en puesto, preguntando: "¿Usted es Gustavo Schultz, o lo conoce?"

–Él tenía su negocio aquí, pero hace unos tres años murió. Su hijo, que se llama igual que él, vive en Chilpancingo, Guerrero.

Gustavo Schultz el alemán, Gustavo Schultz su hijo, Gustavo Schultz su nieto. Busco en la guía telefónica de Chilpancingo, hago una llamada de larga distancia y converso con el último de los Schultz, el único de los tres que sobrevive. Su voz suena joven, y me dice que trabaja en política. A su abuelo lo recuerda muy rubio, muy blanco, de cejas espesas. Dice que ni su padre, ni él, que son morenos, se le parecen físicamente, porque sus lazos no eran de sangre. Confiesa que no conoce detalles del drama de Clipperton porque a la familia no le gusta recordar ese pasado doloroso.

No es más lo que me puede informar, reconoce, pero para no defraudarme me lee, por la bocina, una entrevista que guarda desde hace años. Fue hecha a su abuelo por el periodista Hernán Rosales y publicada en el diario *El Universal*, el 14 de mayo de 1935. Se trata de un relato en el que Schultz cuenta más sobre los demás que sobre sí mismo. El nieto lee con dificultad porque, según me aclara, las hojas del periódico ya están amarillas y borrosas. Por el teléfono me llega la historia del primer Gustavo Schultz, parcamente contada por él mismo.

Relata que en 1904, a los 24 años de edad, sin pensarlo dos veces, se embarcó en San Francisco hacia un lugar que nunca antes había oído nombrar, la isla de Clipperton. Allí trabajaría como representante de una compañía inglesa de fosfatos. Al llegar, el islote despoblado y yermo lo llenó de melancolía: "Llevaba yo una vida como la de Robinson Crusoe." Urgido de ver y tocar algo vivo y verde, hizo un viaje en velero desde Clipperton hasta la isla del Socorro, en el archipiélago de Revillagigedo, y de allá trajo trece cocoteros tiernos y 40 toneladas de tierra donde sembrarlos. Como no sólo de cocos vive el hombre, también importó compañía: una mujer joven, de nombre Daría Pinzón, y la hija de esta, Jesusa Lacursa.

De vuelta en Clipperton convivió con la mujer y vio crecer las palmeras que plantó, hizo trabajar a sus empleados como negros y trabajó él mismo como una bestia de carga. "Me encariñé con mi vida en ese desierto marino", cuenta. Sobre sus conflictos con Ramón Arnaud y sus días de violencia y de locura, Gustavo Schultz prefiere callar. Sobre la aparición de Altagracia Quiroz, confiesa: "Su presencia animó mi gran tristeza."

Se refiere a la llegada del capitán Williams a Clipperton y da por sentado que si aceptó viajar a México en el *Cleveland*, fue por su propia voluntad, y no obligado por nadie. Una vez en el continente Schultz recuperó la razón, si es verdad que alguna vez la había perdido, y se dedicó a buscar la manera de recuperar a Altagracia. En medio de la revolución que sacudía al país ella era una hoja más en la tormenta, y estaba tan perdida como tantos otros mexicanos. Llegar hasta Clipperton no era fácil, porque no se podía improvisar el viaje en un barco pequeño. Había que contar con la colaboración de algún gobierno que quisiera disponer de una embarcación grande con el solo fin de socorrer a los náufragos. Y en plena guerra, mientras morían miles de personas, una expedición para rescatar soldados del bando enemigo, no estaba en el orden de prioridades del gobierno mexicano.

Pero Gustavo Schultz no olvidó su promesa. Al contrario, el propósito de cumplirla se le convirtió en una obsesión que no le daba tregua. Regularmente hacía viajes a distintos lados para indagar por Altagracia Quiroz ante las autoridades reglamentarias y las rebeldes, ante los gobiernos depuestos y los electos. Relata, en la entrevista, que pasó un año de despacho en despacho y de dependencia en dependencia, repitiendo inútilmente su petición ante burócratas que se la solicitaban por escrito y la enterraban en los archivos, o que se ahorraban el protocolo y le cerraban de una vez la puerta en las narices. Convencido de que en los puertos del Pacífico había agotado todas las instancias, en junio de 1915 fue a Veracruz, sobre el Atlántico, a hablar con un funcionario de quien le habían dado buenas referencias como persona humanitaria y desinteresada. Se llamaba Hilario Rodríguez Malpica. Era un señor amable que oyó toda la historia, se preocupó por la suerte de los náufragos y nombró a Schultz comisionado para ir a Clipperton a rescatarlos. Durante días movieron contactos en el alto gobierno y recurrieron a influencias en la armada, hasta que lograron trazar un plan. Gustavo Schultz viajaría a Salina Cruz, puerto del Pacífico, y de ahí partiría hacia la isla en un barco llamado el *Corrigan III*.

Por fin tenía asegurado el apoyo del gobierno, la ayuda de la marina, el nombramiento de comisionado, el dinero para el viaje, la tripulación necesaria, la fecha de partida. Tal vez no le faltaba ni el ramo de rosas para entregarle a su prometida a la hora del reencuentro. "Pero la fatalidad –dice Schultz– hizo que al llegar a Salina Cruz encontrara al *Corrigan III* encallado en el muelle."

Como fue imposible reparar el *Corrigan III* –único barco disponible–, el viaje se desmontó y el alemán tuvo que volver a empezar de cero. Sus esfuerzos se prolongaron dos años más, sin resultados, y en enero de 1917 viajó de nuevo a Veracruz, a visitar al único hombre que lo había escuchado. Esta vez, sin embargo, hasta Rodríguez Malpica lo desalentó:

–Yo le recomiendo, señor Schultz, que no viva más de ilusiones. Mire las cosas con pesimismo. Lamento decirle esto, porque lo considero mi amigo. Pero usted tiene que reconocer que ya deben estar muertos. Su Altagracia Quiroz, y todos los demás, están muertos.

–Se equivoca, amigo. Yo le puedo jurar que esa mujer está viva y que se va a casar conmigo. Algún día. Además tengo la certeza de que ese día no está lejos. Usted, que se ha portado bien conmigo, va a ser el padrino de la boda.

Clipperton, 1915-1916.

Con un trapo atado al cabo de un palo –hacía mucho no tenían escobas– Alicia sacaba la arena de la casa. Esa tarea, que había acometido todos los días durante siete años, la obsesionaba aun ahora, que vivían en medio de escombros. El esfuerzo la agotó y tuvo que sentarse a descansar. En el pasado, cada vez que quedaba embarazada la invadían una alegría y una fortaleza que no le cabían en el cuerpo. Esta vez no. La desnutrición hacía estragos en ella. Andaba alicaída y avejentada, y se le había avinagrado el carácter. La atormentaba pensar en la competencia con su propia criatura por las escasas sustancias nutritivas que entraban en su organismo. Para darse cuenta de que el niño resentía la carencia aún más que ella, sólo tenía que mirar el tamaño de su panza, que a los cinco meses de gestación no alcanzaba el volumen de sus hermanos a los tres.

A Tirsa Rendón no le iba mejor. Con un mes menos que Alicia, también a ella el embarazo la estaba secando. Tirsa la brava, la fuerte, la que conseguía, ella sola, tres cuartas partes de toda la comida que consumían, le cedía el lugar a una Tirsa distante y apagada, que disimulaba su infinita fatiga con una fachada de indiferencia.

Alicia se levantó para terminar el oficio. Cada vez que barría una habitación, entraban los niños corriendo y la dejaban igual que antes.

–Me canso más si me pongo a regañarlos –decía– que volviendo a barrer.

Entró al cuarto pequeño contiguo a su dormitorio. En el lugar del vitral de colores, se abría ahora un gran hueco que dejaba pasar el viento. En vez de la silla ratona, volada por el huracán, había una caja de madera, donde se sentó. Abrió el baúl de sus cosas queridas. Sacó el uniforme de gala de Ramón: su guerrera de paño con doble abotonadura, charreteras y espigas todavía doradas, su chacó –aplastado de medio lado y con el galón desprendido–, su espada, sus botas negras. Sacó el vestido de novia con sus dieciocho metros de encaje y una docena de manteles y sábanas, entre ellas, la sábana santa de la noche de bodas. Dos trajecitos de marinero que habían sido de sus hijos mayores y que podrían quedarle bien a los menores. Alguna ropa suya, sin estrenar, comprada en la capital en su último –y único– viaje a México. Cuidadosamente envuelta en papel de seda envejecía una pastilla, a medio usar, de jabón Ivory. La sacó, la oliscó y la volvió a envolver. En un marco de plata con el vidrio roto sonreía una fotografía de su padre, de joven, vestido de blanco. Soltó la cinta de seda que ataba un enorme fajo de billetes y los contó: eran cuatro mil doscientos pesos, todo el dinero ahorrado con Ramón. Sacó su cepillo de mango de plata, se soltó el pelo y lo cepilló, por primera vez en meses. Se le caía a manotadas, y formó una bola con el que quedó enredado en las cerdas.

–Cuando llegue Tirsa –habló sola– voy a decirle que mañana mismo nos cortamos el pelo. La melena ya no nos sirve para nada y en cambio se está chupando el calcio y el hierro de los bebés.

Abrió su joyero. Adentro estaban el anillo y los zarcillos de diamantes, un prendedor de zafiros, varias argollas y cadenas de oro y unas ramitas de coral negro que los niños sacaron del mar para regalarle. En el fondo encontró lo que buscaba: el collar de perlas grises que Ramón le trajo del Japón. Se lo puso y lo acarició largo rato, como si quisiera grabarse, en la yema de los dedos, hasta las mínimas irregularidades de cada perla.

Dobló todo y lo acomodó de nuevo en el baúl, menos las sábanas y manteles. Los necesitaba para taparse por la noche, secarse después del baño, vestir a los niños y cortar pañales para los que venían en camino. Se quitó la batola tosca, de vela de barco, que tenía puesta, y se envolvió la sábana santa en el cuerpo, como túnica. Cerró bien el baúl y lo arrastró hasta el balcón, descansando de trecho en trecho. Cuando logró colocarlo en el borde, le pegó un empujón. El baúl cayó metro y medio y se clavó en la arena. Ella bajó luego y estuvo el resto de la mañana cavándole un hoyo alrededor.

Ramoncito vino a ayudarla.

—¿Qué haces, mamá?

—Entierro este baúl.

—¿Para qué?

—Para que no se dañe lo que hay dentro.

—¿Y qué hay dentro?

—La ropa y el dinero que voy a necesitar el día que nos rescaten.

—¿Nos van a rescatar?

—Tal vez.

—Yo no me quiero ir. ¿Tú sí?

—Yo sí.

—¿Por qué, es mejor en otro lado?

—Mucho mejor. Tal vez.

—¿Y para qué necesitas ropa el día que nos rescaten?

—Para no dar lástima.

—¿A mí también me guardaste ropa?

—No, a ti no. La que tenías te queda pequeña.

—¿Entonces yo voy a dar lástima?

—No. Te voy a comprar un vestido nuevo apenas desembarquemos. Y zapatos.

—No me gustan los zapatos.

—Allá te van a gustar.

—No me gusta allá. No me quiero ir.

Las demás mujeres andaban por el acantilado. Todos los días se descolgaban por los escalones de la roca escarpada, sacándole el quite a las olas, para arrancar calamares, ostras y langostinos. Tirsa, la más hábil para ese oficio, ya no podía hacerlo y se limitaba a dirigirlas desde arriba. Alicia oyó sus voces.

—Se acercan —le dijo a Ramón— acabemos de enterrar esto rápido. Vuelven temprano, debieron encontrar mucha pesca.

Venían en estampida, desbocadas como potros, y no traían nada de comer. Se pararon alrededor de Alicia, sin decir nada. Las vio sofocadas, desencajadas, con ojos de espanto.

—¿Qué fue, por Dios? ¿Alguna se cayó?

—No, señora.

—¿Qué pasó? ¿Por qué no me dicen qué pasa?

—Porque nos reprende si le decimos, señora.

—¡Los niños! ¿Algo malo con los niños?

—No, con los niños nada. Es que en el acantilado vimos... vimos a Lucifer.

—¿Vamos a empezar otra vez con eso? —ladró Alicia, sin disimular la furia.

Llegó Tirsa, que venía rezagada.

—Es cierto, Alicia —dijo—. Esta vez lo vi yo también.

–¿Viste al demonio? ¿Tú también? –había más ironía que sorpresa en la voz de Alicia.

–Sí –dijo Tirsa–. Yo también. No sé si era el demonio, pero era alguien bien horrible.

Todas se soltaron a hablar a la vez: Era alto, grandote, muy negro, con los pelos parados y rojos, era peludo por todo el cuerpo, era peludo sólo por la espalda, los ojos echaban fuego, no, los ojos eran humanos pero la boca era de bestia. Caminaba en cuatro patas, pero la cara era de hombre, no caminaba en cuatro, sólo en tres, sea lo que sea en dos patas, como la gente, no caminaba. Tenía la piel oscura, reseca, tenía piel con escamas, como las iguanas. Olía fétido, antes de que apareciera en lo alto del acantilado sintieron su hedor, como a muerto. Iba desnudo y sus partes eran las del demonio, o por lo menos muy grandes, en cualquier caso macho sí era, de eso no cabía duda.

–Demonio seguro que no es –sentenció Alicia–. Así que es hombre, o es bestia. O no es nada, como tantos espectros que han rondado por aquí.

–Es bestia –dijeron unas.

–Es hombre –dijeron las otras.

–¿No será un náufrago, que llegó? –preguntó Alicia.

–Pues si es náufrago –contestó Tirsa– debe llevar años viviendo en el fondo del mar.

Decidieron que un grupo, armado de palos y con Tirsa a la cabeza, daría una vuelta a la isla. Recorrerían los lugares por los que no se asomaban desde que habían limitado a lo indispensable su radio de acción.

–Mejor no vayamos hoy, que ya es tarde y nos agarra la noche –pidió Benita.

—Sí —dijo Tirsa—. Mejor mañana, con luz.

—Mejor nunca —dijo Alicia—. No lo busquemos, esperemos a que aparezca. No hay prisa, hasta ahora no nos ha hecho mal.

Durmieron intranquilas, aunque esa noche nada apareció. Al amanecer, Alicia las llamó a la playa. Cuando llegaron, encontraron que Tirsa tenía dos cuchillos de cocina y los afilaba con una piedra.

—¿Vamos a cazar a ese demonio que vimos? —preguntaron.

—No. No vamos a cazar ningún demonio. Nos vamos a cortar el pelo —anunció Alicia— porque nos estorba para trabajar. Además ya no tenemos cómo cuidarlo, y andamos con unas greñas que meten miedo. Esto ya lo hemos discutido muchas veces entre todas, está decidido hace tiempo y es la hora de hacerlo. ¿Cuál es la primera voluntaria?

Pasó Rosalía, después Benita y Francisca. Alicia y Tirsa agarraban los largos mechones, los trasquilaban apenas por debajo de las orejas y los tiraban en un solo montón, que parecía un animal dormido y lanudo. Luego Alicia se lo cortó a Tirsa, y Tirsa a Alicia. Alguna trajo el trozo de espejo, se miraron con las melenas cortas y se rieron.

—¿A ver cómo quedaste? —le dijo Francisca a Benita—. A que así no consigues novio.

—Y a quién querías que consiguiera, ¿al monstruo del acantilado?

—Yo estoy esperando a que este niño crezca para casarme con él —dijo Rosalía, alzando a Ramoncito y dándole besos ruidosos en la cara—. Y de aquí a que crezca, voy a tener el pelo largo otra vez.

—Ya estamos todas pelonas —dijo Alicia—. Alta, faltas tú.

–Yo no, señora, yo no me lo corto.

–Vamos, que no comes suficiente para ti y para tu pelo.

–No, señora, no puedo... porque al alemán le gusta.

–Sea pues. Esta muchachita está loca de amor.

Las niñas llegaron corriendo con la muñeca de porcelana, andrajosa y aporreada.

–¡Alta! ¡Altita! Hazle una peluca de verdad –le pidieron–, que ella está aburrida de andar pelona.

–Pelona, manca, tuerta... Esta pobre no tiene arreglo –dijo Alta, y escogió el mejor mechón para hacer la peluca.

En la tarde Benita se apartó del grupo para ir a salar pescado. Regresó jadeando, con la cara encendida.

–Señora –le dijo a Alicia– apareció el monstruo. Es... Es Victoriano Álvarez.

–¿Qué dices? –Victoriano Álvarez murió hace meses.

–No, señora, no murió.

–Pero qué estás diciendo, si lo mató el escorbuto.

–No lo mató. Lo desfiguró, pero no lo mató.

–Sería otra aparición. ¿Lo tocaste?

–Me tocó él a mí, y bien que me tocó.

Benita contó que estaba cortando el pescado en lonjas y quitándole las espinas cuando sintió un olor feo que se le atascaba en las narices. Pensó que la laguna estaba arrebatada, o que tal vez quedaba algún cadáver sin enterrar. El monstruo se le acercó, sin hacer ruido, por la espalda. Cuando ella se dio cuenta, pegó un respingo y un grito y él le dijo que no se asustara, que era Victoriano.

–¿Victoriano Álvarez? ¿Estás muerto? –había preguntado Benita, a media voz apenas.

–Estuve casi muerto, pero resucité yo sólo.

Ella observó al ser de ultratumba que tenía delante y reconoció un parecido remoto con el guardafaros, con el negro entero y macizo de otros tiempos. Las piernas se le habían curvado y plagado de forúnculos y para sostenerse en pie necesitaba apoyarse en un palo. Tenía la piel manchada como una hiena, la pelambre de la cabeza se le disparaba roja, como una llamarada, y a lo largo del espinazo le crecían mechas tiesas y entorchadas, como sacacorchos. Tenía los ojos saltones de los batracios y las encías hipertrofiadas, sin dientes.

—¿Por qué estás tan feo, Victoriano? —preguntó Benita.

—Así me dejaron la enfermedad y el hambre.

Dijo que estuvo muchos días muerto en su hamaca, en la guarida del faro. Que durante la ausencia de su alma los cangrejos invadieron la cabaña. Cuando despertó, pudo comérselos con sólo estirar la mano y eso lo salvó, porque la debilidad no le permitía moverse. Para calmar la sed, se arrastró por el suelo y se tiró boca arriba bajo la lluvia. Como pasaba el tiempo y no había señales de otros humanos, creyó que todos habían muerto y que era el único sobreviviente. Recuperó algo de fuerza y cazó y comió pájaro bobo, crudo, apestoso a yodo, baboso. Como no podía pararse se quedaba ahí, quieto como una piedra, y esperaba horas a que un pájaro se acercara para pegarle el manotón. Mucho después pudo ponerse de pie. Con la ayuda de una vara daba un paso, dos pasos, se caía. Reptaba de vuelta a la hamaca y se quedaba acostado hasta recuperar el aliento para volver a intentar. Pasaron días y noches y logró meterse al mar y pescar, a lanzadas de fusil con bayoneta calada. Empezó a tener indicios de que no estaba solo, a sospechar que alguien más vivía, y cada vez llegó un poco más lejos, para buscar. Dijo que el dolor de las piernas lo atormentaba y que caminar era un calvario. Hacía dos semanas las había descubierto a ellas, a las mujeres, y las espió, de sol a sol, sin que lo vieran. Supo que los demás hombres estaban muertos: supo que el último varón, en la isla de Clipperton, era él.

—¿Por qué no pediste ayuda? —le preguntó Benita.

—Cuando la pedí, quisieron matarme.

Victoriano le contó de la golpiza con que le molieron los huesos el día del entierro de los Irra.

—Los que te golpearon ya están muertos —dijo la mujer—. Ven conmigo a la casa, que la señora Alicia y las demás te van a recibir bien.

El negro aceptó, y por el camino sacó un cuchillo y la chuzó con la punta en la garganta.

—Primero quiero mujer, así que tiéndete —contó Benita que le ordenó Victoriano.

—¡María Santísima! ¿Y tú qué hiciste? —le preguntó Alicia consternada.

—Pues tenderme, señora, qué otra cosa —respondió Benita, sin entrar en explicaciones—. Ahora está aquí, a la vuelta, esperando a que usted le autorice a entrar.

Alicia mandó que lo llamaran. Primero les llegó su tufo de perdonado por la muerte, y cuando cruzó la puerta, se encontraron frente a frente con el propio monstruo del acantilado. Era cierto: el escorbuto, el reumatismo y el raquitismo habían convertido a Victoriano Álvarez en un esperpento. De todas maneras se alegraron de verlo y al rato se acostumbraron a su nuevo aspecto. Aunque estuviera en estado tan lamentable, era bueno tener un hombre alrededor.

—Estás mal, pero estás vivo, Victoriano —le dijo Alicia.

—Pero no gracias a ustedes.

—Nosotras tampoco estamos vivas gracias a ti. Pero no es hora de recriminaciones. Podemos ayudarte y tú puedes ayudarnos. Si te comportas. Lo que hiciste con Benita fue un abuso, una maldad. Si quieres convivir con nosotras, eso no debe repetirse nunca jamás.

—Necesitaba mujer, después de tanta soledad.

—La próxima vez le preguntas si quiere estar contigo.

—¿Y si no quiere?

—Pues te aguantas las ganas, como hacemos nosotras.

Le trajeron comida y él volvió a contar la historia de su lucha por sobrevivir.

—Al fin quedamos nosotras y tú —le dijo Alicia—. No es raro, las mujeres y los negros somos las dos razas más resistentes del planeta.

—Y ustedes se volvieron negras.

—Pues sí, mira no más, si estamos renegras, como tú. El sol nos puso a todos iguales.

—El sol y las penas, señora, que son las que más curten.

—Si las penas negrean, Victoriano, debemos tener el alma como un carbón.

Cuando se despidió para volver al faro, le dieron una de las sábanas, una cuchara y otras cosas que pidió prestadas. Lo vieron poco en los días que siguieron. Sabían que a veces pasaba cerca, porque detectaban su olor a tumba y porque aprendieron a reconocer el crepitar de sus huesos y el ruido de sus pasos encogidos. Alicia y Tirsa sospechaban que el propósito de sus viajes era encontrarse, a escondidas, con Benita. De tanto en tanto aparecía por la casa, trayendo mariscos o pescado. Ellas le daban de comer y él se sentaba por ahí, sin decir nada, a rumiar la comida con su boca chimuela. Cuando conseguían, le daban algún remedio para sus males. Aceite extraído del hígado de un bacalao, que bien frotado calentaba el cuerpo y aliviaba el reumatismo. O pasta de concha de nácar para las cicatrices viejas, que le escocían, según se quejaba.

Una noche se hizo tarde y Benita no llegó a la casa. Anduvieron por los alrededores llamándola y no respondió. Se imaginaron que estaría en la guarida del faro y fueron a buscarla. Las recibió Victoriano, atravesado en la puerta para impedirles la entrada.

—Venimos por Benita.

—Ella está conmigo, y de aquí no se la llevan.

—Benita ¿quieres quedarte? —gritó Alicia.

—Sí, señora, yo me quedo —salió de adentro la voz.

No volvieron a toparse con ninguno de los dos en varias semanas, hasta una mañana en que sacaban camarón del acantilado. Fue Rosalía la que encontró el cadáver de Benita. Tenía la cabeza abierta, y marcas en todo el cuerpo.

—¡Se desbarrancó y se descalabró, la pobre!

—¿Qué tiene en el cuerpo? ¿Tanta marca roja?

—Son besos de Judas...

—La chuparon los pulpos...

—No —dijo Tirsa, lenta y sombría—. La golpeó Victoriano y la mató. Y va a venir a llevarse otra.

Esa misma noche lo sintieron acercarse, invisible por entre la oscuridad. Cuando el aire se puso rancio y se oyó crujir de tibias y fémures, Alicia y Tirsa le salieron al encuentro, echando por delante sus panzas de embarazadas.

—Eres un asesino, y a la casa no entras.

—Entro donde quiero, porque ahora yo soy el gobernador.

Se descorrió la cortina de nubes que tapaba a la luna, cayó del cielo una luz lechosa y pudieron verle la facha pendenciera de pirata lépero, de guerrillero zarrapastroso: llevaba tres puñales en la cintura, el fusil en bandolera y un garrote empuñado.

—¿Por qué la mataste?

—La maté por igualada y por ociosa. Váyanlo sabiendo: ahora yo soy el gobernador, yo mando, todas las mujeres son mías y hacen lo que yo quiero. A ustedes dos me las llevo después de que hayan parido.

—Vas a pagar tus crímenes, Victoriano —amenazó Alicia.

—Ay, señora, quién me los va a cobrar, ¿usted?

—La justicia, cuando vengan por nosotros.

—No van a venir, y si vienen, antes las mato a todas, para que no haya quien cuente. Si no quieren una paliza ya mismo, se me quitan del medio porque voy a entrar.

Las empujó con un trancazo de su brazo zurdo, se metió a la casa, agarró a Altagracia, la zamarreó, la tumbó y la arrastró del pelo. De su largo pelo endrino, tan azul y reluciente.

—A esta me la llevo conmigo —dijo— para que me cocine y me quiera.

Se alejó, meciéndose dolorosamente sobre sus piernas temblonas y cargando a Altagracia en el hombro. Ella se dejó llevar como si fuera un costal de harina, cerrando los ojos, los oídos y el entendimiento para no ver, ni oír, ni sentir. Su pelo caía hasta el suelo y lo barría, dejando una estela por entre piedrecitas y caracoles.

Horas más tarde se adelantaba el parto de Alicia. Le nació un niño sietemesino, etéreo y frágil como un suspiro y con una cara tan angelical que creyeron que no tardaría en volver al cielo. Para que no se quedara a mitad de camino, penando en el purgatorio, lo bautizaron inmediatamente con agua en la cabeza y sal en la boca, y le pusieron el nombre del padre de Ramón, Ángel Miguel. Alicia no pudo alimentarlo.

—La angustia no te deja bajar la leche —le dijo Tirsa.

Lo mantuvieron vivo a cucharaditas de agua de coco con clara de huevo de pájaro, hasta que vino el parto de Tirsa. Tuvo una niña que se llamó Guadalupe Cardona, grande y resistente, y Tirsa les dio el pecho a los dos. Ni una ni otro quedaban satisfechos y la vida se les iba en llorar, Lupe con alaridos llenos, vigorosos, y el niño con gorjeos de pajarito enfermo. Pero ni una ni otro quisieron morirse y ambos se aferraron a la vida, a plena conciencia.

Alicia y Tirsa sabían que les había llegado la hora de enfrentar a Victoriano. Armas tenían —algunas pistolas y viejas carabinas de dotación— pero municiones no. Se habían agotado hacía años.

—Es como tener madre, pero muerta —comentó Tirsa.

A pesar de la debilidad, el negro seguía siendo un hombre poderoso y un tirador certero, la adversidad lo había vuelto malo, cruel y fiero, y enfrentársele era para ellas como desafiar una montaña.

—Sea como sea, tenemos que matarlo. Es nuestra obligación —opinaba Tirsa, y de ahí no la sacaba nadie.

—Nuestra única obligación es permanecer vivas, por nuestros hijos —le respondía Alicia, y de ahí tampoco la sacaba nadie.

El desacuerdo y el miedo las paralizaban, y aunque las agobiaba la certeza de que para Altagracia cada minuto podía ser el último, se pasaban las noches discutiendo qué hacer y no hacían nada. Finalmente se transaron por una fórmula intermedia. Intentarían matarlo, pero sin exponerse a que las matara.

—Veneno —dijo Alicia, y corrió a rebuscar entre los frascos que quedaban de la farmacia de Ramón. La mayoría estaban rotos, vacíos o secos, pero la botella azul que buscaba estaba intacta. Nunca había sido siquiera destapada. Se conservaba hasta la etiqueta con el nombre "Agua Zafia (Arándula Vertiginosa)", un letrero en rojo que rezaba "Puede ser letal" y las indicaciones de empleo, de puño y letra de Arnaud: "Una gota disuelta en medio vaso de agua y tomada después de la comida cura la acidez, dos, a las once, estimulan el apetito, cinco constituyen un afrodisíaco notable, diez gotas tomadas diariamente son un gran tónico cardíaco y alargan la vida, treinta gotas, tomadas de un tirón, la ponen en peligro, dos cucharadas de agua zafia matan a cualquiera."[3]

Necesitaban la complicidad de Altagracia y buscaron la manera de comunicarse con ella sin que Victoriano se percatara. Descubrieron que podían hacerlo temprano en la mañana, a la hora en que el negro dormía más profundamente. A Altagracia la encontraron encerrada dentro de sí misma; resguardada, amurallada e intocable en la fortaleza de sus sueños.

—¿Te lastima mucho? —le preguntaron en voz baja, para no despertar al hombre.

—Lastima mi cuerpo, no más —respondió—, porque mi cabeza

[3]   Jorge Ibarguengoitia. *Dos Crímenes.*

siempre piensa en quien me quiere, y se va, con él, muy lejos de aquí.

—A ti te salva el recuerdo del alemán —le dijo Alicia— y a nosotras nos vas a salvar tú.

Le entregaron un caldo de pescado, espeso y cargado, con dos cucharadas grandes de agua zafia diluidas adentro. Le explicaron que tenía que hacérselo tomar para que se muriera. Que no lo fuera a probar ella, ni un solo sorbo. Que le dijera que lo había preparado especialmente para él.

—No me va a creer —protestó Altagracia— porque no le cocino ni cuando me zurra para que lo haga.

La convencieron, la abrazaron, le echaron la bendición y se devolvieron. Durante dos días estuvieron sin noticias, ni de Altagracia ni de Victoriano, y se atormentaban barajando posibilidades:

—Sólo debió tragarse la dosis de afrodisíaco y ahora viene y nos viola a todas.

—O la dosis de alargar la vida y ya no lo truena ni un rayo.

—O el veneno le abrió el apetito y quiere más caldo...

Al tercer día apareció, iracundo como una fiera y más demacrado y horrendo que de costumbre, porque, según gruñó, se tomó el caldo y vomitó setenta y dos horas seguidas. Les pegó a todas, las zarandeó del pelo, les quitó las carabinas, las pistolas, las herramientas y hasta los cuchillos de cocina, para que no pudieran usarlos en contra suya.

—Así que querían matarme, hijas de puta. Las voy a matar yo a ustedes y me quedo con sus hijas, que están más tiernas, y les enseño desde pequeñas a quererme y a no traicionarme por la espalda.

Un día Alicia se levantó decidida. No tenía descanso desde que Victoriano había amenazado a las niñas. Tenía que cumplir con su deber, aunque su deber fuera cometer un acto atroz. De madrugada, les dio el desayuno a sus hijos. Envolvió a Ángel en un rebozo y se lo colgó a la espalda, como le habían enseñado las otras, agarró a Ramón de la mano y llamó a Alicia y a Olga.

—¿A dónde vamos, mamá?

—A la roca del sur.

Los niños se entusiasmaron, acordándose del tiempo en que su papá los llevaba de excursión. Ahora su mamá lo hacía con frecuencia, pero no era igual. Llegaban hasta la cumbre de la roca, y ella se paraba al borde del abismo, sin decir una palabra. No les mostraba las estrellas, como él, ni les hablaba de la dirección en que soplan los vientos. Nada más se estaba quieta, perdida en sus pensamientos, mientras ellos jugaban. Hasta que decía, de repente, "Volvamos, niños, que se acabó el paseo", y no valía rogarle que se quedaran un rato más, ni pedirle que bajaran por el agujero hasta el fondo de la roca. Pero no importaba: también iban contentos.

Las niñas corrieron delante y Alicia tuvo que trotar para alcanzarlas. Cuando se acercaron al lugar, con el sol ya alto, les ordenó, como siempre, hacer silencio para no despertar a Victoriano, y caminar agachados para que no los viera si se despertaba. Ellos obedecieron divertidos, nerviosos, con los ojos brillantes, tapándose la risa con la mano.

Alicia escalaba con el chiquito a cuestas, pero pesaba tan poco que no lo sentía. Su hijo mayor la guiaba, le indicaba dónde apoyar el pie. Ella temblaba, porque estaba decidida a hacer lo que otras veces no se había atrevido. Ahora era distinto, porque el tiempo se agotaba. Era ya o nunca; después sería demasiado tarde.

Las niñas trepaban descalzas por el risco, agarrándose de los resquicios de la roca, morenas y desnudas, ágiles y eléctricas, como los monos.

Cuando alcanzaron la cima, Alicia miró hacia abajo y se le encogió el corazón. "Esto es una locura horrible" –pensó. Otras veces se había parado allí mismo, había repasado la escena en su cabeza, la había ensayado mentalmente para no fallar a la hora de la hora. Noche tras noche se preparaba para este momento. Pero ahora que era definitivo y no había vuelta atrás era distinto a todo lo previsto, aun en los vuelos más oscuros de su imaginación. La roca era más hostil, más inclemente. La altura, que le había parecido tolerable, se abría como una boca negra, sobrecogedora y abismal. Durarían siglos en caer al fondo, se golpearían en el trayecto, se destrozarían el cuerpo antes de llegar al agua. No morirían enseguida, como calculaba, sino que descenderían despacio por entre la bruma, y los niños tendrían tiempo para pensar, para darse cuenta de lo que pasaba, para sentir pánico, para llamarla a gritos, para pedirle ayuda, para no perdonarla por toda la eternidad. "Nada, esta vez también nos devolvemos por donde vinimos", dijo Alicia, pero se acordó de Victoriano. De su amenaza de matarla a ellas y violar a las niñas. Si tocaba a las criaturas, si las maltrataba, ¿se lo perdonaría a sí misma? ¿Se lo perdonaría Ramón? "Me tiro con mis hijos, no queda otra."

Se dio cuenta entonces de que ellos no se iban a quedar quietos, esperando a que los empujara. Iban a correr, a escabullirse, a defenderse, y tendría que perseguirlos. Antes no se le había ocurrido, tal vez porque nunca había sido en serio. Los había imaginado agarrados de su mano y saltando con ella al vacío, inconscientes, adormecidos, cansados de vivir, resignados, entregándose a la muerte con docilidad. Pero los seres que tenía al frente, jugando y brincando, bullían de vida, eran la vida misma, y se aferrarían a ella con una energía todopoderosa, imposible de quebrar. "Perdóname, Dios mío, por pensar en una atrocidad tan absurda. Lo que tengo que hacer es matar al negro." Se sintió fuerte y decidida. Tenía el sable de Ramón escondido. Lo haría. Tirsa y ella matarían al negro. ¿Podrían? ¿Les serviría de algo ese sable enorme y oxidado? No, no podrían. Lo más probable era que el negro las matara primero, y que los niños quedaran en sus manos. "No hay ninguna otra salida –pensó–. Hoy no hay regreso."

La sorprendió el volumen de su propio dolor. Aunque en el fondo de su alma sabía, o quería saber, que esta vez tampoco saltarían, sufría como si fueran a hacerlo. Creía que ya había sentido todo el dolor que un ser humano puede resistir, que lo conocía al derecho y al revés, que era un territorio familiar y sin sorpresas. Pero el de ahora era cien veces, mil veces peor que todo el anterior. Se espantó al ver la intensidad de la angustia que su corazón podía aguantar sin reventarse.

Los niños encontraron el agujero que daba al interior de la roca, por el que años atrás habían descendido Ramón y sus hombres buscando el tesoro.

–¡Mira mamá, cuánto murciélago!

–¡Ven mamá, que son bien asquerosos los sapos!

–Mamá, ayúdame a agarrar uno, mamá.

Alicia comprendió, de pronto, que eran niños felices.

Muchas veces los había visto hacer lo mismo, decir lo mismo, jugar igual, y no se había dado cuenta. Ahora lo veía claro: esos años que para ella habían sido tragedia, para ellos eran simplemente la vida. No tenían otra para comparar, no añoraban nada. Como las otras veces, se convenció de que debía bajarse caminando de la roca, volver a su casa, olvidarse de soluciones demenciales. ¿Cómo iba a matar ella a sus hijos, si ni el hambre ni Victoriano habían podido hacerlo todavía? Imposible. Absurdo. Atroz. No lo haría. Por ningún motivo lo haría. El dolor disminuyó y la dejó respirar de nuevo, le vino un repentino amor por la vida, y ver a los niños vivos, a pesar de todo vivos, la puso feliz.

Casi les dice, como en ocasiones anteriores, "Volvamos, niños, que se acabó el paseo". Pero se acordó de los tres años que llevaban abandonados, sin remedio ni esperanza. Pasarían así tres más, y tres nueve y tres doce y tres quince. Se le atragantaron las palabras en la garganta y no dijo nada. Mejor sería saltar de una buena vez.

Se decidía, se asomaba al abismo, miraba a los niños, se arrepentía, los abrazaba, se decidía, agonizaba en la duda, ya no le daba más el corazón. El sol aún no llegaba a la mitad del cielo, y sobre el mar se extendía una capa de neblina verde.

Detrás de la neblina, sobre el horizonte, Alicia advirtió un resplandor. Un relumbrar de puntos brillantes, móviles, que titilaban, se apagaban, ahora estaban, ahora no. Como cuando de niña, en Orizaba, se asomaba a su ventana y veía en el cielo, muy alto y muy lejos, los fuegos artificiales con que el pueblo vecino celebraba las fiestas de su santo patrón. Pero estos estallaban bajito, a ras del agua.

—Lo que me faltaba —dijo—. Un barco fantasma...

Sintió mareo y escalofríos en todo el cuerpo.

–Ay Ramón, no me hagas esto. No me mandes visiones a mí también, que bien cara nos costó la tuya.

Se frotó los ojos, se mordió los labios, y los puntos seguían ahí. Se compactaban, se volvían una masa sólida.

–Ay Ramón, no te burles, ahora no. Sácame ese fantasma de los ojos y mándame fuerzas para saltar, antes de que vuelva a acobardarme el dolor.

Los niños, perdidos en su mundo, alborotaban, se le prendían a las piernas, la jalaban. Como siempre, querían meterse entre la roca, querían cazar un sapo, querían saber si los murciélagos fumaban. Ella permanecía inanimada, sorda, muda y lela, sin despertarse de la alucinación. Aquella cosa gris avanzaba hacia la isla, atravesando las olas y dispersando la neblina.

–¡Ramoncito! –llamó a su hijo–. Ven acá. Dime qué ves allá. Pero no mientas, no inventes. Sólo dime qué ves.

–Un barco, mamá.

Ahí estaba, frente a ellos, en el mar. Metálico y contundente, idéntico al que apareció reflejado en las pupilas de su marido, horas antes de su muerte.

–Hazle señas, hijo –se arriesgó a decir Alicia, con una voz débil y quebradiza, como de vidrio.

El niño agitó los brazos. Alicia no se atrevía, no quería caer en la trampa. Toda ella permanecía inmóvil, salvo su corazón, que galopaba. No haría señas. No gritaría pidiéndole auxilio a un espectro. Era sólo un sueño, y tenía que despertar. Ya que todo estaba perdido, al menos conservaría la razón. Recordó su propia ley: no existe sino lo que podemos tocar. Aquel barco era intangible, no existía. Ramoncito chillaba:

–¡Aquí estamos! ¡Aquíííííí!

Las dos niñas vinieron a averiguar qué pasaba y enloquecieron cuando vieron el barco. Ramón se quitó el pedazo de tela que le servía de taparrabos y lo agitó. Las niñas lo imitaron. Se dejaron llevar por el delirio. Corrían en todas direcciones, pedían socorro, sacudían los trapos como posesos.

–¡Auxilio! –Alicia se sorprendió al oír su propia voz.

Ese primer grito fue una puerta que se abrió en su garganta, permitiendo que saliera toda la esperanza contenida en años de tragársela entera y guardarla adentro. Ahora ella también corría, gritaba, se reía, rezaba, besaba a los niños.

–Este sí es de verdad, Ramón, ¡Este sí es de verdad! –repetía mirando hacia arriba, más para convencerse a sí misma que para informarle a su marido.

El barco estaba más cerca y pudo ver su insignia: era de bandera norteamericana. Una punzada de pánico la petrificó: ¿Y si no los veía, y se devolvía? No era mexicano y por tanto era probable que se limitara a pasar de largo. A menos que lograran detenerlo.

–¡Gritemos fuerte, que nos oigan! –le ordenó a los niños, y ella misma puso su alma en cada grito.

En el furor de la algarabía, Alicia se arrancó la sábana santa, que llevaba envuelta alrededor del cuerpo. Desnuda como sus hijos, con Ángel a las espaldas, gloriosa y resplandeciente de ganas de vivir, batió en el aire la gran tela blanca.

–Sirve para algo, trapo –mandó– ¡Haz que nos vean!

Cañonero *U.S.S. Yorktown*, altamar, 1916.

A las seis y cuarto de la mañana del miércoles 18 de julio, en medio de una oscuridad que hacía pensar que la noche aún no terminaba, el capitán H. P. Perril se asomó al puente de mando. Lo aturdió una cortina lechosa y en un primer instante no supo si era la niebla que aparecía ante su cara, o las nebulosas dentro de su propia cabeza a medio despertar. Nadie había podido dormir bien a bordo del *Yorktown* por el exceso de movimiento y el calor sofocante. Varios de los hombres lo habían intentado acostándose al aire libre sobre la cubierta, pero unos chubascos indecisos y recurrentes los habían forzado a volver adentro. El propio capitán sólo había logrado atrapar un sueño desleído hacia la cuatro de la mañana, que se había vuelto profundo poco antes de que lo despertaran, como todos los días, a las seis.

Lentamente se fue conectando con el mundo: del suroeste soplaba un fuerte viento, y un mar desasosegado los sacudía sin perdón y sin ritmo. Le preguntó al timonel si podía ver algo y este le contestó que sólo la niebla. La falta de visibilidad duró hasta las nueve y cincuenta de la mañana, cuando el vigía gritó que divisaba tierra.

—Ese muchacho tiene ojo de águila —comentó Perril, forzando inútilmente la vista.

Debieron pasar quince minutos antes de que pudiera atisbar una sombra gris en la distancia. A medida que se acercaban a ella, la sombra se oscureció adquiriendo primero la forma elevada de una vela de barco, y después, la de un castillo. Era Clipperton, sin duda. Era la gran roca que, según las descripciones, la isla tenía sobre su costa suroriental. El capitán Perril sintió un leve malestar. Ni él, ni sus hombres, tenían deseos de llegar allí. Pero antes de zarpar de San Francisco, el almirante Fullam, comandante en jefe de la Flota del Pacífico de los Estados Unidos, les había comunicado que tendrían que incluirla en el itinerario. Estaban en medio de la guerra mundial y corrían rumores de que los alemanes, aprovechando la relación tensa entre el gobierno mexicano y el norteamericano, habían instalado estaciones de radio o bases para submarinos a lo largo de la costa pacífica de México. El cañonero *Yorktown* tendría que hacer un minucioso recorrido de inspección.

Era una monótona labor de rutina y la tripulación estaba ansiosa por entrar en acción, así que recibió la noticia con desgano. Antes de que el cañonero abandonara tierra firme, fijaron uno a uno los puntos que tocaría durante el trayecto. El almirante Fullan colocó su cuadrante sobre el mapa y trazó una coordenada desde Honolulú hasta Panamá. Clipperton quedaba justo sobre la raya.

El capitán Perril protestó.

–Le voy a pedir una tontería, almirante. Usted sabe que a los hombres no les gusta pasar por esa isla. Son caprichos, desde luego, pero si hubiera manera de evadirla, sería mejor.

–Lo siento, capitán, no hay manera. Alcanza a estar dentro de nuestra área de operaciones –fue explícito Fullam, sabiendo a qué se refería Perril. Era uno de esos lugares que los marinos consideran de mal agüero, en parte por las dificultades que presentan para la navegación, en parte por superstición. En el caso de Clipperton las dos cosas parecían fundamentadas, porque el número de naufragios en torno a ella era extrañamente elevado.

El recorrido había sido, en efecto, lento y tedioso, y tal como habían previsto, los rumores no eran más que rumores y no habían encontrado ni el rastro de un solo alemán. Hombre de hechos concretos, el capitán Perril tenía la incómoda sensación de andar cazando brujas. Para rematar, ahora tendrían que pasar por Clipperton. Cuando Perril leyó los informes desfavorables que traían sus instrucciones de navegación sobre el acceso a ese lugar, se convenció de que no le convenía intentarlo a no ser a plena luz del día.

Por esa razón, la tarde del lunes 16 de julio redujo la velocidad calculando llegar a la isla el miércoles, cuando despuntara la mañana. El martes a las 8 p.m. enrutó el cañonero levemente hacia el este, de tal manera que, prolongando ese rumbo durante toda la noche, amanecerían ubicados a cinco millas del costado oriental de la isla. Sin embargo, la borrasca nocturna alteró un tanto los planes y a las seis de la mañana del miércoles no se encontraron, como esperaban, frente a Clipperton. Tampoco a las siete ni a las ocho, y el capitán Perril, convencido de que ya la habían dejado atrás, sintió cierto alivio y tomó la decisión de no volverse para buscarla. De ahí su malestar a las nueve y cincuenta, cuando a pesar de todo Clipperton emergió de la bruma saliéndole al encuentro.

Se había topado con ella más por azar que por voluntad, o en cualquier caso más por la voluntad de la isla que por la suya propia. A pesar de ser anglosajón y pragmático, el capitán Perril no dejó de inquietarse ante la idea de que ese lugar indeseable lo había atraído hacia su lado. A pesar de todo, el *Yorktown* se acercó a su costa sin ninguna dificultad. Navegaron alrededor del atolón mientras Perril observaba por el catalejo, sin encontrar nada anormal. Por el contrario, se decepcionó porque todo lo que vio era pequeño, yermo, quieto, insignificante. Nada que estuviera a la altura de la leyenda negra. Lo único vivo eran unas personas que se despedían con pañuelos. Nada fuera de la rutina. Un rato después la gente seguía agitando los pañuelos, y al capitán le pareció distinguir niños, y tal vez mujeres, que corrían por la playa diciendo adiós.

–Qué largo se despiden –pensó Perril– no deben tener nada que hacer.

Dio por cumplida la misión e iba a dar la orden de alejarse cuando algo lo detuvo. Nada específico, sólo un impulso, el aleteo de una intuición. Ordenó al segundo al mando, el teniente Kerr, que se preparara para desembarcar. Kerr lo miró sorprendido. El desembarque, que tendrían que hacer en un bote, era riesgoso por lo pesado del oleaje, y aparentemente no había nada que lo justificara. Perril captó su desconcierto y trató de formular una explicación.

–Quiero saber si ese faro que veo allá funciona –dijo sin convicción. El sargento Kerr asintió con la cabeza pero la expresión desconcertada de su cara no cambió.

Taxco, hoy.

Busco a Altagracia Quiroz, la camarera del Hotel San Agustín que partió hacia Clipperton como niñera de los hijos del matrimonio Arnaud. Me entero de que murió el año pasado, muy anciana, pero encuentro a una prima hermana suya que la trató mucho y la conoció bien. Se llama Guillermina Yamadá, nació de padre japonés y madre mexicana y vive en el pueblo de Taxco. Es alta y esbelta, tiene manos alargadas y aristocráticas y unas ojeras profundas debajo de sus ojos orientales.

La entrevisto el 5 de julio de 1988, un día antes de las elecciones presidenciales. México entero está tapizado de afiches electorales y las caras de los candidatos asaltan desde todos los muros y al voltear todas las esquinas. Al margen del barullo electoral, el lugar donde ella vive podría ser una tarjeta postal para turistas. Es una casita de balcones y buganvilias que se aprieta contra otras en una calle estrecha y empinada: el número 9 de Benito Juárez, a pocos metros del zócalo de Taxco.

Guillermina tiene modales lentos y distantes y pide excusas por su falta de memoria. Explica que tras la muerte de su marido sufrió un ataque cerebral que le borró de la mente todo el pasado. Nunca logró reponerse y se olvida también del presente, dice, y sus hijas tienen que ayudarla a encontrar las cosas porque no sabe dónde las deja.

Al principio, cuando Altagracia regresó de Clipperton, ellas dos fueron como madre e hija, por la diferencia de edades: Altagracia nació en 1901 y Guillermina en 1918. Pero después, con el tiempo, se hicieron amigas y confidentes.

Le pido que me cuente cómo fue la vida de Altagracia a su regreso de Clipperton:

—Dígame, doña Guillermina, ¿su prima hermana se casó?

—Sí, claro que se casó, con un hombre que se llamaba... Usted no me va a creer...

—Sí le creo. Ya me lo confirmaron antes. Se llamaba Gustavo Schultz, y era el representante de la compañía extranjera de guano en Clipperton.

—Eso mismo. Dígame si no es increíble. La historia de amor de ellos dos es como una telenovela.

—¿Me la cuenta?

Guillermina recuerda más de lo que cree recordar, es más lúcida de lo que dice ser, y en medio de las disculpas por la debilidad de su mente me habla de su prima hermana, de la mujer que la cuidó como a una hija y que más adelante sería su íntima amiga, la señora Altagracia Quiroz de Schultz.

—Alta murió hace un año, yo la acompañé a morir. Para pagarle lo que le debía, porque ella a mí me acompañó a vivir. Durante años las dos conversamos mucho, pero al final la pobre hilvanaba puras incoherencias. Murió muy ida de la cabeza, por los golpes que le dio el negro de Clipperton. A ella la lesionó de por vida. Le quedó un tumor que nunca le pudieron operar y que la fue enloqueciendo. Al final desvariaba, pero sólo al final, cuando ya estaba vieja. Antes no. Antes sólo le daban ataques de olvido de vez en cuando. En esas ocasiones se desesperaba, se le borraba todo, pero después se aliviaba y recuperaba el ritmo de su vida.

»Altagracia debió sufrir allá en la isla —dice su prima, su ahijada, su amiga, la señora Guillermina—, porque ese hombre las torturaba con mucha maldad. Era lo que llaman un sádico.

Después ella nunca pudo tener hijos con su marido el alemán, y eso también fue producto de los daños que le hizo el negro, que las violaba y era perverso. Los golpes en la cabeza se los daba a todas. Las agarraba del pelo, de las trenzas, y las arrastraba por el suelo. Alta tenía el cabello más largo y hermoso que he visto en mi vida. Pero usted está equivocada cuando dice que todas las mujeres se cortaron el pelo en Clipperton porque les estorbaba para trabajar, para hacer los oficios de hombre a que las obligó la vida. No les estorbaba, porque se lo entretejían con cordones y las trenzas se ataban arriba. Esa no fue la razón. Ellas se cortaron el pelo para que el negro no las zamarreara más, para que no las dejara tontas a punta de jalones.»

—Entonces se cortaron el pelo para salvar la cabeza.

—¡Así es. Alta me platicaba que ese Victoriano Álvarez era tan maligno, que en él se encerraba el maleficio de que los barcos no se acercaran a la isla. Ellas sabían que era él quien las mantenía aisladas y que mientras viviera, ese embrujo no podría romperse y perduraría sobre Clipperton. Por eso, y porque las golpeaba y abusaba de ellas, querían matarlo. Altagracia me contó que una vez, cuando ya no aguantaban más, prepararon una mermelada con veneno y se la dieron para asesinarlo. Él se dio cuenta del engaño y ese día por poco las muertas son ellas. La ira lo volvió una bestia enloquecida, peor de lo que era siempre. Las agarró del pelo, a una por una, y las golpeó hasta dejarlas tendidas. Fue después de eso que ellas decidieron cortarse las trenzas.

—¿Quisieron envenenarlo con mermelada? —le pregunto— ¿No fue con caldo?

—Con mermelada.

–¿De dónde sacaban la fruta y el azúcar?

–No sé, pero Alta contaba que había sido con mermelada.
La mala suerte de mi prima empezó desde que se encontró
con la señora Alicia Arnaud, en un hotel de la ciudad de México. Esa señora, que ya había tenido sus tres primeros hijos,
buscaba una niñera para llevarse a la isla y se dio cuenta de
que Alta, que trabajaba como camarera en ese lugar, era una
persona educada que estaba allí por las dificultades que la revolución le había traído a su familia. A la familia nuestra. El
padre de Alta era maestro de escuela y le había enseñado a
escribir con buena ortografía, buena caligrafía. Ellos vivían
en Yautepec, Morelos, zona del guerrillero Emiliano Zapata,
donde estaban muy alebrestados los campesinos. Los Quiroz
ya venían huyendo de los desórdenes cuando un tiroteo casi
los acaba. Alta se salvó porque un soldado que pasó galopan-
do a su lado la subió al caballo y la sacó de allí. Ella nunca
supo de qué bando era ese hombre que la salvó. Después de
abandonar la casa la familia se deshizo, cada quien tomó su
camino y Alta debió ganarse la vida como pudo en la capital.
Aceptó el ofrecimiento de los señores Arnaud y cuando ellos
volvieron a Clipperton, los acompañó. Supongo que lo hizo
porque era la mejor oportunidad que se le presentaba. En ese
momento tenía 14 años y ganaba un sueldo de cinco pesos
mensuales. Los Arnaud ofrecieron pagarle diez y le prometie-
ron que sólo estaría en la isla cuatro meses, que regresaría en
el próximo barco. Lo del sueldo doble se lo pudieron cumplir,
lo del regreso a los cuatro meses, eso sí que no.

»Alicia y Altagracia estuvieron unidas en la desgracia. La
una era la señora y la otra la empleada, pero el destino las
trató, o mejor digo, las maltrató por igual. Las dos fueron

forzadas a ser amantes del negro Victoriano, como todas las demás mujeres de Clipperton. Ninguna se salvó de eso. Él era el rey y ellas sus esclavas; bajo su tiranía no había distingos.

»Pero quien mucho sufre se gana el cielo, y eso le pasó a Altagracia. El cielo en la tierra, porque cuando volvió de la isla se encontró con el alemán, que nunca había dejado de buscarla, y se casaron. A ella le cupo la suerte de tener un marido que la adoró, que se radicó en México no más para estar con ella y que se dedicó a mimarla. La llevó a vivir a la Casa del Agua, en Acapulco, y como la trataba como a una princesa, las gentes acabaron llamándola "la princesa de la Casa del Agua".

»Schultz puso a su disposición tres sirvientes y un jardinero, para que ella no trabajara nunca más. De los barcos que llegaban cargados de mercancías, le compraba los mejores vestidos y los zapatos más caros. A ella, que durante tanto tiempo anduvo en harapos y descalza en Clipperton. Si antes sufrió hambre, él le dio toda la comida que quiso. Casi siempre comida alemana, eso sí, como salchichas y repollo, que era lo único que a él le gustaba, pero ella se escondía en la cocina a preparar mole o chiles rellenos y los compartía con los tres sirvientes y el jardinero.

»Él, el alemán Gustavo Schultz, se convirtió en el extranjero más querido de Acapulco, porque fue quien llevó el agua potable al puerto. También sería para compensarla a ella, que tanta sed había padecido y tanto sorbo de agua salada había tenido que tragar cuando no caían las lluvias.

»Yo siempre me he preguntado por qué Altita –su marido la llamaba así– despertó un amor tan grande en un extranjero. Por su manera de ser, no hay otra explicación. Ella era de temperamento dulce pero resistente, y a él le gustó verla siempre alegre a pesar de lo que había sufrido. No era bonita. Más bien digamos que era fea. Lo único que tenía precioso era el pelo. El pelo era fuera de lo común, pero todo lo demás era vulgar. Era gruesa, chaparra, de rasgos anchos, y me acuerdo sobre todo de sus manos regordetas –dice Guillermina, mirando con nostalgia las suyas, tan finas y largas, y sonríe cuando le digo que los nombres están trastocados, que ella debió llamarse Altagracia y su prima Guillermina, y no al revés.

»Alta me repitió muchas veces su historia en Clipperton, sin rencor, sin pena. Ya no le importaba el pasado triste porque su presente era bueno. Sólo lo contaba porque le gustaba recordar. Murió de vejez, loquita pero contenta. Su vida fue como un cuento de hadas, sufrida pero con un matrimonio feliz al final. Más no le puedo contar yo a usted, porque me dio un ataque cerebral que me borró la memoria –dice, una vez más, Guillermina Yamadá, y retuerce con angustia sus bellas manos.

Clipperton, 1916.

Jugándose su última carta contra la muerte, Alicia subió hasta el faro para hacerle señales al barco que se acercaba. Oyó voces que venían de abajo, de la playa. Eran las demás mujeres, que ya lo habían visto también y se agitaban, frenéticas, pidiéndole auxilio. "Si todas lo vemos –pensó– entonces debe ser de verdad". Mientras gritaba y sacudía la sábana, el rescate se dibujó en su cabeza como una posibilidad real. Su padre, Orizaba, una escuela para los niños y tantos fantasmas que habían pasado a hacer parte de un deseo perdido de pronto volvían a adquirir carne y hueso. Nadie podría impedir que ese barco llegara hasta la orilla. Sólo quedaba rogar que el tiempo se acelerara para precipitar el final sin tener que pasar por el medio, por la espera que quemaba la garganta, por la ansiedad que ardía en los ojos. Esta vez nadie podría impedirlo, bastaba con estirar la mano para tocar la salvación. Nadie lo impediría. Nadie.

Salvo Victoriano Álvarez. Como un zopilote que pasa volando y golpea con el ala, a Alicia la sacudió el recuerdo del negro y su promesa de matarlas antes de que las rescataran, para que no pudieran delatarlo.

Se dejó ir cuesta abajo, sin fijarse dónde apoyaba los pies, sin parar de correr mientras se envolvía el cuerpo en la sábana, poniéndose de pie enseguida cada vez que se caía, sin sentir las lastimaduras que le hacían las rocas en los tobillos, en las pantorrillas, en las rodillas. Llegó hasta el lugar donde estaban los tres niños, se desamarró a Ángel de la espalda, lo colocó en un lugar seguro y le dijo a su hijo Ramón:

—Aquí te quedas, vigilando al pequeño y a tus hermanos. Tal vez nos salvemos, pero tenemos que hacer las cosas con cuidado. Júrame, Ramoncito, que no se mueven hasta que vuelva.

Siguió bajando sin esperar la respuesta del niño. "Siempre subo este risco llena de razones para no vivir más, y vuelvo a bajarlo llena de razones para seguir viviendo", fue lo que se le ocurrió pensar mientras descendía mitad corriendo, mitad rodando. Divisó a Tirsa, que quería prender un fuego en la playa, seguramente para hacer señales, y la llamó con la voz sorda, sin atreverse a gritar. La guarida de Victoriano estaba al otro lado de la roca, allí estaría si seguía dormido, y temía que el viento le llevara voces que lo despertaran.

—Tirsa —le dijo cuando estuvo a su lado—, hay que matar a Victoriano. Ahora sí, antes de que él nos mate a nosotras.

—Ya no se atreve, ese barco está demasiado cerca.

—Sí se atreve, porque está loco. Nos fusila, como prometió y después se esconde, o se va él solo. Vamos, que no hay tiempo.

—¿Y con qué lo matamos?

—Tengo enterrado el sable de Ramón, al lado de la casa...

—Ni hablar, no nos sirve. Tiene que ser algo que se pueda ocultar, para que no lo vea. Mejor le damos por la cabeza con una roca.

Escogieron una piedra mediana, filosa, puntuda. Se acercaron a la guarida del faro y llamaron a Victoriano. Tirsa escondía la roca detrás de su cuerpo, Alicia se escondía detrás de Tirsa, se escuchaba el tic-tac arrítmico de sus sangres y todo era irreal, como una pesadilla soñada por otro. Nadie contestó y volvieron a llamar. Apareció Altagracia y dijo que el hombre no estaba. Ella no había visto barco, ni oído gritos, ni estaba al tanto de nada.

—¿Se habrá enterado Victoriano? —le preguntó Alicia.

—Él tampoco, seguro que no. Hace un rato agarró sus arpones y caminó hacia el norte, para pescar.

—Vamos a matarlo, Alta, ¿nos ayudas?

—¿Y cómo?

—Como sea.

—Pero mírese las piernas, señora Alicia, le sangran. Mejor láveselas primero, y tranquilícese. Si la ve tan nerviosa, le va a oler la mala intención.

—Es cierto —dijo Tirsa—, para matarlo, tenemos que engañarlo. Esto hay que pensarlo mejor.

—No queda tiempo de pensar nada. Hay que ir y golpearlo, y ya —Alicia no quiso hablar más y siguió camino—. Si ustedes no vienen, yo voy sola.

Tirsa la agarró del brazo.

—¿Quieres que nos suicidemos en el último momento? Calma, Alicia, y cabeza fría. Tú lo enamoras y yo lo mato.

—¿Yo lo enamoro? ¿En cinco minutos? ¿Cómo quieres?

—Le dices que te casas con él, o que está muy guapo, o que te de un besito. Le dices lo que te venga en gana: Tú lo distraes mientras yo le pego.

—Se fue desarmado. Los cuchillos y las armas las encerró con candado antes de salir, pero esto lo dejó tirado —dijo Altagracia, y le dio el mazo con que Victoriano rompía los cocos.

Acordaron que si iban a hablarle de amor, Altagracia no debía acompañarlas. Que lo encarara Alicia y que Tirsa llegara después, a escondidas, por detrás. Que Altagracia fuera a bajar a los niños del barranco –le ordenó Alicia– antes de que se despeñaran.

Tirsa se amarró una cuerda a la cintura para sujetarse el mazo por la espalda y Alicia se enjuagó las piernas con agua de mar y se arregló el pelo con las manos. Mientras caminaban hacia el norte discutían cómo le llegaban: juntas, separadas, juntas, separadas. Juntas. Avanzaron la una al lado de la otra hasta que lo vieron, a veinte metros sentado en la playa, con sus mechas rojas de mazorca, su piel cacariza y sus piernas retorcidas por el reumatismo. Disminuyeron el paso, se agarraron de la mano, se dieron un apretón, se soltaron y se fueron acercando.

–Nos va a descubrir porque me va a temblar la voz cuando le hable –susurró Alicia.

–A ti no te va a temblar la voz para hablarle y a mí no me va a temblar la mano para golpearlo. Todos estos meses nos hemos portado como idiotas. Es la hora de hacer las cosas, y de hacerlas bien.

Victoriano, que ponía carnada en unos anzuelos, levantó la cabeza cuando las sintió venir.

–Qué le digo, Tirsa... –preguntó Alicia por entre los dientes.

–Cualquier cosa, ya no importa. ¡Orale! ¡Ahora!

–¡Victoriano! –grito Alicia– Quiero hablar contigo.

–Hable no más, señora.

–¿No me invitas a sentarme?

–Desde cuándo pide permiso para sentarse en el suelo...

–Es que es algo importante, Victoriano.

–Siéntese, entonces –el negro hizo con el brazo un ademán pomposo, señalando la arena.

—Vengo a decirte que me quiero casar contigo.

—¿Que se quiere qué?

—Que me quiero casar contigo.

—Eso sí está bueno. Hasta ayer estábamos en que nos matábamos, y hoy estamos en que nos casamos.

—Así es, Victoriano. Hemos pensado, Tirsa y yo, que ya que vamos a vivir toda la vida en esta isla, más vale que lo hagamos como gente civilizada, que acabemos esta guerra entre nosotras y tú. Mejor dicho, que arreglemos todo por las buenas.

—Y qué es lo que hay que arreglar…

Alicia creyó notar que su propuesta no tenía acogida. Se sintió fea, vieja, desarreglada, pensó que nadie querría casarse con ella así. Mejor intentarlo por otro lado.

—Pues… tú quieres ser el gobernador, ¿no?

—Yo ya soy el gobernador.

—No es cierto, eres un tirano y nos dominas a golpes, pero no tienes autoridad sobre nadie. Yo, en cambio, sí soy gobernadora, porque a mi marido le dio ese título Porfirio Díaz.

—Porfirio Díaz ya se murió.

—Y mi marido también, y tanta gente, pero eso no cambia nada. Si tú y yo nos casamos, todos te van a reconocer como el gobernador, y a mí como la gobernadora. Así podemos manejar la isla en paz, como Dios manda, y no por la violencia, que es malo para los niños, y para todos.

—¿El que se casa con gobernadora se vuelve gobernador?

—Así es, como el que se casa con reina, que se vuelve rey.

—Eso me gusta, ser gobernador legítimo, como mi abuelo.

—Como cuál abuelo…

—Mi abuelo, el general Manuel Álvarez. Ese sí era un gobernador de verdad, de todo el estado de Colima. No como el capitán Arnaud, que lo nombraron gobernador de esta isla de mierda.

—No es tan mala, ¿no ves que nos la quieren quitar los franceses? Y los norteamericanos. Hasta los japoneses le tienen ganas, por algo será.

—Pues sí. Quién sabe por qué será. Pero lo que no entiendo es por qué antes tanto odio de usted conmigo, y ahora tanto amor.

—Ya te dije. Porque si vamos a vivir aquí el resto de la vida, más vale que sea en paz.

—Y para qué me voy a casar con usted. No se ofenda, señora: está muy bonita y muy hembra. Anda medio flaca, pero aguanta, y yo le agradezco la deferencia. Lo que le quiero decir es que cuando la necesite voy y me la llevo para mi casa sin pedirle permiso, y ya está. Así hacía mi abuelo, así hago yo.

—Pero así no te voy a querer nunca.

—Y si me caso, ¿no me va a dar más caldo envenenado?

—No. Ya se acabó el veneno.

Tirsa, que se había sentado frente a Victoriano, se puso de pie, cuidando de no mostrarle la espalda.

—No confío. Todo eso me suena mal —dijo Victoriano, y Tirsa, al oírlo, se volvió a sentar.

En el océano, del otro lado de la isla, el capitán Perril observaba con sus binóculos, desde el puente de mando del Yorktown, la forma extraña en que se comportaban las mujeres y los niños que les hacían señas. Era demasiado apremiante, demasiado exaltada para ser simplemente un saludo. Hizo llamar al sargento Kerr, que preparaba el bote para bajar a tierra en compañía de dos *bluejackets*.

—Sargento —le dijo, tendiéndole los binóculos—. Observe.

Esa gente está en problemas. Es posible que tengan alguna emergencia. Será mejor que lleve también al doctor Ross, por si necesitan un cirujano.

Kerr, Ross y los dos *bluejackets* se alejaron en el bote. Eran las doce de la mañana. Intentaron aproximarse a la costa atravesando una marejada demasiado pesada y el capitán Perril, que no los perdía de vista, temió que fueran arrollados por las olas y ordenó que les transmitieran la señal de regresar.

En la playa Altagracia, Rosalía y Francisca, con la vida pendiente de un hilo, veían acercarse el bote con los cuatro hombres adentro y gesticulaban para animarlo, para apurarlo, para atraerlo. Por instrucciones de Alicia, que les había advertido que si gritaban alertaban a Victoriano, sus aspavientos eran desesperados pero silenciosos, como los de un mimo. De repente, cuando sólo le faltaban unos metros para atravesar la barrera de arrecifes, lo vieron darse media vuelta y alejarse. Volvía al cañonero. ¿Era posible que las abandonara así? ¿Qué clase de broma abominable era acercarse tanto para después marcharse, dejándolas? ¿Iban a morir al fin, estando a un paso de la vida? Las mujeres le dieron rienda suelta a la histeria, gritaron, lloraron, rogaron, se metieron al mar, quisieron volar, nadar, correr para alcanzarlo. Pero la pesadilla no paraba, no había manera de detenerla. El bote llegó al lado del cañonero y los hombres que lo ocupaban subieron a bordo. Todas los vieron: no era un espejismo. El único espejismo era la posibilidad de salvación. No había sido más que otra burla sangrienta, como la que llevó a la tumba al capitán Arnaud y al teniente Cardona. Las mujeres dejaron de gritar. Se quedaron entre el agua calladas, vacías por dentro, de repente muertas, esperando que el fantasma desapareciera de su vista. El cañonero se puso en movimiento. Lo vieron avanzar hacia el noroeste y esperaron a que se lo tragara la niebla verde.

El sargento Kerr subió hasta el puente de mando y discutió de nuevo todo el procedimiento con el capitán Perril. Acordaron volver a intentar el desembarco más al noroeste, por donde las aguas parecían menos agresivas.

Sentado en la playa, turbado y perplejo por la conversación y ajeno a lo que ocurría del otro lado, Victoriano Álvarez engarzaba nerviosamente carnadas en los anzuelos y trataba de adivinar qué había detrás de las palabras de Alicia Arnaud.

—A mí me parece bien lo que usted propone, señora —decía—. Que seamos esposos, que yo sea gobernador y usted gobernadora, que las cosas marchen por las buenas. Lo que no entiendo es por qué ahora, si usted no quiso que fuera así desde el principio.

—Yo siempre fui amable contigo.

—Sí, fue amable con un inferior. Pero como hombre nunca quiso tratarme.

—Yo tenía a mi esposo, Victoriano, y lo quería mucho.

—Pero después quedó viuda, y tampoco.

—Después vino el parto, y además, tenía que vivir mi duelo.

—Y qué, ¿ya lo vivió?

—Creo que sí.

Alicia vio que Tirsa se paraba, que se alejaba, que movía las manos detrás de la espalda. La adivinó zafando el mazo que tenía sujeto con la cuerda. Hizo un esfuerzo sobrehumano por no seguirla con las pupilas, para que Victoriano no volteara hacia atrás.

—Y sus hijos, ¿me aceptarán como padre? —preguntó el hombre.

Alicia había empezado a temblar y la saliva y las palabras se le secaron en la boca.

—Si los tratas bien, sí —al presentir que la sombra de Tirsa se acercaba la tensión le estragó la voz.

"Si la miro ahora —supo Alicia— Victoriano la mata." Pero sus ojos no le obedecieron, se movieron solos, las pupilas se dilataron y se clavaron en el mazo que Tirsa elevaba sobre la cabeza de los pelos rojos. En el gesto de la mujer Victoriano vio reflejada su propia muerte. La reconoció enseguida: muchas veces la había tenido delante. Una vez más quiso eludirla y trató de escurrirse de donde estaba. Se tiró hacia un lado pero sus piernas enfermas le respondieron con lentitud. El movimiento resultó torpe, la huida inconclusa, y el mazo, que ya descendía, alcanzó a golpearlo en la nuca. Quedó aturdido una eterna fracción de segundo, reaccionó, recuperó los reflejos, avivó el instinto y estiró la mano buscando uno de los arpones. Tirsa retrocedía, sorprendida ante su intento fallido, y Alicia contemplaba la escena embotada y anulada, como si ella hubiera recibido el golpe. Quiso salir corriendo, pero se contuvo. Vio a Victoriano esgrimir el arpón, apuntarle a Tirsa entre los dos ojos y la vio a ella flexionar las piernas, recuperar la posición, esperar la ofensiva protegiéndose con el mazo. "Si no hago algo, la atraviesa" pensó Alicia, y se le tiró al hombre por el costado, lejos de la punta del arpón. Un brazo negro se enroscó en torno a su cuello y apretó. Ella sintió el infarto en los pulmones pero tomó conciencia de su boca, la abrió y la cerró, hincó los dientes, los clavó hasta la raíz, reconoció el sabor a sangre, centró en el mordisco toda su fuerza y toda su voluntad y supo que pasara lo que pasara no iba a soltar. Tirsa aprovechó el instante para volver a levantar el mazo, lo dejó caer sin saber dónde y oyó que Victoriano rugía. Ella se rió, de repente fascinada con la comprobación de su propia fuerza.

–Ahora sí te mato, Victoriano –le dijo sin ira, casi alegre–. Para que aprendas a no andarte chingando mujeres.

Con seguridad y precisión, sin prisa, sin asco ni remordimiento, descargó el mazazo en el centro exacto de la cabeza y escuchó un ruido seco, apagado, discreto, como el de los cocos cuando los parte el machete.

–Suéltalo ya –le dijo Tirsa a Alicia, que seguía mordiendo–. Está muerto.

Alicia tuvo que hacer un esfuerzo para aflojar las mandíbulas que se encalambraban, rígidas, como soldadas de tanto apretar. Desenterró los dientes, se sacó el brazo inerte de encima y se paró al lado de la otra mujer. El cuerpo que yacía en el suelo se estremeció en un estertor, los huesos cloquearon y los ojos se voltearon, blancos. Tirsa agarró el arpón, tomó impulso y lo clavó, hondo, en el pecho del cadáver.

–¡Ya basta! ¿Para qué haces eso? –gritó Alicia.

–Por si acaso.

–Es suficiente. Vamos, que perdemos el barco.

–¿Y a este lo dejamos ahí tirado, sin enterrar?

–Que se lo lleve el mar, cuando suba.

Se alejaron corriendo a lo que les daban las piernas, pasaron la roca del sur, llegaron a la playita donde habían dejado a las mujeres y no encontraron a nadie. El barco tampoco se veía. Lejos, hacia el norte, divisaron movimiento, se fueron hacia allá y llegaron justo en el momento en que los cuatro hombres del bote pisaban tierra.

–¿Nos pueden llevar en su barco? –les preguntó Alicia,

mitad en inglés, mitad en español, mientras estiraba la mano para saludarlos–. Mucho gusto, soy Alicia Rovira de Arnaud. A Acapulco, o a Salina Cruz, ¿nos pueden llevar, por favor? Estos son mis hijos y estas mis amigas, y los hijos de ellas. Somos cinco mujeres y nueve niños. Hace ocho años estamos aquí, y ya queremos volver a casa.

El sargento Kerr, que las miraba alucinado como si estuviera ante extraterrestres, asintió con la cabeza y les indicó que se podían subir al bote.

–Permítanos una hora –pidió Alicia– *just one hour, please*, para recoger nuestras pertenencias.

Se dispersaron y Alicia se fue a su casa y desenterró el baúl. Sacó la pastilla de jabón Ivory, metió a sus cuatro hijos entre una tinaja de agualluvia y les lavó el pelo, la cara, el cuerpo. A Olga la vistió con el traje marinero que había sido de Ramoncito, y a este y a la niña mayor les puso unas camisas de mujer, de organza bordada, que les llegaban a las rodillas. Los peinó, los sentó en un lugar donde no se ensuciaran y les ordenó no moverse de allí mientras ella se arreglaba.

Llamó a Tirsa, que correteaba a los dos únicos cerdos sobrevivientes para llevárselos, y le dijo que tenía suficiente ropa guardada para ambas.

–No, Alicia. Gracias, nunca me vestí así y me vería rara.

–¿Y no crees que te ves rara con esa bata de vela, tan burda que se para sola?

–Al menos así me veo como lo que soy.

Alicia se tomó todo el tiempo del mundo para bañarse. Cubrió cada centímetro de su cuerpo con la espuma blanca del jabón Ivory y luego se enjuagó a jarradas, sintiendo cómo el agua helada le sacaba de encima la costra de angustia vieja y de recuerdos muertos, y la sangre salpicada y seca de Victo-riano Álvarez. Se secó minuciosamente, cuidando que no le quedara ninguna humedad. De un estuche para uñas sacó una varita de naranjo, resguardada de inundaciones y huracanes durante años, se removió la cutícula en cada uno de los dedos y cuando le pareció que sus manos estaban aceptables, se colocó en el anular de la izquierda la argolla de matrimonio y el anillo de diamantes. Contempló largamente su cara en el pedazo de espejo buscando reconocer, en alguno de los án-gulos, las facciones perfectas de la mujer que había sido. Se puso los zarcillos en las orejas y se entretuvo un rato con los destellos violeta que los brillantes despedían al sol. Se colocó un corset de ojales de cobre adornado con galón de satén, y cuando quiso ajustárselo al torso vio lo mucho que le sobraba y se dio cuenta de todos los kilos que había perdido. Escogió una blusa de seda color rosmarino, plisada por el frente, de cuello alto y mangas abullonadas sobre los hombros, cerrada con una larga hilera de botones pequeños. Se estremeció al contacto fresco de la seda con su piel y abrochó los botones detenidamente, uno a uno, experimentando placer cuando se deslizaban por entre el hojal. Se colgó al cuello el collar de perlas grises, fijándose que el broche quedara hacia adelante, sobre el pecho, para que luciera. Sacó del baúl una falda de tafetán liso y negro, larga hasta el piso. Se recogió el pelo corto debajo de un sombrero de paja trenzada con floretones de muselina rosa pálida, que inclinó hacia adelante, hacia atrás, hacia uno y otro lado, hasta que le encontró la posición pre-cisa, la que más le sentaba a la cara.

Para terminar se metió el gran fajo de billetes en el bolsillo, alzó a Ángel, agarró a sus otros tres hijos de la mano, y así vestidos, descalzos los cinco, se dirigieron al bote. Alicia le solicitó al sargento Kerr ayuda de los marineros para traer su baúl.

—Bueno —dijo el sargento— si es uno solo.

Tirsa y Altagracia ya estaban a bordo con los demás niños, un barril lleno de objetos y los dos cerdos. Llegaron Rosalía y Francisca, se pararon frente a Alicia y clavaron los ojos en el suelo.

—Súbanse, que ya estamos listos para partir —las apuró ella.

—No, señora. Nosotras no nos vamos. Nosotras nos quedamos.

—¿Cómo?

—Aquí quedan nuestros muertos, y no podemos dejarlos.

—A nuestros muertos —dijo Alicia— se los llevó el viento y se los tragó el mar, y a estas alturas deben estar volando sobre el África o navegando por Europa. Así que rápido, vámonos.

Los *bluejackets* se echaron al hombro los niños, las mujeres y el baúl, los subieron al bote y remaron hacia el *Yorktown*. Eran las cuatro de la tarde cuando se alejaron de Clipperton.

Desde el mar, el sargento Kerr miraba el islote vacío, pelado, inhóspito, desapacible, y se preguntaba cómo habría hecho esa gente para permanecer ahí tantos años sin morir de soledad y de tedio. Vio restos de chozas miserables, un triste cementerio con media docena de cruces caídas, una laguna malsana, un peñón arisco y desangelado y un poco de basura arrumada en la playa, entre la que distinguió el caparazón de un barco hundido, un viejo colchón molido como la suela de un mendigo, trapos raídos y el cuerpo maltrecho de una muñeca calva. Alicia también tenía los ojos en Clipperton, pero ante ella espejeaba, recargado de alegrías y dolores, el escenario donde había transcurrido su vida. Se despidió de las invisibles casas de madera con balcones frescos donde resonaban diálogos de amor que su memoria podía repetir enteros; de los mansos monstruos prehistóricos del fondo de la laguna; de las cuevas que ocultaron del cielo a los enfermos podridos por el escorbuto; de los cálices magníficos que los piratas ingleses enterraron después de profanarlos con ron de Jamaica; de la roca viva que acunaba los huesos de seres odiados o queridos; de los manteles y sábanas bordados con primor en vísperas de la boda; de las paredes protectoras contra la furia de los vendavales; de los despojos del barco fantasma que había traído a los doce holandeses; de la muñeca de porcelana de sus hijas; del colchón de lana de borrego donde fueron engendrados y traídos al mundo sus hijos. De la risa seductora de Secundino Ángel Cardona y de la batalla heroica y violenta que su esposo, el capitán Ramón Arnaud, había librado contra nadie, hasta entregar la vida.

Desde el puente de mando, el capitán Perril, que estaba alarmado por la demora del bote, se llevó la sorpresa del siglo cuando vio que las mujeres y los niños de la isla se subían a él, y tuvo que dominar la curiosidad durante veinte minutos, hasta cuando llegó el sargento Kerr, le explicó la presencia de los visitantes, le contó lo que había podido entender de su trágica historia y le transmitió su petición de ser llevados hasta Salina Cruz.

Perril los hizo subir a bordo, les dio calurosamente la bienvenida, les obsequió cajas de bombones, ordenó que los alojaran en el cuarto de guardia, que tenía facilidades sanitarias, y él personalmente dispuso un menú que les pareciera sabroso pero que fuera adecuado para sus estómagos desacostumbrados a las grasas y a los condimentos. Cerca de dos horas después, los náufragos fueron conducidos al comedor, donde los niños captaron la atención de todos los marineros, que se deshicieron en chistes y monerías, con el sólo resultado de que los hacían llorar y correr a refugiarse detrás de sus mamás. Les sirvieron pechugas de pollo a la Maryland, puré de papas, ensalada de verduras, leche y manzanas.

Después de la comida, el capitán Perril llevó a Alicia a su camarote, para hacerle el interrogatorio de rigor con la ayuda del doctor Ross, que hablaba algo de español.

–¿Puedo servirle un licor? –le preguntó para romper el hielo, y ella contestó que no.

–Me gustaría saber en qué fecha estamos –pidió Alicia.

Le respondieron que era miércoles, 18 de julio de 1917.

–Qué extraño –comentó ella–, nosotras estábamos en lunes 16 de julio de 1916. Nos equivocamos sólo por dos días, pero nos tragamos un año entero. No entiendo cómo pudo pasar eso.

–No se preocupe –le dijo Perril–, si sus cuentas dan 1916, entonces estamos en 1916. Es un número que me gusta.

Le preguntaron nombres, fechas, hechos y motivos. Averiguaron cómo, cuándo, quién y por qué. Ella contestó con la mayor precisión posible, en un inglés aprendido en la adolescencia con las monjas, que hasta ese momento sólo le había servido para escribirle cartas de amor a Ramón. Perril anotó todos los datos y cuando terminó, quiso saber si ella aceptaría acompañarlo a tomar aire fresco en la cubierta, aprovechando que la noche estaba agradable. El doctor Ross se retiró, argumentando que ya no necesitaban su traducción para entenderse.

Una vez frente al mar, recibiendo la brisa nocturna en la cara, el capitán Perril quiso manifestarle a Alicia Arnaud la profunda simpatía que sentía con su desventura y su admiración por la forma valerosa como había sacado adelante las vidas de adultos y niños. Armó esas y otras frases en la cabeza, las tuvo en la punta de la lengua pero no pudo pronunciarlas. Se sorprendió al verse inseguro y tímido frente a la presencia de esa mujer vestida a la antigua, que –pensó– seguía siendo hermosa, a pesar de todo.

–¿No tiene algún capricho? –atinó a decir Perril–. Me gustaría mucho poder complacerla, después de tantos años de privaciones.

Ella lo pensó un momento y le dijo que sí, que quería jugo de naranja. El capitán ordenó que le trajeran un gran vaso, y mientras se lo tomaba, Alicia le comentó que si lo hubieran tenido en la isla, se habrían salvado muchas vidas. Eso dio lugar a que le contara el episodio del escorbuto, después él la puso en antecedentes sobre la guerra mundial, ella le habló del negro Victoriano, él de la insurrección de la población rusa, ella le explicó cómo cazaban pájaros bobos, él le relató la muerte del emperador Francisco José I, y sin darse cuenta a qué horas, se enfrascaron en una conversación que duró hasta la una de la mañana y que suspendieron porque arreció el frío en cubierta. Antes de entrar, el capitán le confesó los resquemores que había tenido esa mañana para acercarse a Clipperton.

–Los arrecifes sumergidos –le comentó– hacen que la navegación en esas aguas sea un asunto quisquilloso. Me alegro de que ya estemos lejos de ese lugar.

—Yo en cambio ya empecé a sentir nostalgia —le dijo ella, sonriendo.

Mientras la acompañaba hasta la cabina de guardia, donde dormían desde temprano las otras mujeres y los niños, Perril le preguntó:

—Dígame, señora Arnaud, ¿fueron un infierno estos nueve años?

Ella lo meditó a conciencia, sopesó lo bueno y lo malo y le respondió con honestidad.

—Fueron llevaderos, gracias, capitán.

Después de desearle felices sueños en la primera noche de su nueva vida, Perril se dirigió a la cabina de comunicaciones y permaneció hasta las tres de la mañana con el operario, tratando de hacerle llegar un radiograma al cónsul británico en Acapulco —que también actuaba como encargado de los asuntos norteamericanos— avisándole de su arribo, cuatro días más tarde, al puerto de Salina Cruz, con los náufragos rescatados en la isla de Clipperton. Cuando lo logró se retiró a su camarote, y como no podía dormir, hizo algunas anotaciones sueltas en su diario personal:

La viuda del capitán, señora de Arnaud, es la única persona de raza blanca. Tiene sólo 29 años, y aunque parece mayor, sigue siendo una bella mujer. Es muy inteligente, y esto se nota en su conversación. Ciertamente tiene que serlo, de otro modo no hubiera podido sacarlos con bien de las duras pruebas que debieron atravesar. Su ropa está muy pasada de moda, pero es de excelente calidad, y lleva puestos unos espléndidos diamantes que hablan de épocas más afortunadas. Me mostró los billetes que ha acumulado y protegido, y con los que pretende defenderse a su regreso. No tuve fuerzas para confesarle que aunque hubieran representado una fortuna en tiempos del general Huerta ahora su valor era casi nulo. Fuera de ella y de sus hijos, todos los demás son indios, pero a primera vista creí que eran negros, por lo oscura que se ha vuelto su piel. El doctor Ross los examinó y me informó que los encontraba a todos razonablemente bien de salud. Me contó además que había estado conversando con las mujeres, y que se había enterado de que cuando nuestro bote, tras el primer intento fallido de llegar hasta la isla, se había devuelto hacia el barco, ellas habían sentido tal desesperación, que habían pensado en matar a los niños, para suicidarse después, dejándose ahogar por el mar. La que parece más resuelta y de personalidad más enérgica es Tirsa Rendón, la viuda del teniente de la guarnición. Tan pronto llegó, pidió prestada la máquina de coser de la intendencia, y sin perder tiempo, se puso a fabricar prendas de dril para los niños.

Estos son muy tímidos, pero muy curiosos. Todo les parece extraño, y quieren verlo y tocarlo. Lloraron cuando los *bluejackets* los trasbordaron al cañonero, porque creyeron que los separarían de sus madres, que todavía estaban en el bote. Los hombres mostraron gran interés por esos niños y les regalaron varias cajas de caramelos, aunque los pequeños no tienen idea de qué cosa son. Me entretuve mirando a una muchachita india que trataba de quitarle la tapa a una caja de *marshmallows*. Cuando lo logró, fue hasta la borda, tiró los dulces, uno por uno al mar, volvió a tapar la caja, y se mostró satisfecha con su nuevo juguete, que puso en el suelo para que rodara hacia adelante y hacia atrás, con el movimiento del barco. Durante la comida, los menores no quisieron probar bocado de lo que les sirvieron, porque, según les oí decir, reclamaban su "bobo". Se referían a unas gaviotas que comían habitualmente en la isla. Las mujeres, en cambio, dijeron que aspiran a no tener que comer más gaviotas mientras estén vivas.

Trajeron a bordo con ellas dos cerdos desamparados, los dos cerdos más flacos que he visto jamás. Los hombres comentan que parecen la pareja original salida del Arca de Noé, y aunque ellas los ofrecieron para la comida, ninguno se anima a sacrificarlos. Sería una crueldad que perdieran la vida recién salvados, después de tan ardua lucha por sobrevivir.

A las cuatro de la madrugada el capitán Perril cerró su cuaderno de anotaciones y se quedó dormido. Dos horas después fue despertado por el operario del radio, quien le comunicó que había recibido respuesta del cónsul inglés. Este anunciaba que acudiría personalmente a recibir a los sobrevivientes y que ya había notificado a algunos de los familiares, que se habían mantenido en permanente contacto con él durante años como parte de sus gestiones para lograr el rescate.

El domingo 21 de julio, a las cinco y veinte de la tarde, el cañonero *Yorktown* anclaba en el puerto mexicano de Salina Cruz. Tres hombres esperaban parados en el muelle: el cónsul británico, el padre de Alicia, don Félix Rovira, y el alemán Gustavo Schultz. El capitán Perril ordenó que hicieran pasar al señor Rovira hasta su camarote, donde lo esperaba su hija. Esa noche, en su diario, escribió que los vio abrazarse con tal emoción que a él, por primera vez en años, se le salieron las lágrimas. Que se sentaron el uno junto al otro, en silencio, mirándose a los ojos, conmocionados y fuertemente agarrados de las manos. Perril anotó también que los dejó solos en el camarote y que cuando regresó, media hora más tarde, seguían en la misma posición en que los había dejado, y aún no habían podido decirse la primera palabra.

Epílogo

Clipperton dejó de ser territorio mexicano en 1931, por un fallo favorable a Francia emitido por el rey Víctor Manuel III de Italia. Aparte de los cangrejos, los pájaros bobos y la bandera francesa, que ondea desteñida como una sábana secándose al sol, lo único que se encuentra hoy día sobre la isla, son las trece palmeras que sembró Gustavo Schultz.

Agradecimientos

En Orizaba:
Alicia Arnaud viuda de Loyo

En Colima:
Carlos Ceballos
Genaro Hernández

En Ciudad de México:
Coronel N.N.
Rodrigo Moya
Carlos Payán
Paco Ignacio Taibo II
Roberto Bardini

En Bogotá:
Carmen Restrepo
Helena de Restrepo
Guillermo Angulo
Mireya Fonseca
Álvaro Tafur
Ramiro Castro
Gonzalo Mallarino

A Alex Knight, donde ande.
Al Chiqui, donde se esconde.
Al maestro, en el desierto.
A Eduardo Camacho, desde siempre.
A Fernando Restrepo, desde lejos.

Bibliografía

Libros

Aguayo, Ismael. Manuel Álvarez. *Universidad de Colima. Colima,* 1972.

Archivo Casasola. Jefes, héroes y caudillos. *Texto de Flora Klahr. Fondo de Cultura Económica. México,* 1986.

Arnaud de Guzmán, María Teresa. La tragedia de Clipperton. *Editorial Arguz. México,* 1982

Beals Carleton. Porfirio Díaz. *Editorial Domes S.A. Traducción al español de María Eugenia LLano. México,* 1982.

Benítez, Fernando. Lázaro Cárdenes y la revolucón mexicana. El porfirismo. *Segunda reimpresión. Fondo de Cultura Económica. México,* 1985.

———Los indios de México. *Cuatro tomos. 6 edición. Biblioteca Era. México,* 1985.

Colección del archivo Histórico Diplomático Méxicano. México y Japón en el siglo XIX. Secretaría de Relaciones Exteriores. México, 1976.

Conte Corti, Egon Caesar. Maximiliano y Carlota. *Traducción de Vicente Caridad. Fondo de Cultura Económica. 2ª reimpresión. México,* 1984.

Cortés, Enrique. Relaciones entre México y Japón durante el porfiriato. *Secretaría de Relaciones Exteriores. México,* 1980.

Cousteau, Jacques-Yves. Los secretos del mar. *Tomos 6 y 16. Ediciones Urbión. Madrid,* 1982.

Del Campo, David Martín. Los mares de México. *Ediciones Era, Universidad Autónoma Metropolitana. México,* 1987.

Fernández, Adela. El Indio Fernández. *Panorama Editorial. 3ª edición. México* 1986.

Frías, Heriberto. Tomochick. *Editorial Porrua. México,* 1986.

Garfias, Luis. La intervención francesa en México. *Panorama Editorial S.A. 4ª edición. México,* 1986.

Gall, J. y F. El filibusterismo. *Traducción de Álvaro Custodio. Breviarios del Fondo de Cultura Económica. 1ª reimpresión. México, 1978.*

González Rodríguez Sergio. Los bajos fondos. *Cal y Arena. México, 1988.*

Harrison T. R., M. D. Medicina Interna. *La Prensa Médica Mexicana. Tomo I, 6ª edición. Cali, 1976.*

Katz, Friedrich. La guerra secreta en México. *Dos tomos. Traducción de Isabel Fraire. Ediciones Era. 6ª reimpresión. México, 1988.*

Krauze, Enrique. Biografía del poder. *8 tomos. Fondo de Cultura Económica. México, 1987.*

Krupp, Marcus A. y Milton J. Chatton. Diagnóstico clínico y tratamiento. *13ª edición. El Manual Moderno, S.A. México, 1978.*

London, Jack, John Reed et al. Bajando la frontera. *Prólogo, selección y notas de Paco Ignacio Taibo II. Ediciones Leega-Jucar. México, 1985.*

Madero, Francisco I. La sucesión presidencial en 1910. *Colección Ideas. México, 1985.*

Monsivais, Carlos. Amor perdido. *Biblioteca Era. 9ª edición. México, 1985.*

Naredo, José María. Historia de Orizaba. *Dos tomos. Imprenta del Hospicio. Orizaba, 1898.*

Orozco Linares, Fernando. Porfirio Díaz y su tiempo. *Panorama Editorial S.A. 4ª edición. México, 1987.*

Poniatowska, Elena. Hasta no verte, Jesús mío. *Ediciones Era. 24ª edición. México, 1985.*

Reed, Nelson. La guerra de castas de Yucatán. *Traducción de Félix Blanco. Biblioteca Era. 7ª edición. México, 1985.*

Reed, John. México insurgente. *Traducción de Ignacio de Llorens. Editores Mejicanos Unidos. 1ª reimpresión. México, 1986.*

The Sears, Roebuck Catalogue. *1902 edition. Bounty Books. New York.*

Turner, John Kenneth, México Bárbaro. *Editorial Epoca S.A. México, 1988.*

Urquizo Francisco L. El capitán Arnaud. *Editorial del Río. México, 1954.*

—— Memorias de campaña. *Lecturas Mexicanas. Fondo de Cultura Económica-SEP. México, 1985.*

—— Tropa Vieja. *Editorial Arte y Literatura. La Habana, 1985.*

Valadez, José C. Porfirio Díaz contra el gran poder de Dios. *Ediciones Leega/Jucar. México, 1985.*

Vega Vera, David. Cancún. Rodríguez Hnos. *Editores S.A. México, 1981.*

Revistas y Folletos

Silva Herzog, Jesús. Huerta el usurpador. *Cuadernos Mexicanos. Año I No. 40. Coedición SEP/Conasupo.*

López, María Jesús y David Huerta. La moda en el centenario. *Letra y color. SEP/Ediciones del Ermitaño. México, 1984.*

Mares mexicanos *Artes de México No. 68-69. Año XII. 2ª edición. México, 1985.*

Perril, Charlotte K. Forgotten Island. *US Naval Institute Proceedings. Washington, 1937. Vol. 63, No. 42. Págs. 796-805.*

Historia de un castillo. *Instituto Nacional de Antropología e Historia. Castillo de Chapultepec. México, 1986.*